胡雪巖

（下）

徐星平◎著

中國商戰之神

胡雪巖傳奇

◈第十五章◈

胡雪巖發願創辦國藥號，忽聽袁古農老醫師要荐個能人來，遂問道：

「那一位……？」

「松江縣余天成藥號經理余修初。」

「啊……」潘鳴泉老先生竭力推崇說，

「這個人可在醫藥行裏有口皆碑呀，袁先生荐舉這個人我是百倍地贊成……。」

「哦？……」胡雪巖笑問道：「此人如何好法？」

「這可是個辦大事的人。那種德堂的經理到他手下，連個伙計都不夠格！」

正說著，二太太余氏進來道：「藥已給老太太喝下去了……。」

「老人家能喝嗎？」胡雪巖急著問。

「不是自個喝的，」余氏說，

「我是一勺一勺餵的……」她耽心地問二位老先生，

「您看……這藥行嗎？」

「藥材質地不好，只好慢慢來吧……。」潘鳴泉說，

「如果藥材地道，晚上喝完二副，就見到效果了……。」

余氏走後，潘鳴泉、袁古農二位老先生也要動身，胡雪巖站起來，說道：

「小玉，叫張保派轎，送兩位老先生回署。」

打這天起，胡雪巖再也沒提起辦國藥號的事，兩位老人也認為胡大先生一時衝動或是酒後胡言，也不再問及此事。

然而，胡雪巖卻悄悄地編織著國藥號的夢。每當晚飯過後，不管從小玉手中抽到哪位太太的籤兒，均沒有引起他多大的興味，只不過盡一盡做丈夫的義務而已，因此有幾位小太太懷疑大先生變了，變得冷漠了。是的，他常常沉浸在不斷的思索與幻想之中，彷彿一片恢弘的國藥號如海市蜃樓般地折射在他的眼前，那井然有序的廠房，考究的櫃枱，他立在寬敞的店堂裏和病家對話，他親自為病家選擇道地藥材，他彷彿看到了許多已痊癒的病人上門來道謝，他笑了：

「不必謝，哈……，道地藥材就是治病的嘛……」

一日，老太太恢復了健康，胡雪巖前來問安的時候，老太太說：
「我的病……全靠菩薩保佑，你什麼時候陪著我到城隍山上去燒個香？」
「今天就陪您去……」奉母至孝的胡雪巖為使母親滿足心願，立刻答應了。
「今天哪……」老太太笑著說，
「咱去燒香可不能坐轎子。拜佛……心要誠。」
「好啊，只要您走得動。」
「給佛爺燒香，別說走，即使爬也要爬上去，這事，誰也代替不了！」
說罷，胡雪巖叫二太太余氏為婆婆梳洗了一番，穿上狐皮深紫色的上衣，圍了一條滾邊團花的長裙，肩披一隻黃色的香袋，在兒子的陪伴下慢悠悠地走到了石板溝的大井巷，嚄！上香的有老有少，人頭鑽動、絡繹不絕。
「光墉，」母親問，「今天是什麼日子？」
「二月初二。」
「喔……神龍護法，是龍抬頭的日子。怪不得燒香的人這麼多呢……。」母親嘮叨著，

「哎，多少年哪，這條巷子裏像天天過年似的，你想，往常寂寺去燒香，誰不走這裏？這條巷子可是塊風水寶地啊！」

母親的幾句話，使他心頭一亮，這不就是最近幾天一直縈繞他腦海的福地——創辦國藥號的最佳地點嗎！

大井巷位於鼓樓北面，前臨杭州的繁華街道清河坊，從大井巷去環翠樓，登上吳山，放眼望去，一片蒼鬱古樟，樹齡均在五六百年以上，老幹新枝，翠葉繁茂，那座歷史悠久的城隍廟便矗立於奇山古樟之中。大井巷名符其實有一口大井，不論氣候如何乾旱，仍舊井水盈盈，汲之不竭。而此巷是登山者必經之路，沿路香煙繚繞，若遇廟會，則江湖賣藝、星相卜卦、百貨小吃、戲曲雜耍……匯聚於此，善男信女摩肩接踵，熱鬧非凡。難怪古人酷愛此巷者寫了一首五絕，詩道：

方外原無地，空中忽有門。

請君從此入，輒莫羨桃源。

母子焚香回來後，胡雪巖又一個人折回到大井巷，他在巷裏東張西望望，知道這一片民房和巷子裏的大小店面並非信手可得，但是，他的夢想一旦在心中燃燒起來，便會驅使他不顧一切地投入、勇往直前。什麼大先生、浙江巡撫、金融巨亨、商賈巨子，這一切似乎全拋到腦後。此地雖距他的大宅元寶街只有一街之隔，但人地兩生，像是在黑夜中躡足摸索。

「胡大先生——」

「啊……，」胡雪巖定睛一看，並不認識來人，「你……？」

「我是當舖的練習生……。」

「叫什麼名字？」

「王景生。」

「井生？」

「嘿嘿……大先生猜對了，我的小名就叫井生，就在這大井巷出生的，長大了我就改成風景的景了……。您到哪去，怎麼沒乘轎子？」

胡雪巖見這個練習生，不過十五六歲，生得眉清目秀，講起話來伶牙俐齒，乍看上去還很聰明，於是問道：

「這條巷子德行最高的是哪家？」

「朱養心膏藥店。這位老先生在大井巷極受人敬重。」

胡雪巖拍拍自己的腦門兒，喃喃地嘆道：

「啊，這可是位德高望重的長者……」

他記得老人們說，朱養心於二百年前即在大井巷設膏藥店，曾有一乞丐臥倒店外，腿爛得慘不忍睹，朱養心將其請至後院給予調治，日給飲食，三月而癒，這乞丐臨行時贈給朱養心一幅「潑水墨龍」畫。當時杭城火災頻起，惟朱養心膏藥店未遭祝融，鄉里傳說是因懸有「潑水墨龍」而能禦火。

「好吧，你去做你的事吧……。」

王景生走後，胡雪巖來到朱養心膏藥店。見一位白鬚長者，也不知是朱養心的第幾代孫子，隨口便稱：

「朱先生……。」

「啊，買膏藥？……」突然認出，「您是胡大先生吧……？」

「您認識我……？」

「怎麼不認識，您記得兵變以後的賑撫局嗎，您在收容難民的時候我送過藥啊……。」

「喔……想起來了，您還給一個老人看過刀傷，對吧……？」

「就是嘛……」忽然問道，

「大先生此來舍下有何見教啊……？」

「我來請教一下，」胡雪巖微笑著說，

「我想在這大井巷開一爿國藥號，就是您斜對面這塊地方，大約要十畝地左右……」

朱老先生急忙搖搖頭，說：

「其他民房好辦，就是溜頭那家錫箔店您就難辦！」

「為什麼？」

「有人給他一千五百兩買那爿店面，他都沒答應。這個店您要能把它買下來，其他的都可迎刃而解……。」

「還有這種事？我看那小店不大嘛！」

「您別看不大，那可是塊風水寶地……。」

「我想多給他一點銀子……？」胡雪巖猶豫了一下，

「好吧，我去試試看。」

說罷起身告別了朱老先生。

錫箔店位於大井巷與清河坊的犄角，店面極小，但生意頗旺。也許，今日是二月初二，老闆和伙計正在忙著，那老闆和胡雪巖的年齡不相上下，只是又矮又胖，他見到胡雪巖進了店門，先是一怔，後是一笑：

「您買什麼？」

胡雪巖笑了笑：「我不買東西，只是看看房子……。」

老闆把臉一沉，像塊石板：

「房子有啥好看的……！」

「請你別急，」胡雪巖仍陪著笑臉說，

「這個店面……能讓給我嗎？」

「你是誰？」老闆把眼瞪得老大。

「我叫胡雪巖……。」

「哼！天王老子來也別想動我房子的腦筋！」

「你別急躁啊，老弟。你如果讓給我，想要多少銀子，咱好商量。」

「老實告訴你！」老闆用手一指，差點碰到胡雪巖的鼻子，「你就是把銀子堆滿了我的房子，我也不讓！」

俗話說，「好話一句三冬暖，冷語半句六月寒」，老闆的幾句話，使胡雪巖感到涼了半截，他回到家裏，覺得像吃了反胃藥一樣，心裏窩囊得發脹，脹得幾乎把胸膛也裂破了，於是便到二太太屋裏躺了好一會。

「我說大先生，你這是怎麼了？」余氏關切地說，

「都到下午了，連中飯也不吃……。」

「放心，我沒有病，」胡雪巖對最能理解和疼愛他的二太太余氏說，

「把燈點上……。」

「點燈」的信號余氏不知聽了多少次了，她知道這是胡雪巖疲勞或是不快的表示。她急忙伺候著他吸了幾口鴉片……。說真話，胡雪巖對這種毒品由逢場作戲、陪客應酬直到他主動「要求」吸，已經成「癮」了……。

「我呀……」胡雪巖對余氏說，

「想辦一個國藥號，選了個地利人和的大井巷，可是那錫箔店就是不肯讓，等於十

畝地的國藥號，少了一個犄角，您說晦不晦氣……。」

「喔……」余氏眨了眨眼睛，不知怎樣安慰他才好。

「我總覺得……少了一個犄角不太吉利。」

胡雪巖閉著眼仰躺在床上，自言自語地說。

余氏眼珠子一轉，笑道：

「怎麼不吉利？你看這張年畫……」

胡雪巖睜開眼，順著余氏指的那貼在窗下的一張年畫看了一看……。

「這是北方親戚給我寄來的楊柳青年畫，」余氏笑著問：「你能看出這條大魚裏藏的四個字嗎？」

胡雪巖眼睛一亮，唸道：「吉—慶—有—餘」。

他猛地坐起來：「哈哈，我的國藥號的店名有了。」

余氏斜瞄著他那激動的悅色，抿著嘴只是笑。

「有了！」胡雪巖興奮地說，

「火剋金，水剋火。我就利用這剩餘的一角，叫「慶餘」，連農民也喜歡這個店名！

哈哈，吉慶有餘──。」

「瞧把你樂的，」余氏笑嗔道，「還不快吃飯去！」

正在這時，只聽戚老頭在余氏門外問道：

「二太太，胡大先生在您這嗎？」

「在這兒呢。」余氏問：「啥事體？」

「常先生找他，聽說有個急事兒……。」

胡雪巖立刻下了床，穿上那件古銅色的皮袍子，連坎肩也沒穿，推開隔門走出去了。

余氏在後邊緊喊了兩句：

「別忘了吃飯……。」

□

胡雪巖來到客廳，常先生立刻站起來，那臉上抑鬱的神情，使大先生為之一震：

「什麼事……？」

「賴老三被人抓起來了！」

「啊……？」胡雪巖瞪起火辣辣的眼睛盯著常先生，「為什麼？」

「我們剛放完了春茶預支費，他就收稅去了。」

胡雪巖一聽，氣得渾身發熱，他擰眉在屋裏來回地踱著，眼光閃閃地瞅著博古櫥裏的古玩，覺得每一件都說不出地可厭。忽然，他走近那尊「布袋僧」跟前，望著雕像憨厚的笑容，回憶著前人為這位彌勒菩薩所撰寫的一對楹聯：

大肚能容，容人間難容之事

開口即笑，笑天下可笑之人

他一連默誦了好幾遍，像吃了一付消瘀劑，將心裏的不快散去，漸漸把那緊鎖的雙眉舒展開了，遂問道：

「被關在什麼地方了？」

「梅家塢釐金卡。」

「你先回去，」胡雪巖說，「待會我去一趟……。」

常先生走後，胡雪巖胡亂吃了點東西，乘著帶有炭爐的綠呢大轎往梅家塢而去……。

釐金局原為左宗棠在浙江所設，全省設局六十七處，卡三百二十七處，自馬新貽繼任浙江巡撫之後一直沿襲此一制度，其每月稅收金由杭州阜康管理。當胡雪巖到了梅家塢釐金卡時，小頭目黃玉富嚇了一跳。

「胡大先生……」一面招呼一面讓進。

胡雪巖進了釐金卡那間小房子，只見賴老三被農民打得鼻青臉腫，衣服被撕綻了露出棉花，鞋子還少了一隻……抱著腦袋蹲在牆旮旯兒，他一聽到有人呼喚胡大先生，那尷尬的臉上立刻增加了一層羞愧之色，恨不得找個地縫鑽進去。

「胡大先生，」黃玉富解釋著說，

「放款收茶是您家的規矩，這個我們都知道，可是他放款以後，回頭又去收稅，說是見百抽十，有人交了，也有人懷疑，找他要稅據，他沒有，而且還罵罵咧咧的，茶農們知道他貪污黑稅，都火了，如果我不把他帶進來，早就被人打死了……。」

賴老三見大先生親自來了，情知不妙，又怕被關進大牢，他哭咧咧地站起來，低著頭走到胡雪巖面前，「卟咚」一跪：

「大先生，您饒了我吧……！」接著便「咚咚」磕起頭來……。

「好啦！」胡雪巖往大凳子上一坐，問道：

「你冒收了多少錢……？」

「三兩……，還有三百文……。」

「如果照你這麼幹，誰還願投售茶葉……？」

「我……」

「明天找常先生再要三兩三百文，叫釐金卡的黃先生帶著你，挨家挨戶地去認錯，加倍地把錢還給人家！」

「是，是是。」

「黃先生，」胡雪巖擺出一副鄉紳那種特定的矜持態度說，

「告訴鄉裏茶農，一，不要再打他了；二，明日你帶著他到交過黑稅的人家裏去道歉認錯，並且退還雙份的錢……。」

「明白了，大先生。」黃玉富說。

「還有！」胡雪巖說，

「收黑稅的人是我的職工，我認罰二十兩紋銀，明天叫賴老三一塊帶來交給你們。」轉頭問賴老三，

「你，聽明白了嗎？」

「我聽明白了。可是大先生……」

「好了，」胡雪巖打斷了他的話，「起來吧！」

胡雪巖說完「打道回府」了，而賴老三卻還木然地立在那裏，瞅瞅黃玉富，又瞅瞅門外看熱鬧的人群……。

「走吧，我送你一段路。」黃玉富拉著賴老三便走。

「我的鞋子……」賴老三伸著一隻腳說。

「給你吧！」看熱鬧的茶農話音剛落，一隻鞋子丟進來了。賴老三狼狽地穿上鞋子，垂著頭像一隻鬥敗的公雞，那討「黑稅」的威風早就一掃而光了。

他怏怏地回到了龍井茶葉收購站，將前前後後及胡大先生所交待的一席話，一五一十地向常先生述說了一遍。末了，他問道：

「常先生，我這事胡大先生會怎麼處置啊？」

「這？很難說，你如果能改邪歸正，也許……。」

「唉……！」賴老三簡直像個等待判決的罪犯，每天提心吊膽地過日子。雖然按照大先生的指示挨家挨戶退完了款子，但他那可憐巴巴的臉上始終沒有一絲笑容，就像強烈陽光照拂下的一隻心驚膽顫的貓頭鷹。

但是，胡雪巖一直沒處置他，隔了一年還給他加了薪。這下可老實了，在工作上兢兢業業，帳目上也清清白白，常先生都私下報告了胡雪巖，於是賴老三每年過年的花紅，比普通工人還高出一倍，當然這是後話。

卻說胡雪巖家裏來了一位異客，誰？押船送古鐘的日本人。胡雪巖忙叫阜康裏理应文昌取出三千六百兩紋銀交給了來客。同一天又收到一紙提貨單，並派人將賴老三找來，隨日本人連鐘帶燈一起運回來。

賴老三像得了聖旨一般，當天便想方設法地將七口古鐘加一盞巨型玲瓏吊燈小心地運到了胡宅。

胡雪巖又單獨付給日本職員一百兩銀子，做為住宿、船票和小費。這位日本人走後，胡雪巖把賴老三叫到客廳，親自寫了一張廟宇的名稱和地點：

「按照這七個寺廟的地點，一個一個地送到。它們是中國的古文化遺產，可惜流失到日本，這是我用銀子買回來的，你就送到廟裏去吧。」

廟裏接到古鐘，那些方丈和當家和尚們自然為這位大施主胡雪巖唸了不少遍「阿彌陀佛」，並請人在大鐘上鐫刻了「胡雪巖自日本購歸」等字樣。

□

時光悄悄流動，大井巷的徵地工作正緊鑼密鼓地開展之時，胡雪巖的新居也峻工了。

一八七二年（同治十一年）初春

這片花園式的大宅，鶴立雞群般地矗立在杭州元寶街上。數丈高的防火牆內，巧妙地分佈著十六座院落，每個院落複道回廊，幽房曲室、百門千窗，紅欄雕柱、金碧相輝；院外回環四合，湖池閃光，假山怪石，名花薈萃；走過曲徑小路，登上白玉小橋，遠遠可以望見西牆角上的一片碑林，遒勁的書法，均出於名人之手；再往南邊，拾級而上，在層層疊疊的奇石上，一座四面窗的涼亭非常醒目，俯瞰整個大宅，正如人們所說：「擘飛來峰之一支，似獅子林之縮本」。

搬遷那幾天，胡雪巖異常慷慨，將原鼓樓北的幾個套院廉價賣給了阜康職工。除了將二十幾處典當舖子送來的珍寶和金銀資財，以及每人隨身的常用衣物搬至新宅外，所剩家具全部由宓文昌分給了下屬職工，連剛進店的小徒弟也有一份。

大宅的裝修已經完畢，胡母的住房、十房妻妾的庭院、珍寶博古堂、帳房、男僕女佣的下房、轎房、小戲班的偏院、饍廳、衛生間、客廳以及胡雪巖的辦事房，其木器傢具均是紅木製成，主子們的室內裝潢和床具用品、各色窗帷，其富麗氣派無以倫比。搬遷時，胡家主子們分乘二十頂色彩各異、大小不等的轎子，那批訓練有素的轎夫，腳步一致，節奏穩健，使轎子一上一下，顫顫悠悠，像一串花蝴蝶翩翩起舞，引得路人側目而視，還有一批孩子，好奇地追隨著轎尾一直跟到元寶街，直到看門的劉老頭撒了把銅鈿才哄鬧著離去。

傍晚，祝賀的親友絡繹不絕，胡雪巖帶著緘三和品三兩個兒子拱手迎接，雙手簡直沒放下來過，臉上的笑容像蠟塑的，嘴裏喊著的「同喜，同喜；多謝、多謝」像是上滿了發條的留聲機。

此刻，大廳頂上那支從日本購回的十三層大吊燈已經點燃，前後院落也亮起了千盞彩繪宮燈，彩綢飄拂，春風徐徐，整個胡宅亮亮堂堂，忽而像滿天星斗，忽而像微笑著的千百雙眼睛……。

「知府大人到——！」

「嗨呀……」胡雪巖笑著迎上去，

「有勞知府大人……！」

知府陳魯笑道：

「胡大先生喬遷，小弟焉能失禮呀！」

二人正在寒暄，忽有人喊道：

「巡撫大人到——！」

胡雪巖一聽楊昌濬也來了，急忙迎到大門，因他知道楊昌濬乃左宗棠的老部下，又屬同一個派系，故而十分熱情地說：

「這……這怎麼敢當，搬家小事，還把您也給驚動來了？」

「胡兄，」楊昌濬搖著手中的裱件說，

「左公早就關照過，待胡兄喬遷之日，就是我楊某登門賀禧之時，難道……你不容我照辦？嗯？」

「哈哈……」胡雪巖大笑了一陣，說

「左公之情，楊兄之意，我全領了。請！請！」

說著便將楊昌濬和陳魯等一些地方官引進了百桌廳。此時，賓客已雲集此處，胡雪巖忙招呼大夥入座，自已邀請了官員們坐在了主席桌前。戚管家和潘寡婦指揮著男女佣人穿梭在各桌間端茶斟酒……。

「胡兄，」楊昌濬舉著手中裝裱的一幅書法作品說，

「胡宅落成，令人羨煞，隨手塗抹了一首唐詩，略表心意。」

胡雪巖雙手接過，拉開細瞧，只見落了雙款，正文是唐詩《山行留客》，書曰：

山光物態弄春輝，莫為輕陰便擬歸。

縱使晴明無雨色，入雲深處亦沾衣。

閱後，他欣喜地感到楊昌濬是借古喻今，字裏行間都在誇獎他的大宅，不禁立起身來親自掛在眾多的賀詞正中，而後朝大廳門口一揮手，喊道：

「開始！」

隨著這聲「開始」，佣人們立刻點起了煙花，霎時間，「碰——碰」煙花漫天飛濺，一團團火樹銀花，把胡家花園染成白晝一般，客人們望著窗外的煙花起落，映著紅、白、藍、綠的小燈籠，真是「五彩流星騰空起，恰似銀河落人間」。正在這時，忽有人來至胡雪巖跟前說：

「大先生，左大人派人賀禧來啦！」

「啊？！」胡雪巖驚喜萬分，正要撩袍離廳出去迎接，來人已經進了大廳。前邊是左宗棠麾下的侍衛官劉勇，後邊兩個校尉抬著一塊楊木鐫刻的匾額，上書「水木湛華」四個大字，下款是「大清同治十一年正月，左宗棠書。」

「辛苦啦……弟兄們！」

胡雪巖揚起雙手笑著對旁邊喊道，

「潘大嫂，奏樂！」

早在準備的小戲班們立刻抄起了弦樂、彈撥樂、吹打樂，奏起了江南絲竹《歡樂歌》。

劉勇抱著拳說：

「左大人知道您的巨宅建成了，他老人家親自寫了一幅匾額，製好以後又因戰事繁忙，故來遲一步，望胡大先生海涵。」

「不！來的正好。」

「幸虧您這放起了煙花，」劉勇說，「不然，更是遲啦！」

「快！」胡雪巖命戚老頭，

「叫幾個年輕人，把左大人的匾額掛牌樓下面的遊廊正中！」

「是！」戚老頭答應著，隨即帶了四個男佣人把匾額抬走了。

「快坐。」胡雪巖說罷，早有人把來客請到了各個席位上。音樂不停地奏著江南絲竹，酒杯叮噹地響著，不斷有人進頌賀詞。待酒足飯飽，客人們欣賞了一番名家送來的字畫，又聽了幾折杭州灘簧才逐漸離去。

第二天，劉勇等人臨行時，胡雪巖又贈了些銀兩，打發他們上路。

年近半百的胡雪巖，經過這一番折騰確實感到疲勞，送走了劉勇他們，他在小玉的照料下回到了二太太院落，進了屋對著鏡子，細細的看了看自己的面孔。氣色很好，目光安詳自若，感到自己還是一個年輕人，他滿意地笑了。

不過，胡雪巖新居落成之後，較以往瘦了許多。也許，正是由於他那開闊的胸襟和那敢作敢為的性格，使他的身子骨一直如青年般硬朗，連他自己也奇怪，怎麼累不倒？尤其是一些大小事物，他都要親自過問。連大井巷的百姓遷房他都要親自去說服。然而，胡雪巖的出馬，確也起了「牽一髮動全身」的作用，他要開辦「國藥號」的事，像龍捲風似的，一下子傳遍了大江以南。

□

一八七三年正月十六日

一場大雪覆蓋了這塊剛買下來的十畝地皮，還沒拆掉的民房披上了銀色的素裝，遠眺吳山，白雪皚皚，一陣陣西風不時地捲起尚未結冰的雪花，在光溜溜的山坡上翻著跟斗，幾座廟宇隱沒在積雪覆蓋著的古樟後邊，像被灰濛濛的暮色煙靄所吞沒。

雪不停地下著，這是一場近百年來罕見的大雪。冷風颼颼地颳著，路上行人踏著厚厚的積雪，把頭使勁地縮進了領子裏。這時，有兩個身穿棉袍、絲棉坎肩、戴著風帽的人先後來到胡雪巖的大宅。

客廳裏大壁爐內烈火熊熊，若一個溫暖的春的天地，博古櫥裏琳琅滿目的古瓷瓶、古陶器、金佛、雞血石、商鼎……，正中一幅中堂，畫的是古松翠柏，兩邊一副對聯，皆為宋代名家作品，左凳案上一盆四季如春的珴玳，猶如遮天蔽日般地伸展著枝葉，周圍一圈皮墊椅子，中間一個鑲著大理石的烏木桌子……。

這天，袁古農老先生帶著松江縣余天成藥號經理余修初面見大先生。誰料，杭城卻傳說胡雪巖今日招聘國藥號經理。他們知道，胡雪巖對醫藥一竅不通，在外行手下擔任經理豈不是一手遮天？於是出現了門外兩個戴風帽的人。

「您找誰？」大宅入口處的門房劉老頭問。

「嘿嘿……胡大先生不是聘經理嗎？」

「沒聽說呀，」劉老頭遲疑了一下，接著說，

「你進來等等，我去問問……。」

劉老頭把領子往上一拎，拿起油布傘要走，忽地又來一個人。

「老先生，聽說胡大先生招聘經理……？」

「耶！」劉老頭不解地搖搖頭，

「這麼大的事兒，也沒有告訴我！您先到門房裏坐坐，我去問問。」

「大先生……」劉老頭踏著雪路走進客廳，問道：

「外邊來了兩位應聘的先生，叫他們進來嗎？」

「應聘……？」胡雪巖真有點像丈二和尚摸不著頭腦了。

「他們都說，您今天聘……聘什麼經理來著？」

半晌沒插嘴的袁古農老先生說：

「大先生，您整地拆遷營造國藥號，已成了全城的新聞，今日，我陪著余修初先生到您府上，更被圈內之人猜忌。我看不妨請他們都來，應聘也好，談談也好，來的人多，我看不是壞事……。」

胡雪巖用徵詢的目光看了看余修初，余修初不慌不忙地說：

「也好，各有經營之道，不妨都來談談……。」

「那好吧。」胡雪巖對劉老頭說，「請他們也來吧……。」

不一會兒，劉老頭帶了兩個「應聘」的先生進來。第一個矮胖子脫下帽子，撣了撣積雪問胡雪巖：「您是胡大先生吧……？」

「啊……對呀。」

「聽說您要辦大型國藥號……？」

「是有這件事。」

「我呀，毛遂自薦，嘿嘿，聽說要招一名經理，所以……。」矮胖子說。

「您先請坐。」胡雪巖問另一人道：

「您找我……？」

「哦，」年紀稍長者說：「我和這位一樣，也是不揣冒昧來應聘的……」說罷突然發現袁古農，驚喜道：

「哎呀，袁老先生您也在呀！」

袁古農急忙站起來，一拱手：

「啊，養齋先生，您可是位老行家了，快坐，快坐。」

大家寒暄了一番後，客廳頓時靜下來了，只有牆上那座掛鐘發出「滴答滴答」的節奏聲。半晌，胡雪巖拱了拱手，笑道：

「敝人要辦一個國藥號，已成定局。諸位既然來了，也就都是我這爿店的經理人選。現在請把個人履歷介紹一下，好嗎？」

「我叫李紳坤，三十六歲。」矮胖子搶先發言說，

「十四歲在泰和堂學生意，十七歲做櫃枱，二十二歲採購藥材，二十八歲做檢藥先生，三十一歲當副經理，因藥店太小，所以投到您這裏，希望能……。」

「我叫孫養齋，」一較年長者說，

「五十一歲了，原是嘉興慶記國藥號的經理。當過學徒，十九歲開始措藥。後來做過幾年販藥生意，例如虎骨、東北參、驢皮、鹿茸等等。雖然生意不錯，但因身體的緣故，長途販運吃不消了，後來在嘉興開了爿小藥舖，去年和慶記合夥經營，他出大股，我當經理。俗話說，人往高處走，水往低處流，聽說胡大先生要辦國藥號，我是慕名而來，這經理一職，我是毛遂自薦了，哈哈！」

胡雪巖微微一笑，心想：

我請一位經理，來了三個，三人都是藥舖「科班出身」，而且經歷大致相同。一種難以解決的矛盾在他的心中亂碰。因說道：

「余修初先生的簡歷已經介紹過了。我想請問大家，應該如何辦好一個國藥號？三位不妨談談個人的高見……。」

冷場了一會，正好戚老頭拎著開水壺給大夥獻上了「獅峰」茶，略微打破了一些這種僵持的局面。

「嘿嘿……」矮胖子李紳坤心想，胡雪巖是巨商，哪有商人不想賺錢的，彷彿他看透了胡雪巖的用意，於是他「嘿嘿」了兩聲侃侃而談道：

「胡大先生辦國藥號，首先看它的屬性，可以說，逃不出一個『商』字，憑我多年的經驗，首先注意抓製藥，這可是三至五倍的利潤，如果在材料上想點竅門，利潤還高；第二對買主要客氣，俗話說『和氣生財』嘛；第三，要多收學徒，成本低；第四，收購藥材不要捨近求遠，要就近取材，這也是求得低成本的方法；第五，藥價不能低，老百姓認為『貴的不貴，賤的不賤』，你越貴他越相信！你賣的比別人便宜，他就懷疑，這我全知道，第六，如果胡大先生信得過我，我五年撈回一切成本，包括建房費，第六年開始，我每年可以獲得純利五萬兩，這就是我的方案。」

胡雪巖微微一笑，示意讓孫養齋談談。孫養齋朝李紳坤瞥了一眼，那眼神兒顯然不同意他的意見。

「好吧，」孫養齋說，「既然大先生看得起我，我就直說了吧。」

「國藥號應該以盈利為目的。俗話說『水漲船高』，僱工要僱得有水準，病家要看你的措藥能力、檢藥水平，費用高是高在藥上，提高藥價就解決了嘛，反正羊毛出在羊身上，這是第一；第二，根據我長途販運藥材的經驗，胡大先生的國藥號要廣泛聯繫這些人，使他們有銷路，我們又能成倍的賺錢，而他們採購來的稀有藥材，大部份都是真貨，我的專業是鑑定，我保証收進來的沒假貨。注意，吃假藥可害死了不少人啊；第三，根據全國國藥號的利潤是百分之四十，這樣算下來，每日二百兩營業額，一年利潤可達九千五百兩，除去開支可剩七千兩，這就是我的打算。」

還沒等胡大先生發言，余修初問了一句：

「不知胡大先生準備投資多少？」

「二百五十萬兩。」胡雪巖不假思索地說。

「如果我當經理，」余修初說，「您準備虧三年。」

眾人聽了吃了一驚。只有胡雪巖笑了，那笑眼像看見個新奇的東西似的，腮上的肌肉往上收縮著，明亮的眼睛露出欣喜的神色，他望著余修初那幹練的面孔，彷彿在那面孔背後深藏著一個理想的國藥號，遂問道：

「請問，虧三年怎麼解釋……？」

「哈哈……」余修初笑著說，

「您已經虧了十多年啦，我來之前做了一些調查，紅靈丹，行軍散，辟瘟丹……，全國軍民都在受益，直到現在全國來信要求寄藥者尚有一千多處……」

「俗話說：『人生重結果，種田看收成』，大先生出資兩百五十萬，這如果是顆種子，就要以醫德來澆灌，明世相之本體，負天下之重任。我認為，首先要加強在車船碼頭對來往行人的贈送，其中每一組要敲鑼打鼓，選能言者宣傳藥效，將『號衣』一律繡上國藥號的店名，開張之日，必然顧客盈門；第二，派人坐莊採辦藥材，求真務實，真不二價；第三，國藥號的生命力、旺盛力，全在於上下職工的職業道德。注意，顧客乃是我們的養生父母，德在人先，利居人後，這就是辦藥的德性；第四，廣招天下名家，進一步研究《太平惠民和劑局方》，製作成藥，必須按規程精製，不得有半點含糊；第五，這個國藥號前三年以贈送和宣傳為手段，只有取信於民，才有將來的生機……。」講到這裏他問了一聲：

「胡大先生，不知國藥號取名了沒有？」

「這個國藥號有了初步設想。」

「能否說出，讓我等共同議論……？」

「當然，」胡雪巖說，「叫『慶餘堂』如何？」

「好！」余修初說，「響亮而通俗。」

「不過，碼頭施藥工背了十多年的『胡』字，和慶餘堂看不出關係，而我認為十餘年濟世救人的善舉，其聲名應該落在慶餘堂的『帳』上，因此應加上『胡』字，叫『胡慶餘堂』，也就是向百姓宣告，胡慶餘堂的宗旨，是濟人的延續……，為了防止成藥的假冒，不妨再加上個『雪記』。」余修初說到這裏笑了笑，

「我說的太多了，請諸位原諒，不過我還要補充一句話，就是胡慶餘堂國藥號的建

築設計，應該有點『神農』味兒，他能給病人足夠的安慰，甚至光看看藥舖也可以忘病而去。」

胡雪巖朝袁古農瞥了一眼，笑了。

李紳坤聽著余修初的發言，愣了。

孫養齋看到胡雪巖的微笑，傻了。

袁古農望望自己推薦的人，糟了。

「好！」胡雪巖一拍桌子，笑道：

「胡慶餘堂雪記國藥號就請余修初先生擔任經理！我認為藥業涉及人體大事，採辦務真，修製務精，對外真無二價，對內提倡『戒欺』二字，做到應病家所求，廣救於人……，余修初先生叫我虧本三年，我完全理解他語中之內涵，我不僅同意，我再讓你一年。辦藥業不同於其他，故不能汲汲求利，急功近利的藥店，是倒閉的先兆。至於如何辦好，請余修初先生寫出一份計劃，包括廠房和藥舖的打算一併寫進去……。」

說到這裏他帶著歉意對孫養齋、李紳坤說：

「您二位各有自己的經驗，只不過與我的構想不太一致，如果二位想在本號盡力，我歡迎……。」

「不能在您這裏任經理，我也覺得遺憾……，」李紳坤冷笑，

「那，我就告辭了。」說罷起身走了。

「我不懂余先生的辦業手段，」孫養齋苦著臉說，

「既然胡大先生看得起他，那我就……」

「不……」胡雪巖笑著說，

「憑您的經驗和能力，余修初先生定能給您一個滿意的職位。」

「胡大先生說的極是……，」余修初說到這裏，門房孫老頭又進來了，他摘下帽子撣著積雪說：

「大先生，南京、上海、寧波……嘍！好幾位先生來找您，說是什麼應聘……？」

胡雪巖一怔，心想，八字還沒一撇呢，消息真快呀……！

第十六章

不一會兒，五位「經理候選人」進來了，他們來自上海、南京、寧波、蘇州和溫州，年紀都很輕。南京和寧波的兩位個子很高大，大冷的天氣連棉衣都沒穿；上海的較斯文，但那機靈的眼睛始終觀察著胡雪巖的面色，彷彿想讓自己的一切設想都能讓胡雪巖滿意似的；蘇州和溫州的兩位從言談到舉止，都像是撂地賣假藥的，江湖味十足。五位競爭者先後發表了各自的「演說」，卻像是放了五遍的「留聲機」一樣，同一個調，都表示第一年能為胡大先生賺大錢，而且都很具體，像拍賣行似的喊價，一個比一個高，甚至高得連他自己都不相信了。

胡雪巖只是淡淡地笑笑：

「諸位，大家各有高見，我胡某也受益匪淺，至於能否擔任『胡慶餘堂雪記國藥號』的經理，容我再考慮，請把姓名地點交給門房老劉好了……。」

明白人一聽，明白了八九分，也感到胡雪巖雖然面帶笑容，但那言語卻是冷颼颼的，五人禁不住打了個寒顫紛紛先辭而去。

「大先生，」二太太余氏派廚房師傅劉和貴來到客廳，笑著說，

「過了中午了……。」

「好啊！」胡雪巖說，「小膳房生火了嗎？」

「生了，房裡暖和著呢。」

「今日天冷，我請三位客人吃海鮮火鍋，再切幾斤羊肉，啊……？」

「有，有，都準備了……。」劉師傅說著便離開客廳往廚房奔去。

小膳房裡的壁爐正旺，室內溫暖異常，胡雪巖、袁古農、余修初、孫養齋四個人圍著火鍋吃起了海鮮與涮羊肉，小玉在一旁斟著酒，其間，除了袁古農早知道胡雪巖的生活奢侈至極外，其他人尚不知有如此的房舍和膳食，余修初見了滿桌的菜餚，感到受寵若驚，孫養齋年過半百，跑了多少碼頭，還沒見過如此的排場，一時都縮手縮腳的，連筷子都很少伸出去。

「你呀，」胡雪巖對余修初說，

「就吃吧，別客氣，將來的胡慶餘堂就看你的了……。」

余修初涮了一片羊肉，往調料裡一放，說：

「請大先生放心，一方面我盡心盡力，一方面大先生要隨時指點啊……。」

「你對孫老先生怎麼安排，考慮了沒有？」

「嘿嘿，」余修初憨笑著說，

「孫老先生一講話我就看出他是鑒別藥材的行家高手，將來我們要派出人去坐地設莊採購道地藥材，這一藥材部的經理，就請孫先生擔任……。」

「看法一致，」袁古農說，

「鑒別藥材是一門專門的學問，孫先生負責藥材部最合適不過了。」

「我呀，」孫養齋笑著說，

「我是慕名而來，能在胡大先生辦的國藥號裡當差，幹什麼都行。」對余修初說，

「余經理，你是能人，今後還望你多多關照，來，我敬大家一杯……。」

在酒酣耳熱之際，打破了陌生和緊張的情緒。

「今天，你們幾位暫住醫學署，」胡雪巖說，

「那裡還有幾間名醫住房，也有人接待，等下吃完飯，我派轎把你們送去！」對一

旁的小玉說，

「通知張保，叫他派三頂轎子！」

「是……。」小玉下去了。

「大先生，這大雪的天，別麻煩他們了，再說，地上也不好走……。」袁古農說。

「哎，不好走才讓你們乘轎啦，」胡雪巖說，

「放心，我這個轎班子，都受過嚴格的訓練，他們哪，都有一套本事……。」

「大先生，」小玉進來嘟囔著說，

「兩個掌班的今天都沒來！」

「啊？」胡雪巖火了，臉色脹得通紅，

「去，叫根寶把他們叫來！」

這天，只因一場罕見的大雪，張保和李文才猜想胡大先生不會外出，太太小姐們更不會出去了。即使是客人也不可能跋涉雪地來見大先生，因而都沒來上班。

李文才住在五步橋，深宅裡有五間瓦房，他和妻妾四人正在寬大的正廳中圍著炭爐玩紙牌，忽聽丫鬟進來說道：

「老爺，門外有人找您……」

「誰？」李文才頭也沒抬地問。

「聽說是胡府的人。」

正說著，小轎夫根寶進來了，見李文才手裡還拿著紙牌，急道：

「哎呀，我的七品縣令，大先生都生氣了，你還在這……！」

「真的？」

「可不是，快去吧！」

李文才穿上桐油棉鞋，一推門出去了。他倆剛拐出弄堂，丫鬟拿著皮坎肩追出來了：

「老爺，夫人讓您把坎肩穿上！」

「不穿了。」

雖然大雪舖地，但他倆像走平路一樣，不久功夫便來到胡府，到了小膳房，李文才把帽子一摘，惶恐地問道：

「大先生，您要出去？」

胡雪巖見李文才如此神速地趕來，氣也就消了一半，加上他跟隨自己多年，又有七品縣令的頭銜，便把火氣壓下去了：

「派三頂轎子，把三位客人送到醫學署去！」

「是。」

李文才立刻到了轎班，選了五名「雪上飛」加上自己，選了三頂客轎抬至小膳房門外，進門說道：

「請先生們上轎……。」

袁古農、孫養齋、余修初三個人辭謝了胡雪巖，登轎走了……。胡雪巖回到了二太太房中，點上了煙燈又騰雲駕霧了一番。

「找老十來給你捶捶腿，好吧？」

「哦。」

「小玉，」余氏說，「快把十太太請來。」

「噯。」

小玉應了一聲出去了。

說真的，自從元寶街的大宅落成，其中共有十六個大套院，十位太太各居一個套院，院落佈局複雜，連胡雪巖自己都像在走迷宮般。然而聰明的小玉自太太們分房那天，她便一一記在心裡，胸中彷彿有一張平面圖，不論怎樣迂迴曲折的院落，她都能非常清晰而且正確地指出方位。

「二姐，」巧雲羞答答地進來說，「您找我……？」

「喲，我的十妹子，你穿這麼點衣裳不冷嗎？」

「不冷，」巧雲斜睨著胡雪巖說，「北方長大的，凍慣了。」

「快，大先生說，你給他捶腿，他最滿意啦。」

巧雲莞爾一笑：「可他就是不疼我……。」

說著便走到了床邊。

胡雪巖伸著腿懶洋洋地說：

「誰說不疼啊，別人的名字我叫不出。可是巧雲的名字我記的多牢啊！」

巧雲悄悄朝余氏瞥了一眼，捏起小拳頭便在胡雪巖的腿上捶打起來，胡雪巖微閉雙眼，那感覺就像一對小棉球在他腿上有節奏地起落，每當他愜意而自得的時候，眼睛便瞇成了一條細縫，好像在琢磨著一種快樂的事情，也像在聆聽一種絕妙的小夜曲似的。

有時那漫不經心的目光漸漸向巧雲的秀臉上移過去，剛和巧雲那水汪汪的大眼相碰時，巧雲便呡著小嘴羞答答地低下了頭，那兩隻小手愈發酥軟。

□

雪，漸漸地停了。

小玉拿著掃把往各位太太的下房裡走了一遍：

「快出來掃雪，萬一大先生晚上來，叫他怎麼走？」

那丫鬟們誰敢說個不字兒，彷彿都有一個願望，希望大先生晚上抽籤能抽到自己的主子。老實說，誰都不願意讓自己的主子獨守空房，更不願讓大先生在自家院落裡掃興而去，所以小玉一吆喝，各房的丫鬟們急忙拿起掃除用具在院裡走廊上掃起雪來……。

男下房的院落也掃起雪來，戚老頭握著鐵鍬，「嚓嚓」地把雪堆在大院角落的幾個下水道邊上，待雪溶後順著水管流掉。此處與梨園院相連，潘寡婦帶著三十多名姑娘也在掃雪，那嘻嘻哈哈的笑聲遠聽像一串串小玲瑠……。

「哎！」潘寡婦對戚老頭說，

「你就掃到你那算完了，這走廊歸誰掃？」

「哎呀，你人多，多幹點不吃虧……。」

「咳！你倒是吃了燈草，說的輕巧。」

「你就叫孩子們多幹點吧……。」

「你！這是歸你掃的！」潘寡婦兩手插著腰，

「二太太來一檢查，你怎麼交待？」

「咦……」戚老頭停下了手裡的活，

「你這個人怎麼對自己的活兒推得一乾二淨？檢查，我該做的都做了，我才不是『鴨子出塘，一抖就光』的人哩！」

「你放屁！」潘寡婦瞪大了眼睛說，

「這片雪你不掃，還想推到我身上來？你做夢！」

戚老頭又低頭鏟起雪來，嘴裡叨咕著說，

「好雞不和狗鬥，好男不和女鬥。幹啥喲，都在胡家當差，可別那麼神氣……。」

「喲！你這個老不死的，誰跟你一塊當差？你也不打聽打聽，姑奶奶和胡雪巖是一塊長大的，你算老幾？」

「那好啊……」戚老頭沈著地說，

「要是我呀，哼，我老早就當了胡家大太太啦……！」

「呸！」潘寡婦氣得臉色發白，

「你人不死，舌頭根子也不爛？」

一邊罵著一邊拎著掃把就從走廊裡跑過來，

「你罵我，我今天跟你拚了……。」

戚老頭端起鐵鍬，怒道：

「你過來，你過來，我把腦袋給你鏟掉！」

一批女孩子飛也似的跑過來護住了潘寡婦，

「幹啥呢？」小玉聞聲而來。

下人們都知道，此刻的小玉可不是一般的丫鬟啦！不僅是胡大先生的貼身佣人，而且頗受大先生的信任，只不過因二奶奶捨不得，否則早就當了女佣的總管了，所以她在下人中的威信比總管還高。這時大夥見小玉來了，那劍拔弩張的氣氛一下子熄火了。

戚老頭嘿嘿地笑了兩聲：

「鬧著玩，鬧著玩。」

「那還端起鐵鍬幹啥？」小玉問。

戚老頭笑呵呵地說：

「她……，就是這個潘大嫂跟我打賭，嘿嘿。她說：只要一鍬能把她腦袋鏟下來，她就……，嘿嘿……。」

潘寡婦被女孩子們拉到走廊下，她歪著脖子聽了戚老頭這般笑嘻嘻地「告狀」，氣得直呲牙咧嘴。

「別再鬧著玩了……，」小玉朝潘寡婦瞥了一眼，說：「萬一……」

潘寡婦聽到這裡，一轉身走了。心想：

小小的丫頭片子到這來老三老四的，我認識胡雪巖的時候，你還在娘肚子裡呢，要什麼威風！

其實，胡家的矛盾錯綜複雜，太太之間，下人之間，爭寵吃醋，互不服氣，指桑罵槐，明爭暗鬥，這一切小玉都看在眼裡，記在心底，但她從來不在主子面前嚼舌，而胡雪巖對家庭瑣事也從不過問，故有人給他編了個順口溜：

「出去認算盤，回家看古玩，客廳一杯茶，談的茶絲蠶。」

晚飯過後，小玉和往常一樣，托著一只景泰藍的小瓷盤，往胡雪巖面前一伸，胡雪巖信手抽了一個「五」字，抬頭問小玉道：

「五太太住哪裡?」

「冷香院。」

「喔。」

小玉急忙點上小風燈，領著胡大先生拐進怡春院，穿過月亮門，來至雯祥院，繞過一條走廊，拾級而下，經過梅香院，幾經迴旋曲折，把大先生帶到了冷香院，胡雪巖心想：

好一個迷宮，如果沒有聰明而老資格的小玉，換另一個丫鬟是很難與竹籤對號的……。

翌晨，早飯前胡雪巖按照他的老習慣，獨自來到「養心閣」，掏出那把獨一無二的鑰匙，進入室內，把各個琉璃盤內的明珠、瑪瑙、翡翠、紅藍寶石、珊瑚等珍品，靜心注視十五分鐘，藉以明目養神。

□

十五天後，余修初帶了一份「胡慶餘堂雪記國藥號籌備計劃」來到胡宅。

「大先生在家嗎？」余修初問門房劉老頭。

「剛出去。」

「到哪去了知道嗎？」

「到阜康去了。穿過這條馬路，往右，阜康錢莊。」

「謝謝。」

余修初到了阜康錢莊，胡雪巖正在和宓文昌談及建造國藥號的事。他一見余修初，急忙介紹說：

「我們正談到你啦，這位就是余修初先生。」指著宓文昌說，

「這位是阜康銀號浙江店的襄理宓文昌先生，快坐下來我們一道談談。」

余修初今天穿了一件深藍色的絲棉長袍，閃緞團花黑色馬褂，瓜皮帽上還鑲了一塊白玉，身材和胡雪巖差不多，但看上去身體很健壯，眼睛雖然小但炯炯有神，那條又粗又黑的大辮子好像從來沒剪過，長到了臀部。方臉龐上的那撮又黑又濃的鬍鬚，顯得很有風度，尤其那兩道眉毛，黑得像畫了炭似的，講話時還會隨著語氣的變化而擺動著，彷彿他有使不完的精力和智慧……。

「大先生，」他坐下來說，

「我寫了一個計劃，請您過過目……。」

「你先口頭說說，我們幾個人共同討論，好嗎？」

「也可以，」余修初摘下帽子往旁邊椅子上一放，說，

「胡慶餘堂規模比較大，但是藥號如取信於民、濟世救人，不在於規模，而在於質量。選擇大井巷是上乘之策，到吳山必走大井巷，經大井巷必經胡慶餘堂，此處最得地利。我想在部門中分四大部：即製劑部，或叫藥廠；採購部，即派得力能手去產地坐莊；門市部，包括自製丸散膏丹和為病家配藥；銷售部，包括全國的推銷和郵寄。在細部方

面，分飲片、參燕、切藥、丸散、採選、炮製、細貨、儲膠、配製、細料、郵寄等十一個部門。另外，財務和宣傳單獨設室。我提到的先虧三年，只因我們實力雄厚，不要急功近利，更不要急著收回成本，俗話說：『人窮志短，氣寬壽長』，把眼光放遠，雪球，會越滾越大。最後，我在管理上有幾個設想，觀察諸家藥店，之所以不景氣，均因欺客所致。因此，要有考級制度，重優輕劣，篩選淘汰。例如製劑，就要按技術分為先生、師傅、學徒三級，容許破格陞任，也有開除的權利；在建築設計上，不落窠臼，一進門就有迴廊，植奇花異草，多立名人匾額，既是裝飾，又表明本店的性質。中堂要寬敞，雕欄畫棟，紅木櫃檯，一側為丸散膏丹，一側為國醫配藥，堂內設紅木凳椅。……」

「注意氣勢，」胡雪巖插話說，

「高石基，高火牆，拐至大街的這面粉牆，把店名寫得大大的。哎，余先生，我再給你透露點經濟消息，原定投進二百五十萬兩，我和戚先生一商量，還可以投進三十萬兩，這樣就有二百八十萬兩。店堂是個臉面，看門面就能對店中的藥品另眼相待，所以要有兼具氣勢、典雅還要有百草味兒；對職工的教導，古人說『恩應自薄而厚，威須先嚴後寬』，我們的行業，對內來說，倡導『戒欺』二字，對外是『真不二價』，這兩條都可以公佈於眾；另外，貨真，也應該叫百姓親聞目睹，例如『全鹿丸』全國藥店都有，誰的真？你就要以具體行動讓百姓打心眼裡服你！注意，這些東西就是胡慶餘堂的奠基石呀……！」

余修初使勁地點點頭：

「大先生，您的話我都懂了。過去，我只靠嘴上宣傳藥品的價值，但以行動宣傳，我還是第一次聽到，這事我也一定會做好！」

「關於造房設計，有一位名家叫張道逸，我找他商量之後，你再和他一道研究。」胡雪巖對宓文昌說，

「先支給余先生二百兩搬家費……，」

「不，不，」余修初說，「我的人口少，家具少，路又近，用不了二百兩。」

「來杭州不吃飯了？」胡雪巖笑著說，

「你現在的工作，一是建造房子，二是網羅人才，三是考慮一切規章制度，包括獎罰。」

「還一件事，」宓文昌說，

「關於營造費用，請余先生務必簽字，否則支出易出漏洞。」

余修初笑了：「一切開支，我會直接與您見面商量的……。」

□

彈指之間，又是一個明媚的春天。胡雪巖胸中醞釀了許久的繅絲計劃，隨著春天的到來，像柳枝在他的心中吐芽似的，逐漸成熟。

這天，他辭別了母親，到了上海，隨即僱了一輛馬車來到阜康銀號，一下車便發現門面改觀了：大理石鑲面，字號已改成鍍銅金字，清潔的石級光亮照人，室內紅木櫃台，配上閃光的金色柵欄窗口，給人一種莊重而沈穩的感覺。

「胡大先生……」認識胡雪巖的職員們紛紛在櫃台裡站起來，胡雪巖把帽子一摘，笑著向大夥點點頭，隨後穿過耳房到了議事室。

服裝局的潘洪友、田志華正在和戚翰文商量工作，他們見大先生來了，連忙讓坐。

「你們先談……」胡雪巖擺擺手。

「您來的正好……」潘洪友說。

「你們先談，我休息一會兒……」說著便走進了另一間雙鋪加煙具的屋子，戚翰文知道他來癮了，急忙到後院把丫鬟萍兒找來，替大先生點了煙燈……。

過了一會，胡雪巖笑呵呵來到議事室，笑問道：

「你們在談著什麼事啊……？」

「大先生，」潘洪友面帶為難之色說：

「左大人要把上海轉運局，改成陝甘湘軍的糧台，這樣一來，經費來源成了大問題……。」

「翰文，陝甘的銀餉還有多少？」胡雪巖問。

「所剩無幾了，」戚翰文說，

「現在庫存僅有七十餘萬兩。朝廷又要浙江在釐金項下撥制錢三十萬串，運到天津儲存，作為津京通貨流通之用。前兩年，左宗棠大人命令浙江解陝『西征』協餉每月二十萬兩，並飭令浙江撫台按月解送。可是，自從兩江總督馬新貽被捻黨張文祥刺死以來，該餉幾乎無人過問了，布政使蔣益澧忙於修建書院、詁經精舍，杭州知府陳魯重修府學文成殿廡，制禮樂器，對協餉簡直忘在腦後了，您說，辦糧台沒有足夠的財政來源，是有困難的……。」

「糧台不僅要辦，而且一定要辦好！」胡雪巖說，

「這事是左宗棠大人親自交待我的。浙江藩台已經自給自足了，尤其是戰後，頒布《招墾法》以來，外省來浙開荒的很多，每年的地捐也不少，加上釐金的收入，足夠了。左襄公那邊，已奏請變通兵制，定了減兵增餉的章程，裁汰了一批老弱，留下的強將勇兵，增加餉金也是對的。馬新貽被刺以後，朝廷派曾國藩回任兩江總督，這對兩江協餉左宗棠極為有利，因為左宗棠的陞遷，是曾國藩一手舉薦的，而且都是洋務派的先鋒人物，你想，曾國藩能不支持左襄公嗎？因此，兩江的協餉肯定不會落空，必要的時候，我去找曾文正公，這是第一；第二，福州船政局已經造出十幾艘輪船來了，比上海李鴻章的造船局還提早了一年下水，這船，民運、漕運、戰時軍用都可以，我已經通知福州的阜康了，一切租船收入，均調撥到上海轉運局，也就是這個陝甘『糧台』。這筆收入，也不會低；第三，釐金局……目前有很多漏洞，例如，責成各個絲行，在鄉民賣絲時，要先交捐再准銷售，這種絲捐被一些小絲行放掉了。按規定每包絲八十市斤，收絲捐二

十二兩，這個稅捐我已告知釐金局了，將全省六十七個分局和三百二十七個釐金卡全部控制住，這筆絲捐的數字相當不少了，同時，朝廷對左宗棠西征剿捻也會撥款的。現在，請潘洪友先生速回浙江，督辦釐金，落實每月二十萬兩的協餉。你找藩台，我找總督，雙管齊下；田志華到江蘇，催辦協餉……。」

「去過了，」田志華鎖著眉頭說，

「老實說，他們並不情願解送協餉，不是打折扣，就是賴餉，好像……我向他們借錢似的……。」

胡雪巖沈吟了片刻，鄭重地說：

「帶上左宗棠的飭令，再不執行，我將告訴左公，請左公上疏朝廷。」

說完，便將左宗棠對兩江的飭令交給了田志華。

「翰文，」胡雪巖又對戚翰文說，

「糧台與轉運局有很大的不同，不但對陝甘將供應糧食和軍裝，連武器藥品也要不失時機地供應。當然轉運工作仍由潘洪友、田志華兩位先生負責，你主要掌握經費，如果發現收支距離較大，及時告訴我，以便研究補救辦法……。」

戚翰文表示了理解。

不過，胡雪巖為什麼強調了「絲捐」，其中奧秘，別人根本聯想不到。因他去年在蠶繭生意中減少了近二十萬兩的收入。因不少絲行將蠶繭繅成了白絲，直接運往上海被洋人收購，也有的蠶農自家用小作坊繅絲，賣給絲行不扣絲捐，因而大量蠶絲流入絲行，致使龐雲繒收購蠶繭時大費力氣。這次，強調蠶農賣絲每包（八十斤）必須交納絲捐二十二兩，就迫使他們只賣繭子，然後以高於絲行的價格收購，仍有厚利可得。

這天，他部署完了糧台的工作之後，與戚翰文二人在後院吃了晚飯。白雅君招待得特別殷勤，除了買來幾樣滷味外，還做了幾盤新學的炒腰花、爆蝦仁和沙鍋魚頭豆腐。

「我有個打算。」胡雪巖喝著酒說。

「啊……。」

「我打算在上海辦一個繅絲廠。」

戚翰文聽了直納悶，說，「你怎麼想辦這個廠呢?」

「你知道，每年收購的蠶繭都要先進繅絲廠製成絲，然後才能脫手。我如果辦了繅絲廠，這廠家的利潤就不會白白送給別人啦。」

「核算過了嗎？」戚翰文問。

「嗨，這是明擺著的事，一個繅絲師傅每日工價一百文；二等師傅六十文，學徒工只不過三四十文，而他們的產品利潤要超過他們的六倍至七倍。」

「還與龐雲繒合辦嗎？」

「不！多僱幾個能手就行了，把他們的工價提高到一百二十文，都願意來。」

「這倒是個一舉兩得的事，既解決了繅絲旺季的麻煩，利潤又不外流。」

「還可以對外加工，可能的話我還可以收買，要洋人必須從我這裡才能買到絲。當然嘍，這件事不能再讓你幹了，你又管省外的阜康，又經手糧台，精力有限。你看……能不能把孫亦建抽出來當廠長？」

「可以，」戚翰文笑了，

「你呀，比我觀察的還仔細。不過，還有一點你是不知道的。」

「哦……？」

「他的姐姐在上海幹了好多年的繅絲工人了，據說，她的徒弟就有幾十個人呢。」

胡雪巖一聽，心想：真是天助我也！那興奮的眼睛閃出了光亮：

「翰文，這件事要抓緊，力爭在繭子上市的時候就投產。」

「來得及嗎？」

「機器一轉就是銀子。明日上午我去買機器，你和孫亦建商量買廠房。初步計劃……一百台。有廠房有機器，再招聘工人，而且把他姐姐請過來擔任監工。」

戚翰文聽了感到發慌，這麼大的工廠馬上見效？這豈不是太……，然而，胡大先生敢做敢為的性格他是知道的，看準的事，誰也別想攔。雖然他的主意往往出人意料之外，卻往往又在情理之中。因而，他沒有說出自己的意見，只是照辦而已。

□

第二天上午，胡雪巖直奔英國怡和洋行。這洋行的大班波斯烏與胡雪巖已經有過多次交往了。對胡雪巖的到來，下意識地感到有財源上門了。於是他伸出手來笑道：

「胡大先生，很高興見到你。」

胡雪巖與他寒喧了一陣之後，直截了當地提出：

「波斯烏先生，我今天來是向您打聽一下哪個洋行可以為我買一批繅絲機……？」

英國譯員翻譯之後，波斯烏心想：好一個中國商人！明明知道我們怡和洋行能辦到，還故意問「哪個洋行」，因問道：

「您……大概就是找我們辦理的吧？」

「如果您能辦得到，算我走運。」

「替別人買？」

「不，是我自己買。」

「那我們更要全力為胡先生服務了。」

「我要快。」

「下個月有船來，不知胡先生你要多少台？」

「二十台。」

波斯烏笑著說：「我和中國金融家做生意，要的可是紋銀啊。」

「可以，請大班先生開個價！」

波斯烏與一名英國僱員商量了一下，說：

「胡先生自己買，佣金就免了，本來一千兩白銀一台，給你百分之五的折扣。」

「可以。」

「那，我們就簽個合約。但是要先交三分之一訂金……。」

「不過，」胡雪巖說，「我要的時間，決不能耽誤。」

「當然，我和胡先生打交道，從未失過約，這也是我們怡和洋行共同遵守的法則，您說對嗎？」

「正因為如此，我才找你們的嘛。」胡雪巖說，

「請你們寫好合約，我明日全天在阜康恭候。如果雙方滿意，馬上開庫放銀。」

胡雪巖離開怡和洋行，馬上趕回阜康銀號，來到議事室，戚翰文正和孫亦建商量著這件事呢。

「大先生，」孫亦建站起來叫了一聲。

「快坐下。」胡雪巖說：「戚先生跟你說了吧？」

「說過了。」

「任你做繅絲廠的廠長，是翰文舉薦的。」胡雪巖笑了笑，說，

「我可是為你買了二十台英國繅絲機啦！」

「如果辦個大廠，二十台還少了點，」孫亦建說。

「嚄，你的胃口還不小呢。」胡雪巖說，

「這僅是開始，將來一定把它擴大經營，再說，廠房一下子也蓋不了這麼多……。」

「昨天我見到張得發了，」孫亦建說，

「他說上海有兩個廠被洋貨壓得虧了本，正在典當廠房。」

「還有這種事！」

「這可不新鮮，有些產品帶『洋』字的太多了，中國的工廠關閉的不少，他們都改成做出口土、特產的生意，有一個車間作倉庫就夠了，所以有些廠房空在那裡。如果買不到、典不到，馬上動工建廠房還來得及，因為繅絲廠，機子簡單，沒有特殊裝置，而且又是平房，我看，三個月可以建起來……。」

「最好是買，或是租。」胡雪巖說。

三人正在議論著辦廠的事，忽有人喊道：

「胡大先生在這嗎？」

「請進！」

龐雲繒進來了，笑道：

「你來上海怎麼連我都不打招呼，我如果不去怡和洋行，我還不知你來了呢！」

「我計劃今天下午到你那兒去。」

「你買機子怎麼不跟我說一聲呢？廠房在哪？工人在哪？另外，你這一買繅絲機，那英國人對你抱著多大的希望呀！算了，這些暫時不提，我先問你，廠房有沒有？」

胡雪巖瞇起笑眼：

「看樣子，你給我找好了吧？」

龐雲繒坐下來，對胡雪巖瞥了一眼，說出了一個廠房來。

第十七章

在商界中，龐雲繒算得上是一匹驊騮良駒，為了今年蠶繭的購銷，他去了幾家洋行，想摸個底數。誰料，胡雪巖後腳剛步出怡和洋行，他前腳也跟著到了這裡，那位聰明的大班波斯烏心裡忽地升起個問號：

怎麼？他倆分手了？

「龐先生，近來與胡先生合作得愉快嗎？」

龐雲繒感到事有蹊蹺。他知道，英國商人從來不講此類的問題，也從不問朋友的關係如何，今日忽聞此話，自己也有些疑惑，於是笑問道：

「我不明白，波斯烏先生對我們的合作有懷疑嗎……？」

「不……」波斯烏說，「他剛走。」

「他來上海了？」

「你們不是辦繅絲廠嗎？」

「啊……是的。」龐雲繒含糊地應著。

「今年咱們要好好地合作嘍……，我希望你們能把做出來的生絲全部讓給我們，因為英國的繅絲機又進行了技術改造，質量居世界首位……。」

「你們準備進多少架？」

「胡先生要二十台……。」

「啊……」龐雲繒急忙裝作知道的樣子，實際上他對此事一無所知，也確實疑心於胡雪巖要與他分道揚鑣。然而，他又推翻了這種猜疑，因他知道胡雪巖是個敢做敢為而且說一不二的人，如若與自己分手，他必然會直言相告，想到這裡，那壓在胸中的石頭似乎移開了一些。他笑著說，

「二十台少了些……。」

「胡先生也說了，但他正在考慮廠房……。」

「那麼，我再和他商量一下。」

說著便站起來與波斯烏握了握手……。離開怡和洋行，跳上馬車急速地來到阜康銀號。

正巧，胡雪巖和戚翰文、孫亦建正談論此事，因而說出一個廠房來，此廠房便是龐雲縉在上海設的那個絲行，也是與胡雪巖合作的蠶繭和生絲收購倉庫。

「為何不和我商量一下呢……？」龐雲縉帶點抱怨的口吻說，「我知道你是個人投資創辦，這我當然支持了。你瞧，我在怡和洋行多被動……！」

「對不住，別生氣。」胡雪巖一伸手，「用外國禮節向你道歉……。」

兩隻大手緊緊地握在了一起。

「這事我本不願讓你勞心，我辦這個廠只是突然想到，為什麼繅絲的利潤被別人拿去？這點肥水總不能流到別人田裡去，所以就沒跟你商量……。」

「好吧，我那個大倉庫你先用。你如果嫌不夠，後邊還有四畝地，抓緊買下來再造廠房、倉庫和辦公室……。」

「這，咱也要出點租費，」胡雪巖說，「親兄弟明算帳……。」

「你如果這樣說……」龐雲縉半開玩笑地說，「你每年的投資，我該付你多少利息？」

接著他便開誠佈公地說，

「往年我是藉著你的資本賺了幾筆錢。今年，咱們算是真正的合作，我付出三分之一的成本，心裡才會平衡。今天，戚先生也在，咱們當面講清……。」

胡雪巖見他極其誠懇地提出，又深知他這幾年已有一二百萬的積蓄，於是笑道：

「我雖然同意，但這收購的『全活兒』還得由你唱主角兒。」

「放心！」龐雲繒說，

「過去我負責一切，今天我又投入三分之一的資本，難道我能不負責嗎？再說，你辦了繅絲廠，我們的生意更好做了。」

胡雪巖指著孫亦建說：

「這位就是繅絲廠的廠長孫亦建，這位是龐雲繒先生……」

「我們早就熟悉啦，」龐雲繒笑著說，

「每年收絲都是他操算盤。這小伙子行，商業頭腦也行，他能在絲裡榨出油來。」

「哈哈……」胡雪巖大笑了一陣，說，

「那可不行，在繅絲廠榨油，工人就太吃虧了，有本事就要和外商鬥。哎，老龐，今年的蠶繭可能有大的收穫。」

「為什麼?」

「今年浙江蠶農賣繭不收稅，如果繅成絲，每包要交絲捐二十二兩。所以，我們今年可以大量收繭子，爭取把杭嘉湖一帶的繭子全部收進來，讓英國人一顆繭子也收不到。我有繭就有絲，對方若要買絲，只有找我們才成。」

「據我所知，逃絲捐的人不少啊……。」

「這個漏洞非堵不可!」胡雪巖說，

「要是各家各戶都繅絲，小絲行就去收，收完了轉手賣給了外國人，我們不是落空了?」

「我已經派人了，放心。不論春、夏、早秋、中秋、晚秋五季蠶繭，都會落在我們手裡。」

「有沒有困難?」

「競爭嘛，哪有一帆風順的。你知道，我們對蠶農配給優良蠶種，又給他無息貸款，他能賣給別人嗎?另外，對收購人員，論功行賞，誰不努力……?」說到這裡，龐雲繒

變了一種語氣說，

「不過話說回來。杭州、嘉興、湖州、蘇州、盛澤、震澤，都是中國著名的蠶絲產地，有名的大絲商就有十幾個，總要給他們留點餘地……。」

「這些絲商巨頭，我們如果抓住行情，也可以把他的產品吃進來嘛。」

「為時過早。不過，現在的生絲出口價，他們基本上是隨我們走的……。」

胡雪巖聽到這裡連聲叫「好！」因為他在金融業已屬能主沉浮的人物，他要在蠶絲出口上也能佔有優勢，甚至達到壟斷地位，而今聽到生絲出口價已起到了「統帥」作用，他心裡的砝碼似乎平衡了一些，於是笑道：

「今天午飯我請客。吃過飯，孫亦建去看廠房，我和老龐『殺一盤』，怎麼樣，諸位？」

「走！」龐雲繒站起來，

「上次我輸你二盤，這次我非撈回血本不可！」

「那，」胡雪巖笑著說，「除非我讓你個車馬砲。走，翰文，亦建，我們一道吃飯去。」

他們吃過中飯，孫亦建看廠房去了，胡雪巖和龐雲繒連殺三盤，龐雲繒全輸。

孫亦建回來了。

「怎麼樣？」胡雪巖急著問。

「倉庫我是知道的，後邊一塊是農民的土地，他們的要求，兩畝地兩百兩銀子，而且要接受他們兩個人進工廠……。」

「要！」胡雪巖瞅了一下龐雲繒，說，

「接受兩個人，推車搬運也需要人嘛。」

「要價不貴，可以買，」龐雲繒思索了一下，

「但是要勤勞有力，如果讓兩個老弱殘疾人到廠裡吃皇糧，我們不要。」

「明天就把這事辦好，現在是三月，爭取早秋開工。」胡雪巖說。

「我晚上就去，」孫亦建說，

「因為農民晚上都在家，省得爸爸問兒子，兒子不敢作主，趁著他們一家都在，當場把地契換過來。」

「好啊，快去吧！」胡雪巖很欣賞孫亦建的辦事性格，因而支持他早去早歸。

誰料，農民不賣了。

「誰敢動我的地，我就跟他拚了……！」老農喝足了酒，血紅的眼睛瞪得老大。

「您別發火呀。」孫亦建笑著說，

「白天說得好好的，為啥又變了……？」

「啥人變了？你跟啥人講的？」老農逼過來，幾乎要揚起了手……。

「上午……，大概是您兒子吧！」

「他能作主？」

「老大爺，我正怕他作不了主，我才再找您老一輩商量的……。」

「是我祖上留下來的，這地……我能作主賣了它嗎？請你出去……，我兒子，他是個賭徒！他再賣祖上的土地，我就剁了他的手！」

糟了，孫亦建感到事不如願，只好回來如實稟報了一番。

「胡先生，」龐雲縉插話說，

「本來，我不想潑你的冷水，就沒跟你說，人家怡和洋行老早就建廠房了，那繅絲廠還等你來辦嗎？他要是開了工，上海的哪一家都無法和他競爭！算了吧，別辦了！」

「這外國人也夠利害的啦，他辦了繅絲廠，為什麼不告訴我們大先生呢？」孫亦建插話說。

「現在不是知道了嘛！」胡雪巖說，

「他們跟我耍花招，我也不會讓他們牽著我鼻子走！」

「你打算怎麼辦？」龐雲繒把頭探過來說，

「外商可不容許中國人退貨呀！」

「哈哈，我能買了機子再宣告失敗嗎？」胡雪巖深有把握地說，

「一沒訂契約，二沒付訂金，我可以和他們毀約嘛！如果以防傷害對方，我可以買別的東西……。」

「你把事情看得太簡單了吧……？」

「我和怡和洋行打交道，已經七八年了。」胡雪巖悄聲說，

「左襄公攻打太平軍時，我就向他們借了洋款一百二十萬兩；一八六八年我又替左公借了一百萬兩。當時各省協餉不能及時應解，我便以海關的名義找怡和洋行，他們在我身上獲得了不少利息。因此和他們打交道，不會有麻煩的。你們等我一下……。」

說罷僱了一輛馬車到怡和洋行去了。

□

「啊……胡先生來得正好，」波斯烏晃著一份《合約書》說，

「請您看看，簽個字……。」

胡雪巖接過「合約」，一眼也沒看，笑道：

「大班先生，很對不起，我要把機器改成『武器』。」

「武器？」波斯烏吃了一驚，一時醒不過神兒來，

「那繅絲機不要了……？」

「先打仗。」胡雪巖神秘地笑笑，

「國家政局不穩，對辦廠來說，興味不足……，不知貴洋行新進了些什麼武器……？」

「實在抱歉，」波斯烏聳了聳肩說，

「武器樣品下個月才能到。如果您需要，可以先看一看武器型號、性能和價格表……。」

胡雪巖笑著搖搖頭：

「我要看貨樣，如果今天看不到，只好等待以後再談了……。」

「那好吧。」波斯烏無可奈何地說。

胡雪巖回到阜康銀號，戚翰文、龐雲繒、孫亦建正在這裡等他。胡雪巖還沒等別人開口便笑道說：

「好啦，繅絲機退掉了。看來，繅絲廠與我無緣，孫亦建與廠長無緣。這樣吧，我說亦建哪，你就把轉運局的經費管好就行啦。老龐啊，這繅絲廠的利潤，只好讓他們賺去吧……。」

「賺就賺吧，」龐雲繒笑著說，

「這繅絲廠如果讓你辦成，對上海、蘇州、湖州那麼多的繅絲廠也是個威脅！算了，給這些小廠留下個『車馬炮』吧……！」

「嗄！」胡雪巖一聽「車馬炮」，頓時來了精神，他瞟著龐雲繒說，

「老龐，我的新居造好了，我邀請你到我家，下一盤別開生面的『棋』，肯賞光嗎？」

「喲……，」龐雲繒毫不示弱地說，

「好哇，你還沒輸夠……？」

「哈哈……，辦繅絲廠這盤棋……我認輸。你要是來杭州，我讓你輸個痛快，怎麼樣，什麼時間來？」

龐雲繒想了想說：

「我明天到湖州，後天到杭州……，好，後天！」

胡雪巖笑了笑，說：

「我今天連夜回杭州，恭候你的光臨。」

說罷起身，又交待了幾件銀號的業務事情，乘了一班小火輪回杭州了。

深夜，天空那彎彎的下弦月，像是疲勞了一個晚上，懶得不願移動，有氣無力地向人間灑落一片清淡而慘白的光亮，而江中的倒影，更是無精打彩地閃著銀色的微光。

「大先生……。」

胡雪巖嚇了跳，他借著微光一瞅，驚喜道：

「嗨！是你呀，亦建。」

「戚先生不放心，」孫亦建說，「叫我在路上保護著您。」

「清平杭城……」胡雪巖親切地望著孫亦建說，

「何必有勞你們二位如此關心。」

「這年頭，小心為好，您站著等一下。」

孫亦建奔上碼頭，急忙僱了一輛馬車，將胡大先生護送到了元寶街。

「今晚就住在這兒吧。」

胡雪巖拉著孫亦建走近正門。此時，早有護院鏢局武士打開了大門。

「通知客房管事的，」胡雪巖對大漢說，

「給上海孫副經理準備房間……。」

說罷向孫亦建一揮手，自行往二太太余氏屋裡走去。

孫亦建被引進一間客房，這間房子周圍鑲著一圈花梨木板壁，正面一幅沈周的橫幅山水畫，書架上擺著一個古瓷花瓶，牆角花架上一盆冬夏常青的銀邊吊蘭。此時，不知從哪兒飄進一縷淡淡幽香，孫亦建情不自禁地深吸了一口氣，頓時覺得四肢舒泰，全身懶洋洋的，說不出的舒服。也許，他太睏倦了，坐在皮墊椅子上，往後一靠打了個哈欠，閉上了眼睛……。

「砰砰」隨著敲門聲，進來一位客房男佣，孫亦建驀地睜開了眼睛。

「孫經理……」中年男子笑著說：

「您要洗澡的話，裡邊那間就是洗手間……」說著把右手指著另一扇門說，

「套房寢室在這間屋子。」

「喔……，謝謝。」

「您想吃點什麼東西……？」

「不啦。」

「那您早點休息吧……」值班男佣笑著退出去了。

孫亦建按照男佣的指點，打開了門，好傢伙，這洗手間哪裡見過呀！外國的浴缸、蓮蓬頭、磨石子的紅色地面、一圈白瓷磚光可鑑人，壁櫥上一面雕工精細的西洋大鏡子；再看那套房更是豪華，鍍銅的床架，底層是鋼片彈簧，上邊一層厚厚的床墊，床墊上又舖了一層毛毯，表面罩著一張白色洋布床單，一床嶄新的棉被和一條進口的俄國毛毯……，不知是哪國的香水，經久不散，像室內的恆溫一樣，包圍著客居此房的主人。孫亦建坐在柔軟的大床上，望著地上的紅地毯，心想：

「這哪是我住的地方啊……！」

想到這裡，那瞌睡蟲不知飛到哪去了，他脫下了外衣，把被子一蓋，直到太陽穿過窗櫺直射到西牆上的那幅墨菊時，他還沒睡著。他一骨碌爬起來，到衛生間漱洗了一番，穿上外套正要走出，來了一位女佣，這是一位三十開外的婦女，穿戴十分整潔，見了孫亦建，笑容可掬地問道：

「孫經理，早飯您想吃點什麼……？」

「不……不吃了。」

孫亦建緊張得直結巴，說實在的，這種高貴的待遇，他沒見過，更感到受寵若驚，於是匆匆忙忙想與大先生告別，卻被服務員擋駕了。

「大先生有點急事，他交待說，他今天就不送您了……。」

孫亦建一聽，像得了赦免令，抓起帽子就要走。

「大先生說了，讓您吃了飯再走……。」

「不啦，我馬上要回上海，」

孫亦建作了一個揖，說聲「再見……。」便走了。

□

此時，胡雪巖正在客廳裡向潘寡婦交待任務，潘寡婦聽了，斜睨了大先生一眼，笑道：

「怪不得您叫我買三十二個丫頭呢……。」

「鏡檻閣的地上不是畫了一副棋盤嗎？」

「看到了……」

「楚河為界，把這三十二個艷麗的丫頭分成紅藍兩組，除了兩色仙女服之外，背心的前後繡上『車馬相仕帥兵炮卒』，讓她們在棋盤裡各就各位，隨著棋勢而挪動。」

「您的棋勢怎麼傳給他們呢……？」潘寡婦一邊琢磨著一邊問。

「總不能喊給她們聽吧？」

胡雪巖笑模悠悠地拿起兩條特製的小竹竿，竿頭繫著金墜和五色絲線。說道：

「棋者各執一竿，坐在鏡檻閣內的漢白玉茶亭裡，指揮棋子進退……。」

潘寡婦聽罷，倒吸了口冷氣。說真話，她對這種窮奢極欲、別出心裁的享樂感到吃驚、無奈，只因大先生有錢，在此當差只得應聲照辦。

「服裝有嗎？」胡雪巖問。

「兩色仙女裝都有，」潘寡婦想了想，說，

「只是這『棋子背心』沒有。」

「叫轎班的張保到武林繡坊，定做車馬炮坎肩，字要繡得大，用兩種顏色。」

「他懂嗎……？」

「放心，這二十幾頂轎圍子都是他設計定做的，何況……他又會下棋。」胡雪巖說。

「什麼時候要？」

「明天中午。」

「喲！」潘寡婦急了。「裁剪倒好辦，可這繡工能行嗎……？」

「告訴她們，」胡雪巖大大方方地說，

「除了工本，每件賞一兩銀子。」

「這還差不多。」潘寡婦笑了，站起來說，「我現在就找張保去。」

「要麼，妳把張保叫來，我對他說。」

「也好。」

潘寡婦立刻到轎班，把張保叫來了，胡雪巖把做象棋坎肩的事交待了一番，張保領命而去……。

「您看……」潘寡婦笑著問，

「是不是讓姑娘們訓練一下……？」

「好啊。」胡雪巖說，「你把她們帶到鏡檻閣漢白玉茶亭下邊，分好車馬炮站在棋盤上……」

接著，胡雪巖畫了一紙草圖，並告訴她走棋的方法……

「我記住了，」潘寡婦笑著說，

「象走田，馬走日，炮打一溜煙兒，小卒過河任意走，老將躲一邊兒……。」

「對，明天下午有朋友來，你就帶她們訓練一下吧，」說著遞給她一根金墜絲穗竿，

「你坐在茶亭裡，指揮著進退……」

潘寡婦接過這支竿，笑了。

「潘大嫂，」胡雪巖微笑而鄭重地說，

「你來我家也有不少年了，做了很多工作。我想……，這次演完了棋藝之後，請你擔任後院總管。除去轎班以外，從門房、服務員、丫頭婆子們，你就大膽地管起來；我各房的鶯鶯燕燕們，也常去看看她們，啊……？你那個戲班子選一個能幹的人接替你，但總的還是由你管……。」

「大先生……，」潘寡婦興奮得心裡像揣了個小兔子，蹦跳得厲害；臉上也覺得火辣辣的，她做夢也沒想過能在胡家當總管，連講話都顯得不自然了，

「您這麼器重我，我……我一定幹好這份差使。……那戚老頭……？」

「他年紀大了，」胡雪巖說，

「再說，內院的女眷多，他也管不了。總管的頭銜不要撤掉，讓他管管護院的、打更的、轎班、門房就行了……。」

「您放心，院內的事您就別操心了……。」潘寡婦精神抖擻地站起來，

「我現就去把姑娘們召集起來，否則，會影響您下棋的興緻……。」

當她離開會客廳時，在大宅的迴廊上還默默地背著「象走田，馬走日，炮打一溜煙……」。

□

第二天中午，龐雲繒按時來到胡家大宅，胡雪巖帶著他參觀了這片連亘數坊的豪華宅邸。只見每個院落上覆琉璃瓦，檐溜管以滇錫鑄成，雨水均沿著形態各異的紫銅羅漢和八仙雕像的腹中流入大缸，此水即為杭州人慣以沏茶之天水。龐雲繒看呆了，他望著那五顏六色而且閃閃發亮的牆壁，百思不得其解，他駐足觀望了良久，故問道：

「這牆……是用什麼材料做的？」

「五色瓷碗和雜色玻璃打碎成粉，嵌在四壁內百年不塌，而且刀劈斧砍決不露痕……。」

「啊……！虧你想得出。」

「走，咱先吃飯，然後下兩盤……。」

二人來到小膳房，潘審婦早就在此恭候了，她對胡雪巖的脾性已經摸透了，與哪類友人喝什麼酒，派哪個丫鬟斟酒，四季愛吃什麼菜她都瞭如指掌。這天，她準備了八個菜，時在春日，自然少不了叫花雞和油燜筍……。

「湖州情況如何？」胡雪巖呷了一口酒，問道，「今年……？」

「現在流傳著兩句話，叫『湖州一個城，勿及南潯半個鎮』，南潯的絲商十二家，人們根據他們的財富，取了個綽號，叫『四象八牛』。」龐雲繒笑了笑說，

「連我也算作是四象之一了。如果加上您胡大先生，可以稱『一虎四象八牛』了。」

胡雪巖微微一笑，龐雲繒接著說：

「絲生意看來全被南潯人控制了，除了四象八牛，還有七十二墩狗。過去幾年我們攔船截收，放債收買，看來今年不行啦！」

「我雖然外行，」胡雪巖說，

「但我相信兩條：一要資金雄厚，就能獨占市場；再就是要有一個得力的『絲通事』，但是在收購開盤價上，你要敢於處在控制地位……。」

「今年只好這樣做了。」

「頭寸備足，」胡雪巖說，「必要時從阜康派人陪著你。」

「可以。」

飯罷，潘寡婦指揮丫鬟們遞毛巾，端漱口水……。

「潘大嫂，」胡雪巖，「把茶送到鏡檻閣，我和龐先生下盤棋。」

「是！」潘寡婦早已準備妥當，因說道，

「您二位請吧。」

胡雪巖陪著龐雲繒穿過月亮門，走在紅柱雕樑的走廊上，觀賞著一塊一塊名人書法碑林，又來至鑲有漢白玉欄杆的石階前，他倆緩緩拾級而上，約丈餘便來至一座小茶亭，龐雲繒往前一看，嚄！驚喜得差點喊出聲來，他仔細地瞅了瞅，只見地面上用紅色石子嵌著「楚河漢界」四個字，一批艷麗女子分成紅藍兩色，背心繡著「車馬炮將士象卒」等字，心想：

胡雪巖啊，你太有錢啦……！

「坐，老龐。」

胡雪巖一聲呼喚，喚回了龐雲繒的無限遐想……。

「胡大先生，」龐雲繒驚嘆道，

「你真是別出心裁呀……」

「喏，」胡雪巖從茶桌上拿起一竿遞給龐雲繒，說，「用這個指揮進退，你走藍的，我走紅的，請！」

此時已有丫鬟捧上茶來……

「你先走……，」龐雲繒說。

「好吧……，」胡雪巖一指「炮」，……「當頭炮！」

龐雲繒一指藍「馬」……「把馬跳……」

二人攻守交戰，卻引來胡宅上下人等圍觀，而這批初次上陣的車馬炮，忽而緊張得不知所措，忽而「咯咯」地捂著嘴笑……。

「不要笑！」潘寡婦悄悄在場外指導著，「站好，看著竿……！」

一盤棋下完，沒被「吃掉」的「棋子」已累得腰酸腿疼……。

正在這時，門房劉老頭急對潘寡婦耳語了幾句，潘寡婦一怔，急忙奔到茶亭……

「大先生，有兩位外國人找您……。」

「哦，你把他們領到客廳裡，用心接待。好了，讓姑娘們休息吧。還有，叫廚房給她們加菜……。」

「潘寡婦走後，胡雪巖對龐雲繒說：「走，咱們一道去，如果是談絲的生意，你來得正好。」

「如果與我無關，」龐雲繒笑著說，

「能否叫我參觀一下胡慶餘堂國藥號的工地……？」

「你對這個也有興趣？」

「我也想仿效你的辦法，在南潯開一爿國藥店。」

胡雪巖拍了一下龐雲繒的肩頭：

「好兄弟，你要辦國藥店，我全力支持你。」

二人說著便來到客廳，雙方一見面，還沒等翻譯介紹，胡雪巖便笑著伸出手：

「啊，老朋友，亨特先生，呂斯先生……」胡雪巖對龐雲繒說，

「這兩位是德國泰來洋行的大班……。」龐雲繒一一握了手。

「潘大嫂，把龐先生用轎子送到大井巷，請余修初先生好好接待。」對龐雲繒說，

「晚飯幫助我陪客，別忘了。去吧！」

龐雲繒走後，胡雪巖對德國泰來洋行的兩位大班笑道：「請坐。」

「胡先生，」亨特通過譯員說，

「我們受泰來洋行的委託，一來拜訪金融家胡先生，二來有一筆生意想和胡先生商談。」

「請說……。」

「據我們了解，聽說胡先生要買一批武器。」

「是的，」胡雪巖不假思索地說，

「有這個意向，不知貴洋行有無現成的樣品……？」

「有，現在已運到了上海……。」

「看了樣品再談價錢……」胡雪巖說，

「不過，目前國庫緊張，轉運局也有一定的困難，我要求貴洋行在開價方面，盡量接近我們的購買能力……。」

「幾大洋行都有武器匯集到了上海，我們的取勝點，在於武器的效力和廉價……。」

胡雪巖望著亨特先生的推銷態度和誠懇的表情，點了點頭。

「我們希望胡先生來上海看看樣品。」

「我一定來上海拜訪諸位……。」

「那……」亨特和呂斯站起來說，「我們就回上海了……。」

「等等！」胡雪巖笑著說，

「中國人有個傳統的習慣，叫『不留客吃飯，主人心不安』，今晚，我請二位吃晚飯，晚上住在這兒，明日回上海車船也方便……。」

亨特和呂斯看了看譯員，譯員說：

「中國有句話，叫『盛情難卻』，何況……晚上回去，車船確也不方便……。」

「好吧。我也記得中國有句老話，叫『恭敬不如從命』，我們尊敬胡先生，今天，不走啦！」亨特說。

胡雪巖請德國客人來到『四面廳』，這四面廳是選自四川和雲南名貴木材建造的，由胡雪巖親自設計。廳的四面均為落地窗，窗外栽有「四百」植物——百竿竹、百章梅、百株桃、百本桂，這四百棵珍奇植物使洋人看花了眼。

不一會兒，龐雲繒也被潘寡婦領到了廳裏。

「上菜嗎，大先生？」潘寡婦問。

「上吧……。」

潘寡婦走後，不一會兒，丫鬟們像走馬燈似的，送酒的，端菜的，一道一道的杭州名菜擺滿了一桌。

「請，」胡雪巖舉起酒杯，「為了我們將來的合作，乾杯……」

這晚，亨特與呂斯大飽了口福。最後，潘寡婦按照洋人的吃飯習慣，還上了幾盤水果。

「啊……」亨特指了指嘴角說：

「過去，我只知中國菜居世界第一，今天領教啦。」

呂斯望著胡雪巖，笑道：

「晚上，如果您這裡不方便，我們就住到湖濱旅社去……。」

胡雪巖一擺手，說：

「湖濱旅社，恐怕不如胡氏旅社……。」

「哈哈……」亨特大笑了一陣，

「那……我們就住在胡氏旅社嘍……。」

「潘大嫂，通知值班的，給兩位外賓和龐先生各開一個套間！」

「是！」潘寡婦笑吟吟地答應著，其實她早已做好了準備，於是說，「已經準備好了，請幾位先生隨我來吧。」

「好吧，」胡雪巖說，「請諸位跟我們大管家到客房去吧……。」

亨特、呂斯、譯員和龐雲繒隨著潘寡婦來到客房，這裡早有幾位年輕的女服務員恭候著……。

◈ 第十八章 ◈

一八七三年冬

嚴冬封鎖了大地，蘭州的地面上到處可以見到凍裂的大口子，到了這個季節，一切都變了樣，天空是灰沈沈的，人行道上的積雪和塵沙混在一起，凍得高高低低又硬又滑，街道的店舖門前，沿著屋簷結成一條條冰柱，像鐘乳石似的垂吊下來，行人們大都翻穿著老羊皮襖，尤其老人們，那翻皮的表層已經變成土灰色了……。

這天上午，左宗棠的總督府來了幾位「要員」。他們是俄國人，為首的名叫索斯諾福基，帶著兩名同伴，自稱是俄國「商人」，特來拜會左宗棠大人。左宗棠聽說是「商人」，又見那位索斯諾福基身穿黑色皮大衣，高鼻梁，白皮膚，一副文靜而矜持的風度，而另兩人都是翻穿著老羊皮襖，頭戴大耳狼皮帽子，舉止也頗文雅，左宗棠便很熱情地接待了他們。

「總督大人……」索斯諾福基笑容可掬地伸出了手，

「聽說您駐軍西北，我們崇仰您的威德，特來拜見大人……。」

左宗棠也伸出手，淡淡地握了一下：

「聽說諸位是經商的……？」

「是的，」索斯諾福基笑著說，

「最近生意很不好做，資本不太足，用中國話說，有時調頭寸都有困難……」

「請坐吧……，」左宗棠把右手一攤，「大家都坐。」

此時，侍衛官獻上了龍井茶。

另一個俄國商人端起這碗茶水飲了一口，驚嘆道：

「啊……！這中國茶……可是太好了。」

「你們俄國沒有……？」左宗棠問。

「這茶歷來是中國的特產，」索斯諾福基說，

「俄國是沒有的，但是俄國商界極希望能進口中國的茶葉……。」

「您的軍隊可能對茶的消耗量很大吧……？」另一個人接著問。

「中國人嘛……，」左宗棠感到問得蹊蹺，不耐煩地回答說，
「總喜歡喝茶嘍……。」
「您知道……」索斯諾福基舉著茶碗說，
「我從商業角度說，希望中國對我們俄國進口一些茶葉，一定很有市場……。」
「這很好辦，」左宗棠忽地想起胡雪巖，於是笑道，
「我軍的轉運局……其中就有茶商，我可以告訴他，與你們做些茶的生意……！」
「您的軍隊轉運局在上海？」
「是的。」左宗棠說。
「那麼……」索斯諾福基說，「湖絲的生意他也做了？」
「當然，」左宗棠笑著說，
「他出口的生絲受到了西方許多國家的歡迎。」
「啊……！」索斯諾福基嘆道，
「太好啦，看來我們拜訪左大人還得到了意外的收獲。您知道，俄國很願意與中國通商，這樣可以加強兩國的友好往來……。」

「我相信是這樣的。」左宗棠說，

「你們這次出來，想做些什麼生意呢？」

「行軍水壺，」索斯諾福基說著便從揹包裏掏出一只樣品，在手中晃了晃說，

「這種輕工產品在俄國銷路很廣，您的軍隊如果需要，價格可以便宜一些。」

左宗棠沒接過水壺，只是笑著說。

「我們將士都有了。不信，我帶你們去看看……。」

「最好不過了……。」三個俄國商異口同聲地說。

左宗棠帶著這三位外國人看了幾處營房，將士們確實都已有白洋鐵皮做的水壺。

「看來您的將士都有水壺了，」索斯諾福基說，

「推銷水壺是我們的心意，但是我們主要目的還是和中國友好往來。因為兩國是近鄰，生意做不成，您的友好態度，也很使我們感動，我們也會將您的友好意願傳達給我們俄國人民。」

「再坐一坐，吃過飯再走……。」左宗棠客氣地說。

「不啦，我們還要去趕個市集，去晚了不行。謝謝左大人，再見了……。」

三個俄國商人與左宗棠一一握了手，臨走時，左宗棠還抱拳相送。

當天夜裏，左宗棠在爐旁烤了一會兒的火，站起來搓搓手，伏案給胡雪巖寫了一封信，信中說道：

「……近與俄人談及伊國意在銷售川茶與湖絲、大黃等物，若能辦通，亦中國一利源也。……」

胡雪巖接到此信，高興得讀了好幾遍。第二天，他便到龍井，把大量收購茶葉的信息告訴了常先生，並決定派人立刻奔赴四川，力爭將川茶收購到手；第三天他專僱了一艘小火輪專程奔到上海，把左宗棠的信札交給龐雲繒看了看，說道：

「這條信息是我們沒想到的……。」

「嗯，這個消息太重要了。」龐雲繒頓了一下，「不過，這幾年歐洲的產量增加，加上日本又擴大了生絲產區，並且改良了生產技術，他們的產量和出口量增加很快。現在我們的競爭對手已由國內轉到了日本。據可靠消息評估，過去白絲每擔我們可以賣到四百八十點五關兩；今年可能下降到三百二十關兩左右。俄國那邊，如果走黑龍江還可以，但是日本距離他們卻更近啊！」

「那麼，」胡雪巖說，「按照你的意思呢？」

「先派人，親自走一趟，摸清虛實……。」

「這樣也好。」胡雪巖擰眉思索了半晌，忽地說道，

「上海繅完了絲之後，暫緩脫手，等我一個月，俄國那邊不行，我再通知你脫手也不遲，你說行嗎？」

「行！蠶繭收完送到繅絲廠加工成白絲，還需要些日子，我可以等你……。」

□

當天，胡雪巖乘了那艘租來的小火輪回到了杭州。這時，夜幕像陰霾般地從四面八方圍攏過來，西湖湖面，閃爍著不規則的粼粼波光。他僱了一輛馬車，在大地與蒼穹銜接處奔馳著，路上零零星星地點綴著幾家微弱的燈光。

回到家裏吃了點宵夜睡了一覺，第二天，他已全神貫注地琢磨著與俄國通商問題。

吃過早飯，他從書房中找出了一份十年前的《中俄北京條約》和近幾年的一份《中

俄勘分西北界約記》，公約中規定：沙俄割占所謂中俄「共管」的烏蘇里江以東約四十萬平方公里的中國領土；「勘分」中俄西部邊界的走向；增開喀什噶爾為商埠；在庫倫和喀什噶爾設立領事館……

「難哪……！」胡雪巖看到這裏情不自禁地搖搖頭，心想：「在喀什噶爾開商埠，這生意怎麼做？即使派出最得力的人去商談茶絲出口的事，來回也要幾個月啊……！」

但是，世界上的事情就是那麼巧！就在胡雪巖對俄通商處在一籌莫展的時候，宓文昌鬼使神差般地來了。

「喲，」胡雪巖一怔，「你……有事吧？」

「告訴你一個消息……」宓文昌笑著說。

「哦？」胡雪巖笑了，笑得不太自然，「哪類消息？」

「當然是好消息了！」

「坐下談。」

宓文昌坐在一張紫檀木的靠背椅上說：

「今天有個借貸的客戶，就是清泰茶葉店的掌櫃。」

「我知道他。他貸款幹啥？」胡雪巖問。

「他說，貸款收購茶葉，還準備找常先生，想叫常先生批給他五十箱春茶。我問他銷到什麼地方……。」

「他講了嗎？」胡雪巖盯著問。

「吞吞吐吐不肯講。我告訴他，借貸為本錢，不塡好銷路，我們很難相信在兩個月內歸還本息的。最後，他說了真話，原來《天津條約》之後，俄國在天津增設了商埠，從今年開始，用高於英國的價錢收購華茶！」

胡雪巖樂得張大了嘴半晌沒閉攏。

「左公告訴我這個信息之後，」胡雪巖笑著說，

「我正在考慮往俄國去的路線，如果往喀什噶爾商埠，不僅沿途遙遠，而且要走人煙荒蕪的大沙漠，這生意怎麼做！啊……你這個消息太好了！……。」

「我就是為了這個而來的。」宓文昌笑著說。

「好。」胡雪巖一拍大腿，說，

「我先去一趟，順便到北京看望幾個朋友。」

宓文昌走後，胡雪巖讓二太太余氏打開新宅「養心閣」，拿了幾件文物、藍寶石、字畫和二百兩白土，第二天，叫了一名年輕的護院，拎著大皮箱隨胡雪巖走水路到了天津。

□

胡雪巖和護院劉升住進了天津頭等大旅館「萬國公寓」，第二天清晨，胡雪巖命劉升看好皮箱，自己帶著一個小皮箱直奔天津三岔口，這裏是各國通商的碼頭，他大搖大擺地走下埠頭，望著那些停泊在天津港口的輪船上的旗幟，費了好大力氣才認準了兩艘俄國輪船，然而只因船在埠頭之外，無法靠近。他只得默默往岸上走去，這時，岸上有一些洋人在議論紛紛，他們見到這位衣著華貴的中國人，立刻派「通事」與胡雪巖對話。

「請問，你找外國人有事嗎？」

「我找俄國商界人士。」

「哦，他們的船還沒進港，你不妨先到萬國公寓問問……。」

「謝謝。」胡雪巖心想：

真窩囊！身在該公寓，偏偏跑到這兒來。只好僱了馬車返回公寓。

「大先生，」劉升見了主人回來急忙稟道，

「您走後好幾個洋人來問我們是什麼商人……。」

「你怎麼說？」

「我告訴他們，我的主人一會就回來。」說著遞過一張紙條，

「這是他們的房間號碼……。」

「好啊，」胡雪巖心想：他找上門來，一切就好辦，我也不枉白跑一趟。

「走！咱們吃飯去。」

二人走出萬國公寓，在街上找了一家飯館，叫了幾樣天津名菜，劉升有點「懼上」，跟著大先生出來已經很不自在了，又叫了那麼多菜，更不敢伸筷子了。

「你呀！」胡雪巖嗔道，

「這些菜就是給你叫的。你瞧你這個塊頭，像八大金鋼似的，怎麼吃起飯來像個小媳婦……。」

「嘿嘿，」劉升笑了笑，臉更紅了：

「我怕您花太多錢，我想讓您省點。」

「小子，」胡雪巖逗趣地說，

「你一路上保護我，是不是也想省點力氣？」

「不敢！」

「那就好。吃！」

飯後，劉升自行回房，胡雪巖則拿著房間號碼敲了敲門。

「請問，哪位先生找我……？」

「哦……」一位通事急忙站起來說，

「您就是胡雪巖先生吧？」

胡雪巖和善地一笑：「不錯，鄙人就是。」

通事急忙對房中的兩位洋人翻譯了一遍，洋人站起來，笑道：

「認識您，很高興。中國的胡先生，對我們俄國的商界來說，一點都不陌生，快請坐。」

胡雪巖把袍子一撩，坐在籐椅上，通事急忙倒了杯茶，笑道：

「胡先生，您的大名，這位俄國人很熟悉，他知道您在絲和茶的出口貿易上很有威望，因此想讓您與他們做一些生意……。」

「請直說。」

「他們的茶都是由英國轉銷的，他們這次來中國，想直接由中國進口……。」

「啊，今年的川茶和浙茶，已經由美國和英國與我定了口頭合約，大約有四十萬擔。」

「啊！胡先生，」俄國商人說，

「既然沒有文字合約，能否把這批貨讓給我們呢……？」

「當然，你們如果直接進口，擺脫英國的從中分轉，你們可以獲得很大的利潤。」

胡雪巖說。

胡雪巖說著便打開了那隻小皮箱，說：

「在沒有和英美等國簽約之前，你們可以看看茶樣……。」

俄國商人把明前茶和龍井茶、川茶等詳細地看了看，聞了聞，笑著問道：

「能否讓給我們……？」

胡雪巖故意想了想，說：

「我們是每箱八十斤，包括裝箱和運送到上海，英國開盤價是四十兩紋銀，如果你們的收購超過別人，我就讓給你們。我的要求，每箱四十三兩……。」

「胡先生，您知道，」俄國商人說，

「我們的貨是從邊境入口，不走水路，運費開支很大，能否再商量……。」

「請說。」

「每箱四十三兩。」

「可以，但不作易貨交易，要紋銀！」

俄國商人沉吟道：

「我國正在回籠紋銀，恐怕有困難。」

「為什麼？」

「嗨，也許是為了戰爭吧！」俄國商人說。

胡雪巖一聽，朦朧感到有個戰爭的「信號」，然而，他仍沒把戰爭做為話題，只是堅持要現金：

「戰爭的事，與我們商界無關，如果你們不願把白銀脫手，用黃金也可以，每條（重九兩七錢三分）按二百兩紋銀計算。」

「說真話，我們在邊境貿易中，已獲得了一批紋銀和莊票……。」

「據目前看，莊票未兌現之前，貨物是不肯出手的。」胡雪巖鄭重地說，

「不僅是我們，其他中國商號亦然。」

俄國商人眼看即將到手的四十萬箱茶葉，就像到嘴邊的一塊肥肉，豈肯丟掉這宗生意，故問道：

「我能不能提一個兩全齊美的辦法？」

「請講……」

「這四十萬箱我付現款！但是明年我們在邊境易貨交易，行嗎？行的話，我們訂個合約。」

「易貨交易，我也做了不少，但是你進的貨一定要在中國有市場。」

「毛織品，皮貨，毛毯……」其中一個叫伊萬諾夫的商人說道。

「哈……」胡雪巖笑了，「你還要研究一下中國的消費能力……。」

「無對等交易，」伊萬諾夫又說：

「在我們俄國來說叫單方轉移，這種生意風險很大。」

「沒有風險。」胡雪巖斬釘截鐵地說：

「據我所知：第一，由英國分轉到俄國的茶葉，它的利潤是離岸價的一倍；第二，我們的包裝，哪怕運程三個月，不會失去華茶的本來色香味形；第三，你們如果賠了錢，我負責收回……。」

「哈哈……」伊萬諾夫說：

「難怪胡先生有如此重大的影響力，如非親眼目睹，對先生的慷慨信譽，是令人難以置信的。不過，有一件事要與你商量……。」

「請說。」

「說真話，我們帶來的大宗毛貨已經脫手了，但我們收進的漕平銀、庫平銀、廣平銀，成色不等，也請您原諒，但衡量標準仍用公砝平。」

「目前，成色不同，這是現狀，不是我們商人所能改變的。」

「請問交易的具體辦法……？」伊萬諾夫問。

「先交十分之一定金，由北京阜康銀號出據入帳；你們在此地坐莊等貨，三個月內交齊四十萬箱，每期見貨付款，出口稅由我單方負責，至於，你們由哪個邊界入口，由你們負費……。」

「那麼……」伊萬諾夫伸出手來笑著說：

「這宗茶葉可不能脫給別人啦……！」

胡雪巖笑了：

「這是生意，不是兒戲。好吧，你們先寫個草約，明日下午我派專人與你們聯繫……。」

說著與伊萬和通事等人一一握了手。

胡雪巖回到自己的房間，劉升笑呵呵地問道：

「他們找您一定是談生意吧……？」

「談好了，」胡雪巖笑著說，「走，咱現在就去北京。」

「您不怕累？」

「知道累才會休息啊，坐著不動才真累哩。走！否則就要失掉機會……。」

「您先在這等我一下，」劉升說，「我去僱輛馬車……。」

「找個高轎雙座車，多給錢，要快！」

「是！」

□

高轎馬車到了阜康銀號已經夜間十二點了，胡雪巖敲了敲門，值夜的練習生鄭家駿猛地爬起來，隔著門縫一看，急忙從後院打開了一扇小門，笑問道：

「老東家，您怎麼晚上到的？」

「明天就要耽擱事啦……。」

「我去叫醒方經理去。」

胡雪巖「噓」了一聲，輕聲道：

「讓他睡吧，你給我們準備兩間客房就行了……。」

鄭家駿抓了脖子，「嘖嘖」了兩聲，「您……能住這個小屋裏？被褥都乾淨，但是方經理醒了非訓我不可……！」

「別多說了！」胡雪巖說，

「這箱子一定要放在這裏，別的地方不行。去吧，把房子打開，方克勤要是訓你，我就訓他。」

鄭家駿笑著去了，把兩間客房整潔了一番，回到後屋說：

「請吧，老東家……。」

這夜，胡雪巖隨便住了一夜，第二天把在天津與俄商的協談情況向方克勤交待了一番，

「你現在就動身，爭取下午把四十萬箱的定金收進，這四十萬箱的款項全部打進北京阜康。」

「我懂了，您就放心吧！」

胡雪巖馬不停蹄地帶著劉升住到了善化會館。晚飯後，他打開大皮箱，帶了五十兩印度高級白土和一對漢爐，小心地拎到了恭親王奕訢的大宅。門房護衛一通報，親王親自出來迎接：

「啊，雪巖啊，你也不常來北京走動走動，左襄公三番兩次上疏朝廷，但是只聞其聲未見其面者，還有許多王公大臣哪……。」

「謝謝親王的器重，小小商賈怎能常來攪擾大人啊……！」

二人說著便進了後院正廳，剛至房間便有一股細細的馨香伴著鴉片的特殊氣味飄出，這是胡雪巖聞慣了的氣味。

「親王大人……」胡雪巖微笑著從小皮箱裏取五十兩印度白土，「這個您試試看……」

「這種土……」奕訢驚喜道：「在北京可真是少見哪……。」

「您如果覺得不錯，我常給您帶點來……。」胡雪巖說著，便拿出一對漢爐，說，「這是一對出土時最完整的陶爐，據我所知，是當代難得的文物……。」

「啊……！」奕訢眉開眼笑地「嘖嘖」了兩聲，繼而小心地捧在手中……，「雪巖啊，沒想到你對文物這麼細心地收藏！」

「我在日本還收買了七座中國古鐘，本想送您一座，但又想對王府大宅來說不太合適……。」

「對！」奕訢連連點頭說，「送到大廟最合適。」

說話時雙眼始終欣賞著這個漢爐……，

「到目前為止，出土這麼完整的漢爐，的確還沒見過……。」

說罷將這兩只寶物擺進了博古櫥裏，倒退了幾步，眯起雙眼左右端詳了良久。

此時，丫鬟獻上了茶……。

「此次來京……」奕訢盯著胡雪巖笑問道，「有何公幹？」

「在天津和俄國商人談了一筆生意。」

「唉！」奕訢嘆了一聲說，

「這俄國也有點得寸進尺，《北京條約》之後，他們並沒有遵守條約，現在有不少人在陝甘探聽情報，聽說連左宗棠的實力，他們都摸得清清楚楚……。」

「聽說有俄國商人去過……！」

「嗨，別信他們，都是一些刺探情報的人！」

胡雪巖一怔：

「啊……，是這樣……。」

奕訢把話鋒一轉：

「雪巖，來京還有什麼事情嗎？」

「有啊……」胡雪巖笑道，

「如果恭親王不嫌棄雪巖，我……能不能拜望一次醇親王。他……不是您的弟弟嗎？」

「哈哈……」奕訢說，「這還用我帶去嗎？」

「沒有您的引見，我豈敢登門哪……。」

「好吧，明天我帶你去，但是……我就不奉陪到底啦。」

「雪巖明白。」

這天，胡雪巖回到了善化會館，劉升還在認真地看管著胡大先生的大皮箱。

「您回來了？」

「啊。」胡雪巖笑著說，

「明天白天你可以出去看看北京城。晚飯後你就別出去了。」

「我能忍心讓您看著這皮箱？」劉升說，

「剛才當差的還告訴我，這會館裏經常有高手光顧。絲毫馬虎不得……。」

「好吧。」胡雪巖說，「明天你就陪著我喝酒。」

劉升「嘿嘿」地傻笑笑。

第二天，胡雪巖真的叫了一桌北京名菜，二人細酌慢嚼地待了一天。晚上，他將一幅仇英的中堂和五十兩白土捲在一起。到了奕訢的王府。誰料，奕訢變卦了，他只帶領胡雪巖到醇親王奕譞的紅漆大門外邊，笑道：

「雪巖啊，恕我不再奉陪了，請你叫門進去吧……。」

這奕譞乃是道光帝的第七子，一八五九年才受命在內廷行走，但頗受慈禧的信任，曾任督統、御前大臣，是後來光緒皇帝的父親。胡雪巖今日登門叩見醇親王，說穿了，只不過是攀高附貴，鞏固自己的地位，尤其經過左宗棠的多次提名，朝廷之內誰不知道胡雪巖……。

「砰砰。」他敲了幾下紅漆大門，門衛慎重地問道：

「哪一位？」

「浙江胡雪巖求見醇親王……。」

等了良久，門才打開。

「手裏是什麼東西？」侍衛官厲聲說道。

「這……」胡雪巖舉起這幅中堂，笑道，

「並非別物，乃是一幅名人字畫……。」

侍衛官一把奪過來，掂了掂，搖了搖，剛要交還胡雪巖，胡雪巖為了避嫌，又不想失掉巨賈的身份，於是把手一揚，微笑道：

「請侍衛官先生親自拿著，帶我去面見醇親王。」

侍衛官有點進退兩難，然而他靈機一動，問道：

「請問胡雪巖先生，您的官爵……？」

「浙江巡撫。但是，我沒開府做官……。」

「哦……，請跟我來。」

胡雪巖隨著侍衛官進了大宅，大宅內戒備森嚴，他沒空左顧右盼，只是隨著侍衛官亦步亦趨地徑直到了奕譞的客廳。

「啊，是胡雪巖先生吧？」

「在下便是。」說罷一撩袍子，

「學生胡雪巖叩見大人……。」

「免禮，免禮……」奕譞急忙把胡雪巖扶起，
「請坐，胡先生此來有何見教？」
「唉，」胡雪巖坐在奕譞旁邊的那把太師椅上說，
「學生數次北上，總想前來叩見大人，只因缺少機會，今日有幸，蒙一京官指點，學生才得見大人一面……。」
說著從侍衛官手中接過了東西，見侍衛官退下之後，說道：
「學生知您喜歡古字畫，特來奉上一幅中堂……。」
奕譞眼睛一亮，心想：決非一般俗物！
於是拉住底軸，胡雪巖拉住天軸退了幾步，一幅仇英的四尺整幅山水中堂展示在奕譞的面前。
「好，好！」奕譞連連稱讚。待他捲起之後，胡雪巖又將包裝極好的印度白土捧在手中。
「這點印度白土，不成敬意。」
「哦……」奕譞說，「從包裝上看，這可能是加爾格達的產品……」

「大人說得對，是加爾格達的產品。」

「請坐，左襄公常有奏摺來，他對你的功績可是不遺餘力地向朝廷報告啊……。」奕譞說。

「為了國家，我做了點應做的事……。」

「聽說，你在北京開的阜康銀號很有信譽，」奕譞說，「有機會你也替我保管一點銀兩……。」

「這是學生份內之事，王爺何時有空，就派人找銀號的方克勤，這事我一定向他交待清楚……。」

胡雪巖正說著，忽聽門外有人說話。只見厨師進來問道：

「今晚您吃宵夜嗎？」

奕譞望著胡雪巖問道：「今晚在這……？」

「不啦，」胡雪巖立刻站起來說「我下次再叨擾，現在告辭了！」說罷，作了一個揖，走了。

第二天，胡雪巖讓劉升留在會館吃午飯，自己帶了幾個紙包就要出去。

「大先生，」劉升不解地問，

「您這兩天太吃力啦，午飯不吃又走，你累壞了我可擔待不起呀。」

「抓緊時間看望幾個朋友，時間總是有限的，你安心地吃飯，我去去就來。」

說罷出了會館，乘了一輛馬車，不一會兒到了文煜的宅邸。

「浙江的胡雪巖求見大人。」侍衛人員通報說。

「快請！」

胡雪巖雖然到過文府，但仍然顯得很陌生，通過曲曲折折的走廊，被侍衛人員帶到了一間膳房。此刻，文煜的妻妾早已迴避，只有幾個丫鬟在膳房裏忙前跑後……。

「哎呀，胡雪巖先生，沒吃飯吧？」

「我就是來吃飯的。」

「來人，給胡先生斟酒！」

胡雪巖把手上的東西往花梏子上一放，笑道：

「文煜大人，您不是跟我說過要帶我見李公公嗎？」

「喔……李蓮英啊！咱快點吃，趁著『老佛爺』午睡的時候，他沒事，可以見你。」

老實說，胡雪巖只因進宮心切，午飯究竟吃了什麼東西，他一樣也說不出來。

二人飯罷，回到了客廳。胡雪巖取了明代沈周的兩張冊頁：

「這兩幅是孝敬您的。」說著又托起五十兩白土交給了文煜。

文煜見了印度白土，就像餓狗遇到了肉骨頭似的，那饞勁直使他打哈欠。

「您吸兩口吧……」胡雪巖笑著說。

「不行，去晚了，找李蓮英就困難了。」

「我想送給他五十兩……」

「別！」文煜制止說，「別把它帶到宮裏……，」忽問道：

「你的官銜是……？」

胡雪巖忙答道：「浙江布政使。」

「還好。」文煜急叫丫鬟把自己的舊朝服取來給胡雪巖換上，叮嚀道：

「進宮時和我要寸步不離，遇事有擔待，懂嗎？」

胡雪巖穿著這身舊朝服，正與他這個布政使銜同級。然而，一個商人穿上朝服就像普通人穿上戲裝一樣，甚至連路都不會走了。

不過，胡雪巖是幸運的，當文煜帶著他進了紫禁城，來到宮內，走過軍機處，又走過史部、戶部來到大內總管李蓮英的休息處。

「總管大人……」文煜喊了一聲。

李蓮英放下茶碗，笑道：

「是文煜大學士啊，請進來吧……。」

「李總管，浙江胡雪巖給您叩頭來了。」

胡雪巖一聽，真的跪下了。李蓮英尖著嗓子說：「免了吧……。」雖然嘴裏說「免了」，但胡雪巖已經恭恭敬敬地磕了三個頭。

李蓮英問了一些左宗棠的事之後，胡雪巖從手上摘下了一隻貓眼寶戒和一只藍寶石，雙手呈給了李蓮英：

「這只是表示學生的一點心意，望李總管包涵……。」

此時，門外那位戶部尙書嚴敬銘早已看在眼裏。心想：

好一個胡雪巖，你準備了重禮拜見恭親王、醇親王和李蓮英，獨獨沒有我的份兒。想到這裏，咬著牙冷笑了幾聲……。

◈第十九章◈

左宗棠氣得臉都變了形。那兩隻眼瞪着胡雪巖寄來的情報，眼光中閃爍著不可遏制的怒火；肥胖而高大的身軀簡直像一頭受傷的雄獅，兩側鼻翼隨著激動的心跳急速得一開一闔，額頭上的汗珠一顆顆地往下淌著，緋紅的臉孔幾乎紅得發紫了，這種怒火使他的幕下將領們大驚失色。

「大人……」左宗棠的侍衛官張虎剛踏進左公的堂前便驚問道：

「您的心情有點不好吧？有什麼不痛快的事……我們也替您分擔些……。」

「是啊，」劉勇那厚道的臉上露著一點苦笑說，

「您年紀大了。要愛護自己啊……。」

左宗棠把胡雪巖的來信往桌上一甩：

「你們看看這封信就知道了！」

說罷往紅木椅上猛地坐下，似乎想把氣一股腦兒地出在椅子上，而那椅子像抗議一

般嘎嘎直響。

張虎和劉勇伏在桌上看了看胡雪巖的來信，上邊寫道：

「……據晚生與俄商接觸了解到，沙俄有對華戰爭的準備；又據京城奕訢大人面諭，俄國已派出一批特務以商人面目出現，四處搜尋情報。據悉，他們已將左公的軍情搜集得十分清楚，望左公看到此處不必動怒，晚生自當全力輔佐吾公……。」

「事情來得這麼突然和意外……」張虎沉吟著說。

「哼！」劉勇憤怒說道，

「原來我還真以為他們是商人，鬧了半天是來探聽虛實的特務！」

「早知道我就宰了他啦！」張虎說。

「唉……！」左宗棠嘆了一聲說：

「賊心不死！你想，在第二次鴉片戰爭以後，奕訢與俄國駐華公使伊格那提也夫在北京簽了一個條約，將烏蘇里江以東的四十萬平方公里的中國土地劃給了俄國；之後又一個條約，將巴爾喀什湖以東、以南和齋桑泊南北四十四萬多平方公里中國領土又割給了俄國，還給了他們很多自由。你們看，他騎脖子上臉，簡直欺人太甚！」

「大人暫且息怒。」張虎沉著臉說，「看事態的發展吧。」

「大人，」劉勇問道，「要不要給胡雪巖寫封信？」

「寫什麼內容？」

「讓他加強轉運局的準備工作。」

「不必，」左宗棠十分有把握地說，「胡雪巖與我軍萬里同心，情報又是他送來的，難道還要向他交待什麼嗎……？我看，大可不必。」

左宗棠對胡雪巖的估計，確是「料事如神」。就在這個時間，胡雪巖到龍井找到常先生，佈置了廣收茶葉四十萬箱之後，立刻奔赴上海，豈料剛上轎子，賴老三來了。

「大先生……」賴老三苦笑著說，

「我也三十多歲。茶葉行的事我也熟悉了，再說……我犯的過錯也改正了……。」

「有什麼要求，你說吧！」胡雪巖在轎子裏說。

「要求大先生原諒我……。」

「我不是早就原諒了嘛！」

「可我還是個練習生啊，希望您栽培栽培……。」

胡雪巖笑了，心想：自從他犯錯之後，一直沒有啟用他，常先生只不過把他當個小伙計使用，年紀不小了，又有一定的技術，因說道：

「你把常先生找來……。」

「是！」賴老三高興得兩條腿像裝上了風火輪似的，不到三分鐘便把常先生領來了。

「大先生……。」

「這次收購川茶，把他（指賴老三）也帶去，根據他的工作情況，向我單獨報告。啊？他年紀也不小了，懂嗎？」

「是，大先生。」

「起轎！」轎夫把轎簾一放，轎內溫度不冷不熱，轎子抬得穩穩當當，不久功夫到了拱宸橋碼頭，胡雪巖下了轎子，說：

「張保，去租一艘小火輪，你們四個人跟我一起到上海。」

「是！」張保下了埠頭，僱了一艘拖掛，隨著客輪往上海駛去，而那頂停在拖掛甲板上的綠呢大轎，像羊群裏的駱駝，非常顯眼，引得客輪上的乘客們不時地探出頭來，好奇地觀賞著這頂「要人」的大轎……。

□

船到上海已是下午四點半了，胡雪巖登上轎子先到了阜康銀號。此時，銀號的同仁們正在忙碌著各自的金融業務，戚翰文笑著把大先生引進後廳。

「怎麼樣，」戚翰文問道，「先吸兩口……？」

「好啊……，」胡雪巖打了個哈欠，「太疲勞了，來兩口。」

說罷便走進了小套間。戚翰文把丫鬟萍兒叫來：

「萍兒，去給胡大先生點上燈去。」

萍兒頗能心領神會，急忙進入小套間，點上煙燈，遞上金箍煙槍，選了上等煙土，伺候著胡雪巖舒舒服服吸了幾口。

夜裏，四個轎夫被戚翰文安排在後院客房裏住下。胡雪巖一個人却僱了輛馬車到三馬路宿花地去了。

翌晨，胡雪巖乘車回到阜康，把戚翰文和孫亦建叫到客廳，認真地問道：

「上海轉運局，近幾個月的協餉怎麼樣？」

「比想像的好。」孫亦建說，

「上個月潘洪友和田志華一邊辦著軍裝局，一邊外出跑協餉。至今已有兩萬多兩進入了轉運局的帳內。」

「軍裝局的開支呢？」

「現在僅做單軍裝，裁減了一部分工人，開支不大。」孫亦建說，

「自從左襄公裁員以後，軍裝的需求量並不很大，只是軍餉有所增加，據潘洪友說，陝甘地區的釐金可以大部分供應軍隊，然而最可惜的則是邊境進出口貿易，按中俄條約規定一律免徵，這對中國來說，是一筆相當大的損失！」

「嗨……」胡雪巖無可奈何地說，

「這是朝廷的事，我們急有啥用！這次我來上海，想動用一筆轉運局的錢。……亦建，你先到德國泰來洋行走一趟，找亨特和呂斯兩位大班，告訴他們，我馬上就到。」

「是！」

「翰文，你年紀大了，就在這裏坐陣吧！」

「跟他們談什麼生意?」戚翰文問。

「武器!」

孫亦建穿了一件古銅色春綢長袍,換過一頂新的瓜皮帽,理一理長辮子,僱了一輛馬車走了。

「翰文,」胡雪巖問,「現在外埠分號的情況如何……?」

「北京和上海的阜康,在金融界來說,已經起了龍頭作用,小錢莊頭寸調不過來,也來求我們幫忙。當然按您的意思我都給他們解決了暫時困難…。目前最好的是福州船政局的基本建設已經完成了,有近二十艘輪船下水,不論民用和漕運,其回歸成本都已回到了糧台帳上。尤其是法國一些技術人員回去了,開支又節省了一批。不過……,」

戚翰文皺著眉頭說,

「眼下當鋪的問題較多。他們認為『天高皇帝遠』,沒人管他們了,有的把『死當』私賣,暗地分紅;有的以貨典當,過期積壓;有的珍貴『死當』被朝奉個人原價收買了……。」

「老戚,」胡雪巖強壓怒火,沉著地說,

「組織張得發、趙署明和杭州的沈良德三個人，進行全面清查。請你和張得發兩位提出新的經理人選。這事越快越好……。」

「你放心，我立刻派人把張得發找來……。」

胡雪巖站起來說：

「好啊，這事就交給你了。」說完便到了後院。張保等四個轎夫早已在此等候著。

「大先生，您今天到哪兒？」張保問。

胡雪巖朝張保看了一眼：

「到泰來洋行，認識嗎？」

張保嘿嘿一笑，

「這麼大的上海，我怎麼認識一個洋行呢！您等一下。」

張保說著便鑽到銀號裏，向戚先生問了清楚，出來笑道：

「大先生，請上轎！」

胡雪巖乘著耀眼的綠呢大轎，不一會兒便來到德國泰來洋行。胡雪巖下了轎，石級上早有亨特、呂斯和孫亦建在這裏等候。他們一個個分別和胡雪巖握了手，繼而陪著胡雪巖進了洋行接待室。此時，中國的僕役獻上了釅茶，亨特把手一攤：

「胡先生請坐……。」

胡雪巖心中十分清楚：自從普法戰爭以後，德國的工業相當發達，尤其是武器，那威力均在其他國家之上，因說道：

「聽說貴洋行新到了一批武器，我是應兩位大班之約而來的……。」

「歡迎，歡迎！」亨特說，

「胡先生在我們心中是一位最守信用的商界領袖。」

「不敢當。」胡雪巖笑著說，

「義俠交友，純心做人。這是中國人的做人準則，何談領袖二字，實不敢當。」

「不過……，」亨特說，「外國商界都願意和您打交道，這可是事實啊！」

「以誠相待，各獲其利，這也是人之常情。」胡雪巖說，

「我這次來，是想看看你們的武器。」

「我們可以高興地告訴胡先生，」呂斯插話說，

「最近剛到的武器，是任何國家無與倫比的。例如，最新研製的普魯士後膛螺絲開

花大炮，射程遠，殺傷力極強，還有一種後膛七響槍，非常精巧、射程遠，可連發七槍，是攻堅的利器。這些武器，相信您一定喜歡……。」

「我能見識見識嗎？」

「當然。」亨特說著站起來，「請您隨我來……。」

胡雪巖、孫亦建隨著亨特等人來至一間大廳。這大廳像是武器展覽館一般：展櫥內陳列著各式短槍，槍架上擺放著一排排新舊長槍，展廳正中是一門普魯士後膛螺絲開花大炮。胡雪巖看得十分仔細，回到客廳時問道：

「請問大班先生，您介紹的這兩種最新武器，能否試放？而且由我自己操作試放……！」

亨特和呂斯二人交換了一下眼色，又哇啦哇啦地交換了意見，最後說道：

「如果胡先生誠意購買，當然由您親自詳察武器的利鈍嘍！」

「請原諒，大班先生，」胡雪巖鄭重地說，

「如果沒有誠意，我也不會登門談生意啦。」

「是的。」亨特笑得有點尷尬。

「不過，這兩種新式武器，需要有一個十分安全的靶場。」呂斯說，

「最好在龍華以外……。」

「這，您就別管了，我們會做好清場工作。」

胡雪巖說完，亨特立刻站起來說：

「這是最好的方法。因為在中國的郊外，我們去籌備靶場，實在說不過去……。」

「是的。」胡雪巖說，「這兩天我們準備場地，你們把槍炮子彈準備好，隨時聽我們通知，好嗎？」

亨特和呂斯同意地點頭說：「很好！」

胡雪巖和孫亦建走出泰來洋行後，胡雪巖說：

「亦建，你帶上幾個人到龍華郊外選擇靶場，凡有農舍的人家，每個年輕人發白銀一兩，老弱婦女每人半兩，讓他們躲到十里路之外。當然，荒無人烟的地方更好。」

孫亦建畢竟年輕，當天他便乘著馬車出了城，在龍華郊外選了一塊荒蕪地帶，只花了五十兩銀子便驅走了十來戶人家。老實說，那農戶見了銀子誰不高興，接了銀子都結伴去逛上海去了。

□

這天，孫亦建僱了兩輛大板馬車，將泰來洋行的普魯士大炮和槍枝彈藥一股腦兒地裝上了車子。胡雪巖和兩位洋行大班也乘了載客馬車離開了城市，向龍華郊外隨著大板車駛去。

「到了。」孫亦建從大板車上跳下來說。

車停在一片雜草叢生的平地上。車夫們協助把大炮抬下，繼而又把槍枝和彈藥也卸了下來。孫亦建又跑到前邊一座小山丘上，向四周仔細地張望了一番，回來對胡雪巖說：

「您可以朝對面這座山丘試槍。」

胡雪巖對槍枝並不陌生，自太平軍攻打杭州時他便摸索過洋槍。這時，他拿起一枝後膛七響槍，裝上七顆子彈，對準山丘下坡的幾顆雜樹，「叭叭」地連開了七槍，有幾棵小雜樹應聲彎了腰，打得土丘炸開了好幾個大窟窿……。

「啊，沒想到……」亨特驚嘆道，

「一位金融家居然有這麼準的槍法，實在少見。」

「但是……」胡雪巖笑著說，

「我對你們這後膛螺絲開花大炮可就不熟悉了。」

呂斯遞過一張《說明書》：

「您一看就明白，操作極為簡單……。」

胡雪巖接過說明書，在譯員的幫助下，對著圖紙看清了瞄準器和炮栓之後，喊道：

「亦建，給我指定個轟炸目標！」

孫亦建遠眺了一會，喊道：「河對岸……三顆小樹後邊那個小土包……。」

胡雪巖對著說明書，讓孫亦建把十六磅重的炮彈裝入膛內，又測好射程，校好彈道弧度，對準瞄準鏡，把炮栓一拉，「轟」地一聲將炮彈打出去了，胡雪巖望著烟塵飛濺的小土包，足足掀起兩平方丈的開花殺傷力……。這時他才深深吁了口氣，掏出雪白的手帕，抹了抹額頭上的汗珠，微微一笑，說道：

「還可以……。」

其實，亨特和呂斯早就觀察著胡雪巖的表情，哪怕在他的臉上只看到一絲滿意的反應，這筆生意就有成交的可能。

「這種炮……」呂斯對胡雪巖說，

「它的性能和殺傷力，俄國是無法比的……。這後膛螺絲線，到現在任何國家也沒有研製出來。」

胡雪巖承認地點點頭。

誰料，一聲炮響驚動了李鴻章的上海駐軍，只見一個馬隊，向此處飛馳而來，揚起半天高的塵土。

「誰打炮？」一個小頭目躍下馬來問道。

胡雪巖對左李之矛盾情緒早就一清二楚。當年左宗棠任兩江總督時，李鴻章休想染指於上海。而今，上海已歸屬李鴻章的天下，對左宗棠的陝甘遠征不僅沒給任何支持，相反還設置了一些障礙，這一聲炮響恐怕又會引起爭端。

「說呀，誰放的？」

呂斯斜瞪了他一眼：

「先生，這叫試炮，不叫放炮。」

胡雪巖知道李鴻章的兵將怕洋人，乾脆承認說：

「是我放的！」

「你是什麼人？」

「連我……你都不認識？」

「您……？」

「浙江按察使、布政使胡雪巖！」

「嘿嘿，請大人恕罪。因為我們事先不知道您要試炮……。」

「難道我放炮還要向你報告嗎？」

「不不，絕不是這個意思，因為……上邊沒通知。」

「那我現在正式通知你，去吧！」

胡雪巖這一擺官架子，又打了一番官腔，倒真的把李鴻章的馬隊唬走了。老實說，即使胡雪巖不發一言，他們見了洋人打炮也只會交談兩句，然後就不了了之了。

「亨特先生，呂斯先生。」胡雪巖笑著說，

「今天全部運回貴洋行，明日上午我們商談價格、數量和進口關稅。」

「好的，我們一定恭候。」

說罷，登時將槍炮裝上了板車。眾人上了四輛載客馬車浩浩蕩蕩地回到城內。

□

胡雪巖回到阜康，肚子餓得咕嚕直叫。

「翰文，」胡雪巖說，「今日個累了，派個人叫幾個菜來，咱們喝兩口。」

「我去吧。」孫亦建說著便上了大街，找到一家熟悉的菜館，叫了幾盤大先生愛吃的菜，回來時還拎了一瓶加飯酒。

大約過了二十分鐘，飯館的伙計挑著提盒把菜送到了客廳裏。白雅君一聽胡大先生來了，急忙叫著丫鬟萍兒來到客廳⋯

「喲，胡大先生來啦，」說著便拿起加飯酒，一邊斟酒一邊叨咕著，

「我們老戚呀，就是死心眼，胡大先生來上海，他也不跟我說，要不是萍兒給我通個消息，恐怕大先生走了我都不知道⋯⋯。」

「你瞧，你瞧！」戚翰文笑著說，

「昨天端午，她去城隍廟了。如果大先生昨天回杭州，你倒是真的不知道了……。」

「哎呀，」胡雪巖大笑了一陣，說：

「幸虧老戚一語道破，不然，這真叫豬八戒動武——倒打一耙，罰酒一杯。」

白雅君把嘴一撇，笑道：

「大先生盡聽他胡說……。」說著自己也斟了半杯酒，剛要喝，胡雪巖笑著說，

「不行，中國的老規矩，『半杯茶滿杯酒』，斟滿，斟滿。萍兒，幫助你主子把酒斟滿……。」

萍兒接過酒瓶，給白雅君斟了個滿杯。

白雅君笑彎了腰：

「我……我這是自找苦吃啊……。」說罷「咕咚」一口喝下去了。

「再滿上！」孫亦建也湊趣說，「大先生來，你不敬一杯酒也太不像話啦。」

也許是白雅君起了興頭，一伸手又叫萍兒斟了滿杯，她紅著臉把杯舉到胡雪巖面前，笑道：

「這一杯是敬大先生的……。」

胡雪巖拿起杯望著那副看慣了的面孔，一仰脖子喝下去了。白雅君也學著胡雪巖的瀟灑樣子，一仰脖子，剛要喝下去，「噗」地一聲嗆住，差點噴到菜上，她紅著臉，捂著嘴，笑著跑了。

「戚襄理，」孫亦建拿起杯子說，「太太跑了，要罰您三杯！」

老實巴交的戚翰文「嘿嘿」地笑了笑：

「哪有這個理兒呀！我吃過飯了，這一杯我喝，我喝。這才叫捨命陪君子哩……。」

說完便咕咚一口喝下去了，

「不喝啦……，我吃過飯了。大先生，今天的武器怎麼樣？」

「不錯！」胡雪巖說，「這兩種東西如果到了左公手裏，可神氣了！」

「真的？」戚翰文問。胡雪巖醉醺醺地說：

「打出去的子彈能炸開，炮彈殺傷力很強！操作方便，射程遠，準確率高，一炸一大片，我相信，別的國家造不出來。」

孫亦建呡了一口酒，望著胡雪巖說，

「大先生，我擔心他們的要價很高……。」

「這是自然的，不然他們洋行吃啥？不過，各國的武器樣品都到了上海，誰買？太平軍沒有了，捻軍用的都是舊武器，土匪能買幾枝槍？叛軍的武器都是支持者給的，真正能大宗買武器者只有湘軍和淮軍……。不然，這兩位大班會到杭州找我？我分析，不會太貴……。」

「明天我還去嗎？」孫亦建問。

「瞧你說的，」胡雪巖瞇著雙眼逗趣地說，「你是上海轉運局的財神爺呀！」

孫亦建憨笑笑說：

「上個月救災，我是從銀號裏開支的。」

「還有哪些人捐款了？」胡雪巖問。

「都是您的幾位朋友，寶順洋行的徐潤，現在是招商局的會辦；旗昌洋行的陳竹坪，也是絲行的『八牛』之一；還有李鴻章的紅人盛宣懷，各拿五千兩……。」

「救災嘛，」胡雪巖說，「花點錢是應該的，在這個問題上，要走在前頭。」

這天晚上，胡雪巖又到了三馬路「小金蓮」家。這小金蓮是個剛下水的雛兒，長相不錯，如果單用「美麗」二字似乎概括不了她的全貌，大有西施之秀容，黛玉之病態，嬌小而豐滿的身材，一雙小脚走起路來恰似風擺荷葉，婀娜多姿。她，成了胡雪巖的長包戶。小金蓮見「財神爺」又來了，禁不住喜上眉梢，曲意奉承。

第二天，他吃了鴇娘送來的冰糖燕窩後，立刻奔回銀號，令孫亦建乘著馬車先去泰來洋行，自己乘上綠呢大轎也隨後趕到。

這天，兩位大班更是熱情，因為他們知道，胡雪巖乃是與洋商打交道的最大客戶，又是在上海很兜轉得開的「聞人」。

「胡先生，請坐。」亨特把胡雪巖讓進了客廳，待雙方坐定，笑著問道：

「您覺得這批武器先進嗎？」

「在我知道的武器中，它算是最好的。」

「感謝胡先生對這批新式武器的評價。」

「今天，」胡雪巖說，「我們要談些實際問題，簡單地說就是價格問題。」

「是的。」亨特笑著說。

「我不喜歡討價還價。」胡雪巖微笑著說，

「希望兩位大班先生提出一個最低的價格方案，如果我承擔得起，今日便可成交。」

呂斯朝亨特瞅了一眼，笑道：

「我們非常欣賞胡先生的性格。不過，我們有個要求……。」

「請說。」

「因為德國的金融業急需回收一批銀兩，所以，我們要求胡先生用紋銀購買……。」

「那就要看價格了。」

「用紋銀交易，當然優惠。根據您的交易性格，我們把大炮壓價到每門一千兩，每枝槍三十兩，每發炮彈五十兩，每十發子彈一兩，其他零件和修理工具免費。」

胡雪巖在聽價格的時候，立刻聯想到攻打太平軍時的混合部隊，相比之下，這批新式武器還不算貴。於是笑道：

「我想要十門大炮，一千枝槍，二萬發子彈，兩百發炮彈，不知此貨是否到了上海？」

「現在就可以提貨。」

胡雪巖朝孫亦建看了看，那眼光裏帶著徵詢的意味。

「我估算了一下，」孫亦建悄悄說，「需要五萬兩千兩……。」

「西北的戰事多……，」胡雪巖說，「花些錢換一批新式武器，對湘軍極為有利。至於由哪開支我們回去再商量。」

「好……。」孫亦建贊成地說。

「大班先生。」胡雪巖說，「你們提的價錢，我們可以定下來。進口稅由貴洋行負責，佣金就不用付了。兩天之後由孫先生付款提貨，這樣辦可以嗎？」

「可以，可以。」呂斯說。

胡雪巖回到阜康銀號，對孫亦建叮嚀道：

「將轉運局的兩萬多提出，再由阜康墊出三萬，湊足五萬兩千兩，阜康的三萬兩，由各地協餉中補進去！」

「好。」

「另外，派人把潘洪友、田志華找來，下午商量一下運送問題，這條路可不好走啊……。」

「好吧，我現在就派人到軍裝局去。」

午飯時，胡雪巖胡亂吃了一點東西，過了一會兒，潘洪友和田志華都來了，胡雪巖向他倆介紹了一遍買武器的情況，最後說：

「這批武器請你們二位護送，要直接送到左宗棠大人手裏。」

潘洪友膽子最小，心想，這麼重要的軍火、那麼遙遠的路途，況且要經過人烟荒蕪的沙漠，加上回捻和豺狼……，他不敢再往下想了。

「胡大先生，」潘洪友說，

「這種任務太重了，換個人去不行嗎？那路上……」

「好啦！」胡雪巖火了，

「那你哪也別去了，我要的是勇夫，不要懦夫！亦建……。」

孫亦建急忙應道：「在。」

「把潘洪友的名字從軍裝局中除掉！潘洪友，」

胡雪巖把手往外一指，

「你可以去了！」

「大先生，」潘洪友哭咧咧地說，

「我不是這個意思……。」

「這是軍令！」胡雪巖怒道，

「我剛分配工作你就違命。別人怎麼辦。從現在開始停止你的工作，出去吧！」

潘洪友再也沒話好說了，只得垂下頭悻悻然走出銀號會議室。

「不過，這總比去送死好啊！」他想。

「你……」胡雪巖問田志華，「你還有什麼困難嗎？」

田志華是個聰明人，加上剛才潘洪友的前車之鑒，立刻答道：

「沒困難，請胡大先生放心！」

「好！」胡雪巖又對孫亦建說，

「馬上派人到杭州，把錢江義渡的頭目、左襄公手下的檢校官王郁清找來，讓他和田志華合作，再請幾個鏢頭陪著押車，但要做好吃苦的準備。這一趟由田志華負全責，讓王郁清做你的副手，懂嗎？」

「懂了！」田志華很有精神地回答。

「記住，」胡雪巖接著說，

「曉行夜宿，路上不能虧待馬匹和趕車的把式，回來後論功行賞。」
胡雪巖的幾句話，大家都聽進去了。
胡雪巖當天回到了杭州，王郁清也接到了通知，那通知對他來說像得到了大赦令似的，他立刻離開了江邊，乘夜班輪船到上海報到了。

□

第三天，田志華和王郁清僱了幾十輛大板車，孫亦建又請了十名鏢頭，到泰來洋行交款取貨，不到半天時光便把武器彈藥搬到了車上。午飯，孫亦建請兩位押送人、鏢頭和趕車把式們在菜館裏飽飽地吃了一頓，並將一路川資交給了田志華。
他們一路上曉行夜宿，從上海走到合肥，再從河南鄭州走洛陽，從洛陽進西安，經過咸陽進甘肅，再走幾日到了蘭州。
其時，湘軍將士對這一串浩浩蕩蕩的馬車長隊早已加強了戒備，直到進城時方知是胡雪巖送來的新式武器。

「報告左大人，」知情的將領急忙進帳稟道，「胡雪巖給我軍送武器來了！」

「哦？」左宗棠放下筆桿，站起來問道，「真有此事？」

「一點沒錯，」將領說，「現在馬車都停在廣場上了。」

正說著，忽有人喊道：

「左大人，上海轉運局的兩位官員求見！」

左宗棠還沒穿好上衣，田志華和王郁清已經來到帳前。

「啊，你不是王郁清嗎？」

「是我呀，大人。」

「你現在也到轉運局去啦……？」

「剛去，」王郁清指著田志華說：

「這位是總頭目田志華。」

田志華隨即掏出胡雪巖的一封信，雙手交給了左宗棠。左宗棠一邊看信一邊問道：

「路上走了多久？」

「近兩個月。」王郁清說。

「太好啦！」左宗棠盯著信說，

「來得正是時候，真是天助我也……！走，去看看。」

左宗棠來到廣場，先對馬伕和鏢頭們道了幾聲「辛苦」，接著看了看槍炮，一看之下對這些新式武器簡直愛若至寶，從他的眼神兒裏像是看到了勝利的希望。他立刻命各營派人卸了車，並小心地抬進了大營。

晚上，左宗棠命令各營將領改善士兵生活，並要將領們至帳下集合，與押運武器的頭目、馬伕和鏢頭們會餐了一次。

「諸位，」左宗棠舉起酒杯，

「胡雪巖萬里同心，急我所需，實是令人欽佩，今又有幾十位勇士長途跋涉為我們送來新式武器，我敬大家一杯酒，並道一聲辛苦……！」

但就在此時，胡雪巖於龍華郊外打炮的消息，已傳到了李鴻章的耳朵。他恨恨地想：我這裏求和，你那裏買武器，哼！胡雪巖，左宗棠……，咱們走著瞧！

第二十章

西北的氣候多變，剛才還是火辣辣的太陽舖地，一下子老天爺就變臉了，像是發了一陣怒火，霎時間陰雲像堆成整片的團團黑墨，漸漸往地面沉落，幾乎蓋到了屋頂，不一會兒那蠶豆大的雨點「嘮叭」地落了下來，地面上的塵沙打得飛飛揚揚，簡直可以把人嗆煞……。

左宗棠穿了一套白紡綢長衫，倒剪雙手在屋裏踱著方步，手上那把摺扇不時地拍打著他那肥胖的脊梁。乍看，他似乎在信步遊走，但那鎖緊的雙眉已擰成了一條橫線，不言而喻，他的心情也矛盾糾結著。是的，他手中雖然握著最先進的武器，但又眼睜睜地望著自己的國土被外國鯨吞蠶食。

俗話說：老人善念往事，六十一歲的左宗棠也不例外，自從受命陝甘總督，旋又為欽差大臣，並督辦陝甘軍務，經過幾載的戰爭磨鍊，他相信自己的實力，更肯定自己制定的「先捻後回，先秦後隴」的戰略。他將西捻軍消滅在山東海濱，回過頭來又返回西北，把陝西回民起義軍打垮，繼而入甘肅打敗了寧夏金積堡的馬化龍回軍，收復了肅州，旋即被朝廷授予協辦大學士。

然而，這位屢建戰功的老臣，面對外國侵略軍的入境騷擾，確也心急如焚，恨不得率軍拼著老命把侵略者趕出境外，然而西太后卻聽了李鴻章的「主和」讒言，並採納了他「外須和戎，內須變法」的主張，對左宗棠的數次上疏請戰，均被西太后硃筆一揮，寫了「主和」二字批回。

眾所周知，自同治三年（一八六四年）新疆發生反清行動之後，中亞細亞浩罕國的帕夏（意即總司令）阿古柏，受浩罕攝政王的派遣，在一八六五年率軍趁火打劫，一下子竄入了新疆，至今已侵佔了新疆南部的八個城鎮，並堂而皇之的建立了「哲德莎爾國」（七城國），自稱「畢條勒特汗」；扮演俄國商人的密探在左宗棠軍隊中搜集了一些情報之後，俄國侵略者趁著阿古柏侵佔南疆之機，立刻派哈夫士克將軍以「保護商民」為藉口，以重兵佔據了伊犁，並告訴清廷：「回逆未靖，恐不免擾累邊界；暫領伊犁，事後當歸還也」。對這種明搶暗奪的侵略行徑，堂堂的大清帝國竟然視若無睹，面對如此情狀，左宗棠寢食難安。

世上的事物往往是一體兩面的，那三個扮演「商人」的俄國密探，在擷取軍事情報的同時，也讓左公得到了一些商業信息。而此時，杭州的胡雪巖正利用這一真實的商業信息忙得不亦樂乎。

□

六月的氣溫超過了往年，賣魚橋的倉庫裏已經裝滿了十幾萬箱春茶。悶熱的天氣對倉庫中堆積如山、密不透風的茶葉十分不利，何況「六月黃霉天，一天變三變」，誰能保證茶葉不變質？

這天上午，胡雪巖來到龍井收購站，看了看收購數量，問常先生：

「收進多少了？」

「十二萬箱。」

「先運走十萬箱。」胡雪巖命令似地說。

「已經去僱船了……。」

「站裏的運工有多少？」

「二十個人，以搬運為主，農忙時種田。」

「再僱二十個人，除了工錢，運輸一趟增加十兩銀子。」

「是！」常先生囁嚅著說：

「這四十萬箱我真躭心。就拿這十二萬箱來說，來浙江的茶商都叫我給得罪了，他都拿到手的貨，我用高價奪回來，加在一起才這麼多，要想收到四十萬箱，我看有點不容易……。」

「賴老三那兒有消息嗎？」

「有。他在茶鄉租了兩個大倉庫，帶去的十幾個人都是內行……。」

「收購數量不必擔心，福州那邊估計可以收到二十萬箱……。」

常先生瞪大驚異的眼神兒，微微地搖搖頭：

「這不大可能。」

「這你就不知道了。」胡雪巖說，

「每年投售茶葉的小船像過江之鯽，一群一群的，而那洋人非要等到四十萬箱才能開盤收購，在他們收購之前，我先下埠收購，而且開價比他們高，你想這二十萬箱還有困難嗎？」

「哦喲，大先生，」常先生說，

「這些日子我一直為這四十萬箱愁得吃不下睡不著……。」

二人正說著，只見一輛馬車飛也似的往這兒奔來，車一到，下車的卻是賴老三。賴老三抹著頭上的汗水，急說道：

「胡大先生，您在最好。」

賴老三把上衣一脫，一股汗酸味兒撲到了胡雪巖面前，胡雪巖蹙著眉毛沒說話。

「情況怎麼樣？」常先生問。

「收了二十萬箱……，質量還真不錯。」

「價格呢？」胡雪巖趕忙問。

「平均每箱不到三十兩，份量也足，和洋人的要求一樣。我這次來是想問一聲怎麼運法。」

「走長江，在重慶上通江輪，直下上海黃浦江。」胡雪巖想了想說，

「再轉大輪船直運天津，我派人在萬國公寓等你。關於倉儲費、搬運費、轉船費、理倉費等等費用，一切你看著辦。」

「是！」

「嗨，大先生，您還操這份心，」常先生插話說。

「但是路上一定要防雨。」胡雪巖說。

「這您就放心吧！」賴老三笑著說，「絕不會讓它淋上一滴水。」

「別老站在這裏，」常先生說，「到屋裏歇歇去。」

「不啦，」賴老三用大姆指往後一指，「馬車還等著我呢，我現在就啟程回四川。」

說著便回頭跳上了馬車。胡雪巖目送著賴老三遠去，心想：

賴老三哪……能幹，很能幹。

「大先生，這十二萬箱我立刻走水路運往天津。但是，您認不認為咱收購的太多啦……。」常先生說。

「不怕多，就怕收不到！」胡雪巖說，

「你這批貨上船時，叫阜康的先生帶著銀子跟你一道走。現在我就派人到天津萬國公寓等著你們交貨。哦，還有，把你們小媳婦也帶上，卸船的時候讓她逛逛大天津。」

「嘿嘿……大先生您想得真週到。」

「別不好意思，帶她去！」胡雪巖想了想說，

「開船以前到我這兒來一趟，說不定我要和你們一道走……。」

「我一定到您那兒去一趟。」

□

胡雪巖上了轎子，李文才把轎帘往下一撂，一種涼爽的感覺貫通他全身，似乎大自然的春意一下子降臨在這頂轎子裏。外邊暑氣逼人的氣候彷彿和轎內的溫度是南北兩極，一種舒適的快樂使他慢慢地閉上了雙眼，盡情地感受著舒爽的愜意……。

「大先生，」李文才汗流浹背地問道，「進城了，往大宅去嗎？」

「先到阜康。」

轎子到了阜康，胡雪巖進了內室，轎夫們脫下上衣，光著膀子在井邊擦起身來，索

性把汗淋淋的上衣也浸在水裏，搓了幾把便晾在了後院的粗繩子上。此時，銀號練習生拎出了一把大茶壺，又拿出四隻碗，轎夫們坐在廊下一邊搖著蒲扇，一邊喝著茶，倒也感到自在。

胡雪巖在內室伸了伸懶腰，接著打了一個哈欠。顯然，癮頭來了……。

「抽兩口吧？」宓文昌問。

「你這……有嗎？」

「不瞞你說，」宓文昌耳語道，

「前天我買了個丫頭，領回家裏……好厲害，硬叫我那老太婆給轟出來了……。」

「豈有此理，」胡雪巖直著脖子，說，

「我手下的裏理別說買個丫鬟，就是討他十個八個的小太太他敢管！這個事你交給我……。」

宓文昌出去把小丫頭領了來，笑道：

「快見見大先生，伺候大先生抽兩口，啊！」

「噯。」姑娘的手脚很麻俐，不一會把吸烟的準備工作做好了。

「你也吸兩口吧……」胡雪巖對宓文昌說。

「好，我來湊湊熱鬧……。」宓文昌笑著說。

二人吸了幾口白土。胡雪巖望著這位秀氣的小丫頭問道：

「多大啦……？」

「十八歲。」

「識字嗎？」

「爹爹活著的時候讀了兩年書，後來母親也去世了，跟著嬸娘……，後來就把我領到這兒來了。」

「我們宓先生是銀號的第一把交椅，你要是和他成了親……可有福享了！」胡雪巖說，「你願意不願意……？」

姑娘臉紅了，紅到了耳根，只是低著頭抿著嘴，兩隻手心都沁出了汗水。

「這個媒人，就由我做了！」

姑娘猛地抬起頭，那眼神兒彷彿在說：

那大太太可不好惹呢！

「放心。」胡雪巖已經覺察到了點什麼，於是鄭重地說，

「宓先生的原配夫人可能一時想不開，這個由我去說。」

胡雪巖說罷真的上了轎子到了宓家。說句老實話，那宓太太早把胡雪巖奉若神明，而且沒有胡雪巖她也沒這個福份！今日胡大先生親自上門，哪有不聽之理？最後胡雪巖說：

「大嫂的地位不變，還是正宮娘娘，宓先生有幾房小太太是我阜康的門面。既然嫂夫人同意，我就給宓先生每月多增加二十兩銀子！」

「喲，胡大先生還這麼照顧……！」

胡雪巖一擺手，笑道：

「雖然多了一個人伺候你，但也多了一張吃飯的嘴呀！好了，這事也不要大操大辦，你這所新房子房間不少，領過來就算了！」

「行啊，胡大先生的話，我聽，我聽——。」

胡雪巖回到阜康，把事情一五一十地說了一遍，喜得宓文昌直道謝。

「還有一件事，」胡雪巖說，

「福州的俞德海最近可能到杭州，請你告訴他，把貨直運到天津，我在萬國公寓等他。」

「好，我一定告訴他。」

□

第三天，常先生租了五艘小火輪，每船拖帶五艘大木船，把十二萬箱春茶全部裝上了船，全部運費只用了二千兩銀子。

胡雪巖隨船行駛了三天三夜。

「常先生，你上岸先到北京，把阜康經理方克勤找來，我在這兒等他。通知船主，躭擱一天每人多給一兩銀子。」

「是。」常先生向船主交待了幾句，立刻上岸僱了一輛馬車直奔北京，到深夜二人才回到了碼頭。

「大先生，」方克勤被常先生帶至胡雪巖的艙內，輕輕問道：

「您睡了？」

「沒睡，」胡雪巖坐起來，「那俄國商人的定金繳了嗎？」

「交了，按每箱四十二兩，交了四十萬箱的百分之十。」

「還談了些什麼？」

「他們以往從英國商人手裏買來，這次，他們是第一次從中國直接進口，如果這次成功，希望和我們長期合作。」

「哦……」胡雪巖沉吟著說，

「要和我們長期合作……。」

「他們老早就想直接進口茶葉了，但他們與英國無法競爭的是，至今沒有一艘船。」

「你們趕快睡一會兒，明早，不，今日天亮以後，我們三人到萬國公寓去。」

當夜，三人在一個艙裏睡下了，然而，碼頭上的蚊子像赴宴似的，嗡嗡地圍著人轉，誰也沒睡好。

早晨，當太陽還沒發威的時候，三人來到了萬國公寓。伊萬諾夫吃罷早餐正回到房間，雙方講了幾句客套話之後，伊萬諾夫急著問道：

「胡先生，我們的合作有好消息嗎？」

「有！」胡雪巖微微一笑，

「不但有，而且一箱都不少！說不定英國的華茶還要從你們這裏進口。」

「這不可能吧……？」

「完全可能，每年英國從中國進口的大宗華茶僅夠供應數的十分之一。但今年的茶葉收購，不行啦……。」

「為什麼？」

「僅我一家就為你們收購了四十萬箱，而且我還要做一批邊境貿易。」

「哪個邊境？」

「中俄邊境。」

「帶什麼貨？」

「茶葉。」

伊萬諾夫一怔：「你還有茶葉……？」

「說實話，因為你是我們商界的朋友，你這四十萬箱，我們利潤不大。我想隨你們到中俄邊境，與貴國茶葉批發商做些生意，利潤可能大一些……。」

伊萬諾夫連忙制止說：

「啊……上帝，請你們不要去吧，你們還有多少我全吃進，否則我們『獨家經營華茶』的招牌就毫無意義啦！」

胡雪巖鎖緊雙眉思索了半晌……

「請問，」伊萬諾夫說，

「胡先生，能不能告訴我，你們還有多少箱？」

「十二萬箱。」

「這十二萬箱，我按照你的開盤價，每箱四十三兩，都讓給我。」

「由杭州到天津的運費，由貴方開支，我可以讓給你。」

「多少錢？」

「一萬二千兩。」

伊萬諾夫握著胡雪巖的手：

「我包了。」

「那……邊境貿易市場我就無法欣賞了……。」

「明年，我在邊境接貨。」伊萬諾夫鍥而不捨的說。

「好吧，這十二萬箱簽個合約吧，一、按原價每箱四十三兩計算；二、從杭州運至天津港的運費一萬二千兩，由伊萬先生支出……。」

說話間，方克勤已寫好了兩份十二萬箱的合約，經譯員譯成了兩份俄文，雙方簽了字。

「從今天開始卸貨，」胡雪巖說，「請問卸在什麼地方？」

「能允許我看大樣嗎？」

「儘管抽驗！」

胡雪巖說這話時，有十足的把握，因為都是常先生親手經辦的。

「碼頭上我租了兩個大倉庫，而且我的伙伴們全體出動，將天津的大車場全部包下來，也可以隨卸隨裝……。」

「走蒙古？」

「從東三省過黑龍江。」

「不行。」胡雪巖說，「河流很多，運貨不方便。」

伊萬諾夫笑了笑說：

「俄國的進出口貿易，我們做了多次，僱大轂轆車走蒙古，再僱駱駝隊走沙漠越邊境都行。」

「我留下我的代辦方克勤先生，請按合約規定，交貨和收款由他全權負責。」

「但必須向你聲明，我的現金都在日升昌，我給你們的滙票，全部在日升昌兌取。」

伊萬諾夫說，「滙水我已經付出，請胡先生放心。」

胡雪巖對天津金融業瞭如指掌，最早的滙兌單位原是山西商人雷履泰的顏料舖，由於長期僱用鏢局長途運送銀兩，費用既大，又有危險性，於是與官府商妥，由京津的日升昌顏料舖改營滙兌業，凡來津購貨者，先將現金交與日升昌，換取滙票，任何人可憑票向日升昌兌取現金，眼下這個票號因滙水而在十年內獲利數十萬兩，是個眾人皆知而且可以信得過的票號，遂說道：

「凡是日升昌的滙票，我完全相信。」

方克勤也贊同地點點頭。

當天下午便將十二萬箱華茶進了倉庫，胡雪巖陪著伊萬諾夫，檢查了一只箱子，伊萬諾夫撬開箱蓋，掀開雙層油紙包裝，抓了一把一聞，繼而看了看成色和乾燥度，笑了：

「您的茶，我很相信！」

「哈哈……，」胡雪巖笑了笑說，

「我給你看的小樣，比大樣差得多。」

「您要離開天津？」

「是的。」

「明年的合作……？」

「請與我的代理人商量，但中國茶葉生產並不穩定，你與我全靠上帝啊……。」

□

這年，也該胡雪巖走運，貨進天津時，正值減低關稅之年，天津「鈔關」的稅額，本為值百抽三，而對南來的商貨則實行優待，一律減半核收，百抽一點五，這無形中給胡雪巖增加了一筆意想不到的收入。

胡雪巖回到杭州的一個月內，俞德海和賴老三先後通過水路和陸路，將四十萬箱川茶和武夷茶運到了天津。方克勤和俞德海兩位年輕精明的銀號經理，最後將收支細算了一遍，除去收購、僱工、稅收、運輸之外，每箱利潤可達七兩，整個利潤已達三百六十四萬兩紋銀。

就在胡雪巖接到方克勤送來的總報表當天，當舖清查組的張得發來了。

「大先生，」張得發面帶憂慮地說，

「全國三十六家當舖，我們僅調查了黎里、鎮江、興國、德河與湖南等十三處，就發現有七位經理私買珍品。」

胡雪巖忽地瞪大了雙眼，問道：

「用什麼手段？」

「存根上明擺著的嘛！」張得發打開一只新式提包，掏出一只珠寶盒，

「您看，這些『死當』他們全是用當價私買了。這些，只是我能帶的，還有一批大件，我都收回留在店裏。」

胡雪巖慢慢掀開珠寶匣子。嚄！一些熠熠生輝的珠寶玉器，閃爍在胡雪巖面前。

「典當的業務，這幾年怎麼樣？」胡雪巖慢條斯理地問了一句。

「從這十三家當舖看，除去私吞，僅利息和拍賣死當來看，純利潤共三十多萬兩。庫存的文物、翡鑽、字畫等，還沒打進利潤裏。」

胡雪巖沉著臉在客廳踱了一圈，正要說話，戚老頭來了，他笑了笑，說：

「大先生……我老早就想跟您說了……嘿……。」

「啥事體？」胡雪巖心不在焉地問了一句。

「是這樣，我呀……，唉，老了，想不做嘛，您又對我這麼好，繼續做嘛又做不動了。我有個要求，就是讓我最小的女兒來替我當差……。」

「啊，」胡雪巖不耐煩地說，「明天再說吧。」

「嗳，嗳……」戚老頭苦笑著出去了。

「我看……目前的典當業，」胡雪巖對張得發說，

「問題很大。首先，總管由你擔任，寫個通知蓋上我的章子，讓二十六處都知道；第二，其他十三處繼續查，然後寫出一個任免意見，記住，免任的經理一概離店，決不

留用；提陞的經理，必須經過考察；既要大膽地用人，又要愼重地聽聽職工的意見和反映；第三，將庫存的珍貴死當，一律護送到這個新宅，我自有用處；第四，你那裏要選個經理，不然你也不放心，這個人選也寫在任免名單裏，但是現在就讓他代理；第五，各處的流動資金你定個數，其他銀兩全部回到杭州阜康。這項工作，從檢查到任免，今年完成，行嗎？」

「行！我還帶趙署明和沈良德去，他倆倒是經理的材料。」

胡雪巖微笑道：

「行啊，你看著行，都寫進任免名單裏。」

說真格的，這五條「指示」，張得發怎能一下子記得住？他知識程度不高，只是從小在典當舖當伙計，為人也厚道；雖然當了多年經理，老同仁們仍然稱他「張胖子」。然而，他擅於用人，就連胡雪巖剛佈置的「典當業胡記總管任命通知」也會有人替他寫。

□

張得發走後，二太太余氏來了，笑模悠悠地說：

「我說大先生，你都忙糊塗了吧……？」

「怎麼……？」

「今天是立秋。」

「好，今天天氣不錯，吃過飯咱下盤旗。」

「行，」余氏莞爾一笑，

「哎，我跟你說個事兒，你知道戚老頭多大年紀了嗎？」

「快六十了吧……？」

「哼！」伸氏斜瞅了丈夫一眼，笑道，

「他大兒子快和你一樣大了。六十七歲了，也該讓他養老了，他呀，有個小女兒，都二十歲還沒嫁人，我想讓她到咱們家來管點事兒……。」

胡雪巖笑了：

「這事兒就由你作主吧……。」

「哎，還有個事兒你忘了吧？」余氏盯著丈夫的臉問道，

「嗯？忘啦……。」

「我……怎麼想得起來……。」

「五十大壽！」

「哎呀！」胡雪巖拍拍自己的腦門，「這個事可真忘了……。論語說『五十而知天命』，我……能知嗎？哈哈……。」

「你還不知？」余氏嬌嗔道，

「連孔夫子都知道天的意旨，難道我的胡大先生還沒看到自己的富貴？」

說著便坐在胡雪巖腿上，摟著他的脖子，用勁兒親了兩下，在耳邊說道，

「老天爺給了我丈夫榮華富貴，連我這而立之年的人都知道，你呀，哼……」

她望著胡雪巖的笑臉，而她那雙貪婪的媚眼流露著一種饞涎欲滴的魅力，彷彿一隻寵物，在主人的手背上舔來舔去……。

「大先生……。」潘寡婦在門外喊了一聲，余氏立刻站起來，下意識地理了一下亂髮，說道：

「是潘大嫂吧？進來吧。」

潘寡婦進門一看，紅著臉問道：

「二太太，您在談事情吧……？」

「沒事，你有啥事就說吧……」余氏說。

「唉，說來也難為情的，我家的事兒大先生都知道，我呀，只有一個女兒在鄉下，現在大了，我想求求大先生、二太太，讓我那孩子到您府上當個使喚丫頭。」

「來吧，」余氏笑著說，「何況，這裏也需要人。」

說著，眼睛瞅了瞅胡雪巖。

「如果我沒記錯，」胡雪巖說，「都十九歲了吧？」

「可不是嘛，嘖嘖，你瞧大先生記性多好！」

「我們老二說了，就照她的辦。」

「噯！」

「哦，你來的正好。」胡雪巖說，

「吃過中飯，我要下盤棋，你去準備一下。」

「噯！」

「還有，」余氏插話說，

「再過幾天，大先生五十大壽，讓孩子們準備點小曲兒，啊……？」

「二太太放心，待會兒我把戲碼給您拿來。」說罷，一彎腰出去了。

下午，胡雪巖和余氏坐在茶亭裏，一邊品著香茗，一邊指揮著姑娘們「走車跳馬」……。

「大先生……」余氏說，「你的生日我想過了。」

胡雪巖用金墜一指：「吃車！」

「我不……」余氏撒著嬌喊道，「我不上車……。」

「起手無回大丈夫，哈哈……。」

「出相，」余氏笑著指「相」說。

「將！」

「我不來了，你盡欺負人。」余氏笑著站起來說。

姑娘們笑著說：「二夫人輸嘍……。」

「都是你們不給我爭氣……，」余氏望著棋盤上的姑娘們說，

「下次你們替我多想想……，啊！」

「大先生說了，」姑娘們尖著嗓子說，「觀棋不語真君子也——」

說罷，一溜煙兒地都跑回梨園院去了。

余氏扶著胡雪巖步下漢白玉石級，說：

「你的生日，我想用百桌廳，多請些人。」

「好啊，你看著辦吧。」

「官府的人，你寫出個名單來。」

「放心，不請自到。」

「那不行。」

「這個事就叫宓文昌主持，紅帖子該發哪裏，他一清二楚。」

「也好。」

□

第二天，胡雪巖剛吃罷早飯，戚老頭真的把女兒帶來了。

「到客廳來吧。」胡雪巖剛把戚老頭帶進客廳，潘寡婦也帶著女兒來了。

「快見過大先生。」潘寡婦說。

女兒雙手扶腰，道了萬福。

「都快坐下，」胡雪巖說著便朝兩個姑娘瞅了瞅，這一瞅不禁吸了口冷氣，心想：這麼俊俏的倆位姑娘，簡直像天上掉下來的一雙玉女！那潘寡婦和戚老頭原是勢不兩立，現在倒客氣地互相讓了讓坐位。

「叫什麼名字？」

「月娥……」潘寡婦女兒說。

「我叫水仙……」戚老頭女兒說。

此時，胡雪巖念在兩位家長在胡家當差多年，不願讓這對「小姑娘」在此當佣人，於是靈機一動，想了個好主意：

「你倆的父母，在我這立過不少汗馬功勞，我不忍心讓你們再在我這做下去，再說，你倆年齡都不小了，我……倒想給你們做個媒，好嗎？」

兩位姑娘羞得低下了頭。

兩位父母喜得瞪大了眼。

「水仙就許配給杭州的阜康副經理田志成，月娥就許配給北京阜康的副經理方克勤，他倆年輕有為，至今尚未娶親，論才能、講人品都是沒得挑的，嫁給他們可就享福啦。」

戚老頭直揉耳朵。

潘寡婦惟恐聽錯。

「願意嗎，」胡雪巖生怕他們沒聽懂，

「戚大爺，讓你的女兒嫁給田志成……？」

「見過，」戚老頭連忙點頭，「這可是個好孩子。」

「潘大嫂……」胡雪巖瞅著潘寡婦說，

「讓月娥嫁給方克勤，你看如何……？」

潘寡婦如夢初醒般地喊著：

「快，月娥，給胡大先生磕個頭！」

水仙見月娥跪下了，也急忙跪下磕起了頭。

「快，快起來！」胡雪巖喊道，

「在你們過上好日子的時候，再拜月下老人也不遲呀。」

抬頭對潘寡婦和戚老頭看了看，問道：

「你們二位同意這門親事啦？」

「感謝大先生的宏恩大德……」潘寡婦說。

「我看這樣，過幾天是我的生日，就在這天讓他們成親。」

戚老頭笑得鬍子都挪了位。

潘寡婦喜得眼淚直往下淌。

「好吧，方克勤送報表來還沒回去，讓他成了親把月娥帶到京城去。潘大嫂，讓這兩位姑娘都住到梨園院去，她們的嫁粧由你負責，一切都要上等，錢嘛，先從你那流動資金裏開支。」

「噯！」潘寡婦嘴裏像含著蜜糖，答應的聲音都帶著甜味兒。

却說胡雪巖生日這天，上至府道州縣各級，下至學徒練習生，加上地方富紳、親朋好友、功名文士等等，使百桌廳的坐位全部坐滿。大廳四周掛滿了名家贈送的書畫，正中一個巨大的「壽」字，兩旁一對「囍」字；那戚老頭和潘寡婦一步登天，坐在胡母的兩邊，紅著臉接受著經理姑爺的叩頭。

席間，小戲班還演唱了宣卷《白蛇傳》。

席散，兩對小夫妻進了梨園院的洞房。事後胡雪巖撥款，方克勤在北京買了一套四合院；田志成在杭州鼓樓買了一樓一底的房子。

戚老頭領著養老金，過起了富裕的晚年生活，而潘寡婦仍然繼續她的總管職務。

❖第二十一章❖

左宗棠因平定陝甘有功，被慈禧太后賞賜了一件黃馬褂。「黃馬褂」在清朝時是最為榮寵的官服，只有領侍衛內大臣、前引十大臣、護軍統領、侍衛班領才有資格配穿，這次左宗棠受到皇恩犒賞，獲此殊榮，又特恩賞戴了雙眼花翎紅頂，那欣喜之情溢於言表。他試穿了一下，拉住大襟的下襬，像是抓住了皇上的手，那一對一對的扣襻像一串通氣的管子，一股暖流從腳底一直流向心窩。

胡雪巖坐在家中的公事廳裡，床板大的紅木辦公桌上放著二十六家典當舖的經理任免名單和一疊調查資料，然而此時他的心卻飛到了左宗棠的黃馬褂上：

「感謝上蒼，機會來了！」

是的，胡雪巖要利用機會，利用左宗棠獲得的皇恩為自己開拓財源。利用陝甘當地資源，利用織呢機，織出中國自己的呢布，這是他的理想，是他無窮的希冀。而現在正是一個大好時機，左宗棠陝甘總督、欽差大臣的頭銜，及黃馬褂的榮耀，為胡雪巖包圍出一張緊密的保護傘，幫助他愈來愈靠近企圖的目標。

一八七四年，春節過後，他帶著大轎乘水路到了上海。這時，半輪寒月在昏暗的浮雲中浮動著，幾點疏星已在天角眨著疲憊眼睛。

他們在孫亦建的安排下，在後院客房裡睡了一夜。清晨，胡雪巖老早醒了，望著天花板思忖著一天的活動行程。

早飯過後，他問孫亦建：

「泰來洋行有人來過嗎？」

「來過。」孫亦建說，「他們通知又到了一批新式武器……。」

胡雪巖心中竊喜，本來他是想託泰來洋行購買織呢機的，不料他們卻找上門來了。

「李文才！」

「在！」

「備轎，到泰來洋行！」

「您稍等一會兒，炭爐還沒把轎子暖熱呢。」

「沒關係，腳下不冷就行了，起轎！」

胡雪巖乘著不太暖和的轎子來到泰來洋行，那亨特和呂斯簡直把他當成了大財神，十分熱情地接待。

「胡先生，」亨特笑著說，「我們曾到阜康銀號去過……」

胡雪巖一欠身笑道：

「啊……我剛聽說了。」

「我可以告訴您一個消息。」

「啊……？」

「又來了一批新式武器，我想您一定會喜歡的……。」

「什麼武器？」

「如譯成漢語，叫『田雞炮』，不僅威力巨大而且轉換陣地十分便利，還有十六磅、十二磅銅炮，射程極遠……。」

「啊……聽您這般介紹我倒要看看。」胡雪巖說。

「請……。」呂斯用右手一攤，「就在大廳裡。」

譯員伴著胡雪巖隨大班來到大廳，胡雪巖詳細地察看了田雞炮和最新十二磅、十六磅銅炮，呂斯一面介紹一面擺弄著機件，並用模擬炮彈示範了一番裝彈入膛和拴位……。

看完樣品，胡雪巖決定用十萬銀兩購買一批新炮，因他知道，目前不斷改進武器的只有德國，並且較其他國家的老式槍炮價錢更低廉。

在談判桌上，十萬銀兩的交易很快便談成了。然而，這購買武器之事並非他的主要目的，他的構想全在以用陝甘總督的名義辦工廠，既以「洋務」出面，又能開拓生財。因問道：

「請問大班先生，貴國的織造機器發展如何？」

「您能具體說明嗎？」

「例如織呢機器……。」

「啊……，」亨特笑了笑，

「我可以告訴胡先生，目前的織造業，我們德國最發達。上個月我回國還專門走訪了幾個廠家……。」

亨特談話時，呂斯已回辦公室取來了幾份圖樣，他不急不緩地擺到了胡雪巖面前，老實說，胡雪巖對機械工業一竅不通，只是像幼兒看圖畫似的，感到新奇和奧妙，唯有烘毛機和出呢機的圖樣看起來有點形像。

胡雪巖放下圖樣，微笑道：

「我如果辦一個雛形織呢廠，貴國能否配齊全套生產工具……？」

「我國生產的機器都是配套的。」

「如果用二十台織呢機，」胡雪巖問，

「應該怎麼配備呢……？」

呂斯和亨特交談了幾句，然後又在紙上連寫帶畫了一番，呂斯笑道：

「我們的設想，如要二十台機器織呢，需要配備一套開井挖河機，以使污水排泄；引擎兩個：一個用於烘毛、洗毛、刷毛。洗毛的次序，是先用阿摩尼亞水燒開洗一次，再用肥皀水洗兩次，共三次使毛變得雪白；另一引擎是用於機織。」

「請問產量……您知道嗎？」

「知道。」亨特插話說，

「按機器說明書計算，二十台機器，每天工作十個小時，可出呢二十疋，每疋五文；也可以產極細的呢，質地與哈喇呢相同，不過……我建議胡先生，如原料充足，最好織六尺寬的毛毯，據我國向中國出口的毛毯，作價每條漕平銀一兩半，利潤很可觀啊！」

「就如亨特先生所說的這批全套機器，我想和這批武器一樣，請二位大班提出個最低價格。」

「全套設備運到中國口岸，八百六十磅（是時每磅合中國紋銀四兩二錢左右）。」

胡雪巖恐怕自己聽錯，又對譯員問了一句：

「共價多少？」

「八百六十磅。」

「啊，」胡雪巖心想，

「一套完整的機器還不到四千兩銀子，這可是一本萬利的生意。」遂問道：

「我想請大班先生代我僱十名德國技術工人，一方面及時生產，另一方面向中國工人傳授一些生產技術……。」

「可以。」呂斯笑了，

「這個……一點都不難。因為德國工人很喜歡中國的銀子……。」

「好啊，」胡雪巖也笑了，

「誰表現得好，我就多給他點銀子！」

「請問胡先生，工廠設在什麼地方？」呂斯問。

「蘭州。」

「我們一定從名廠提貨，到時我通知銀號的孫亦建先生。另外，這批武器和織呢機的合同您看……？」

「請你們起草，後天我派孫亦建先生來與你們簽約。」

「還試炮嗎？」呂斯問。

「哈……，上次差點試出笑話來，」胡雪巖說，「這次不試了，但是在合同上列出一條，如果銅炮不靈，可以退貨，或是賠償損失。」

「能否這樣寫：田雞炮與銅炮，其性能與出廠說明書不符，按說明書的條款辦理。」呂斯說。

「可以。」

胡雪巖所以不試炮的原因，在於不便過早將消息暴露給李鴻章，以免加深左李交惡之膨脹，不僅對自己不利，對左宗棠的備戰活動也會造成不必要的阻力。

然而，今天足以使他高興的是，織呢機廉價到手，辦廠有望，中國的第一疋自產的毛呢將要在他的廠裡產出，他將要以廉價的原料織出昂貴的毛呢來！想到此處，他高興地加了一句：

「大班先生，合同的條款上可以寫出：在織呢機到貨之前，我方願意將全部款項一次付清。」

「既然胡先生相信泰來洋行，我們表示謝意。」

亨特說這話時，站起來握著胡雪巖的手，搖了又搖。

胡雪巖走出泰來洋行，乘著綠呢大轎，樂孜孜地回到了阜康銀號。

四

「亦建，叫廠房弄幾樣好菜，買兩瓶好酒，招待一下抬轎的幾位。」

孫亦建是個聰明人，從大先生的臉部表情和講話的語調中可以分析出他的微妙心態，於是很痛快地應道：「好，我去通知一下廠房。」

「等一下，」胡雪巖悄聲說，「通知過後，拉上老戚，咱到對面吃火鍋去。」

「好。」

不一會兒，孫亦建拉著戚翰文，隨大先生來到「老北京」菜館，老闆見到胡雪巖，一下子堆下了笑臉：

「哎呀，胡大先生，您可是好些日子沒來啦。」

「嗨，哪有空啊……！」

「您請上樓。」老闆急忙招呼伙計，

「劉二，快給胡大先生找個雅座，好好伺候。」

「您請。」劉二登登上了樓，急忙進了雅室，又是抹桌又是送茶，待胡雪巖三人坐定，劉二笑著問道：

「大先生，幾位想吃點啥？」

胡雪巖說：「先來個宮廷火鍋……，」

「嘿嘿，」劉二說，「我們不敢叫『宮廷』火鍋，我們叫北京火鍋，但跟御膳房的燒法一樣……。」

「再切幾斤羊肉片。其他菜你就隨便吧。」胡雪巖說，

「燙幾斤女兒紅，要陳酒。」

「您放心，」劉二笑著說，

「有一罈三十年陳酒，老闆早就交待過，非胡大先生……，就是上海道來，也不拿出來。」

「好啊。」

胡雪巖在飯桌上將與泰來洋行定貨的情況詳細地介紹了一遍。末了問孫亦建說：

「現在，轉運局的進項如何？」

「上次買軍火的三萬已經從各省的協餉中補上了。幸而朝廷頒詔，將海關關稅由過去的解送戶部改為『抵放軍需』，不然，轉運局的經費就要見底了……。」

「我要上書左公。」胡雪巖說，

「朝廷對左襄公西征的協餉，早就通知東南各省用海關款項協濟，但現在西征協款，主要落在浙閩兩省身上，他們每年就佔整個協款的八成以上，其他省若再賴下去，西北的局勢更要亂哪！」

「明年更困難，」戚翰文說，

「浙江巡撫楊昌濬已向朝廷奏准，從釐金項中撥款修築仁和至江蘇邊界的公路和橋樑，你想，能交轉運局的款項能有多少……？」

「經否仿效李鴻章的辦法……？」孫亦建問。

「啥辦法？」胡雪巖問。

「採取關釐分途，以釐濟餉的政策。」孫亦建說，

「他是每佔一地，便酌添卡局……。」

胡雪巖用酒杯晃了晃，說：

「陝甘可不比江南，佔地再多，也離不開黃土高坡和沙漠風暴，即使礦產資源、毛紡資源再豐富，沒有技術，商業怎麼流通？這是其一；其二，李鴻章的做法連曾國藩都慌了，他在文章裡寫道：『蘇南釐金之弊，怨讟繁興……餉源所恃，僅在釐金，征斂百端，民窮財盡，此大亂之道，已在眉睫』這幾句話夠重的啦！」

「那怎麼辦呢？」孫亦建問。

「還是按朝廷的意思辦，依賴東南各省，以釐捐關稅，抵放軍需。因此，這次你派

人運送軍火時，帶上我的信，請左公奏請朝廷督令東南各省，速解西征協款！」胡雪巖呷了一口酒，繼而從容地說，

「這十萬兩大炮的費用，先由阜康墊出，織呢機的款項也一次付清。放心，轉運局不會長期見『底』的。實話告訴你，福州的二十艘船，已賺了幾十萬兩，俞德海最近將要運送四十萬兩銀子到上海轉運局。」

午飯過後，胡雪巖寫了一封信交給孫亦建，說道：

「先派個練習生，把信面交左宗棠大人，如果隨著運送軍火一道去，路上花的時間太長。」

誰料，胡雪巖給左宗棠的信還沒上路，而太后老佛爺卻瞇著兩隻眼細聽著左宗棠的一紙奏摺：

「請賞胡光墉母匾額折……，上海為洋商薈集之所，泰西各國槍炮武器，泛海來售，競以新式相耀。臣於閩浙總督任內，飭胡光墉挑選精良。……嗣調督陝甘，委辦上海轉運局務，兼照料福建輪船事宜，胡光墉於外洋各器械到滬，隨時詳細稟知，備陳良楛利鈍之情形，伺其價值平減，廣為收購，運解軍前，臣軍實資其用。其購到普洛斯（按：

即普魯士）後膛螺絲開花大炮及後膛七響洋槍，精巧絕倫，攻堅致遠，尤為利器。……胡光墉經臣奏派辦理臣軍上海採運局務，已逾八年，轉運輸將，毫無缺誤。……各省關欠解協餉，不以時至，……每年歲事將闌，輒束手懸盼，憂惶靡已。胡光墉接臣預籌緘牘，無不殫精竭慮，……始向洋商籌巨款，……繼屢向華商籌借，均如期解到……。」

「好了……別讀了……，」三十九歲的慈禧裝作穩重的樣子，陰陽怪氣地說，

「小李子。」

「喳！」

「先給我捶捶腿……」說著把腿伸得老遠。

李蓮英跪在地上，在慈禧的大腿左右輕柔地捶打起來……。

「小李子……」慈禧說，

「這左宗棠三番兩次的奏賞胡光墉，這裡邊是不是太過獎了……？」

李蓮英把精神一拎，心想：

這胡雪巖乃左宗棠身邊的紅人，自己也得過他的好處，何不趁此為他美言幾句呢！

於是說道：

「回稟老佛爺，這左宗棠大人可是一向不薦人的，他推舉的人，依奴才看，不會有半點虛詞……。」

「可是李鴻章對左宗棠的『仇俄』，也許與這些武器有關……你說呢……？」

「奴才不敢，還是請老佛爺聖裁。」

「唉！」慈禧嘆了一口氣，

「通知一下軍機大臣，召左宗棠、李鴻章進京……！」

「喳！」李蓮英急忙站起來……。

「慢點，」慈禧微閉雙眼，緩緩嗔道，

「捶完了腿再去也不遲呀……。」

「喳！」李蓮英又跪下，攥起拳頭輕輕地在慈禧的大腿上捶打起來……。

「再告訴軍機處，通知杭州地方官，給胡光墉的母親送塊匾去，看來胡光墉對朝廷……也確實有功……。」

「喳！」李蓮英答應時，兩手不敢稍停。

俗話說，無巧不成書。正當上海阜康銀號副經理孫亦建派人把胡雪巖的信送至蘭州時，左宗棠奉詔進京的御旨也到了。左宗棠激動不已，那肥大的身軀立刻變得輕鬆起來，他樂得在大廳裡轉了好幾圈。可以想像，胡雪巖的新式武器將要啟程送到蘭州，而且將在蘭州辦洋務，開工廠，這是其一；其二，自做官以來，第一次被召進宮面見皇帝、皇太后，豈有不樂之理！然而，進京並非小事，上下官員需要打點者甚多，若無胡雪巖財力支援，他一人如何面面俱到？於是連忙寫了一信，交來人立刻面交胡雪巖。

而胡雪巖從上海回到杭州，不幾日，浙江巡撫楊昌濬帶了一批大小官員，抬著一塊匾，喊著：

「奉朝廷之命，賜胡光墉之母金氏榮匾一塊，我等下官深感皇恩浩蕩，並向老母賀禧！」

胡雪巖懵了，但又聽到「皇恩浩蕩」，急忙跪地朝著匾額磕了三個頭。

「胡大先生，向你道禧啦！」楊昌濬拱著手說。

「請屋裡坐！」胡雪巖笑著說。

「不啦，」楊昌濬說，「過幾天咱們好好喝幾杯，你忙著，我們走了……」

待這批人走後，胡雪巖細看匾額，上寫：「奉諭，賞胡光墉母金氏」，正題是「天道母德」，落款是一八七四年「楊昌濬奉旨代書。」

各位，這朝廷賜匾本應皇帝御筆書寫，怎能叫地方官代筆？眾所周知，慈禧手無握管之能力，同治帝又病入膏肓，讓地方官員書寫亦是老太后的權宜之計。儘管如此，那金氏老太太亦樂得幾天闔不上嘴。

當匾額懸在金氏「安樂院」的正廳後，沒多久左宗棠的信轉到了胡雪巖手中，只見信中寫道：「……奉旨進京，望雪巖急速北上，共商一切事宜……。」

胡雪巖一怔，驚疑與歡喜交織在一起，因為在接到這封信之前，他從未聽說左宗棠面見過皇帝，此次一去，必有軍機大事。顯然，左宗棠讓他「急速北上」，其原因不言而喻，肯定與銀兩有關，但胡雪巖比左宗棠考慮得更周到的則是「禮品」。進朝，不打點一些有關大人物行嗎？他們不像地方官，可以搜刮民脂民膏，他們的銀庫都是由進朝的地方官員身上刮下來的，尤其是珍貴文物和珠寶美玉，誰不想要？恨不得把手直接伸到地方官員的衣袋裡。想到這裡，彷彿左宗棠已經向他伸出了手，又彷彿左宗棠的聲音在他的辦事廳裡回響著……

「雪巖啊，多帶點銀兩……！別忘了禮品……！」

他把信收起來，打發了送信的練習生回去，自己叫余氏打開「養心閣」，進了套間，選了一批奇珍異寶放入皮箱內。第二天命鏢頭劉升帶著皮箱隨自己乘車往北京駛去，不幾日便到了北京，仍住在善化會館，把劉升安排在侍衛官的住房後，自己便到北京阜康銀號開了二十張千兩銀票，繼而去官服局，買了一套標準的省級按察使官服，堂而皇之地出入於善化會館，倒也頗受人尊重。

等了三天，左宗棠由趙雄、張虎二人護衛來到善化會館，他自己只背了一個小包袱，那便是視若生命的黃馬褂。

胡雪巖得知左襄公已至，遂至房中拜見。

「啊，雪巖啊，你來得比我早啊……。」

左宗棠說話時，那下眼瞼一圈一圈的肌肉往下垂著，看得出，他高興得不得了，

「你知道我請你來……？」

「知道！」胡雪巖不假思索地說，

「左公上京，我該做什麼，當然知道啦。不然，我這個轉運局的總辦就失職了！」

「哈哈……」左宗棠笑了一陣，

「我跟你說，地方官一進京，戶部、禮部、內務部、軍機房、吏部，從大學士、侍郎、尚書到小太監，唉！有一個打點不到都不行！」

「不！」胡雪巖急忙用手攔著說：

「不能面面俱到，面越寬越麻煩……。」

左宗棠盯著胡雪巖問道：

「為啥？」

「投入餌食，為我所魚。」胡雪巖說，

「對您直接有助者，以珍品贈之。如此悄然行走，重要人物獲『禮』，定能在御前為左公美言。但就不知道，左公此次被召，究竟何事……？」

「那還用猜！」左宗棠說，

「我一連數摺，奏請把俄國人趕出境外。」

「好！明日您先到軍機大臣奕訢府上，他既握實權，又是皇親；再一個是他弟弟，道光皇帝的第七子，現任御前大臣、領侍衛內大臣奕譞，這兩個人必須登門拜訪。」

左宗棠沈吟了片刻，喃喃說：

「哼，他們只不過和我同級……，都是黃馬褂。」說著抬起頭，

「雪巖說的對，禮……不要送得太濫，先送御前人物和實權人物，不知你帶點什麼來……？」

「放心，應有盡有。」

「啊？」左宗棠驚喜得一雙眼睛閃爍著光亮。

「但是，」胡雪巖補充道，「別忘了李蓮英。」

「嗨，那小閹雞……我還去拜他？」

「哎！您可別小看他只是個梳頭太監，在老太后面前可是個吹耳根子的人……。」

左宗棠耷拉著眼皮，只是點點頭。

「兩位皇親，我已給您準備好了兩份禮品，每人一佰兩加爾格答白土，一對古瓶，一尊金佛，還有一盒珍貴首飾……。」

「夠了。」

「您如果再想要，根據他們的喜愛，隨時到侍衛房五十二號找劉升，東西都在他那看管著。」

「哦，」左宗棠笑了，他對胡雪巖想得如此周到，並備足那麼多的禮品，心裡著實被感動，

「雪巖啊，過去我對你總辦轉運局甚是滿意，沒想到你對我此次進京又如此慷慨周全，真是萬里同心，鼎力相助啊……。」那目光裡充滿著感激、佩服、愛戴、親切之情。

□

第二天，左宗棠帶著禮品，上午拜見了奕訢，下午拜見了奕譞。

但他回到了善化會館，卻嚇出了一身冷汗！

黃馬褂竟不翼而飛！

然而，奇怪的是，上下午外出時，均親眼看著當差的把門鎖上，他才放心離去，更使他驚訝的是，留在屋裡的幾百兩銀子、朝珠及冬裘均在，唯獨黃馬褂被竊。

「雪巖啊，糟啦！」左宗棠來到胡雪巖的房間，臉色蒼白，喘著粗氣說，

「黃馬褂被賊人竊走了！」

「啊？」胡雪巖猛地站起來，

「這怎麼辦，被竊事小，萬一明後天傳旨見駕，那可怎麼辦？」說完之後，急急思索了一下，

「這事，您必須找奕譞，他是領侍衛內大臣，叫他帶您找步軍統領，命他率兵全城緝查，賊人定難逃脫。」

左宗棠一聽，覺得目前只有這樣做了，於是連晚飯也無心去吃，急忙奔到奕譞的親王大宅，那奕譞既收了左公的禮品，又同情他年邁體肥，急得坐立不安的焦慮狀。

「哎呀！」奕譞說，「黃馬褂被賊人偷走？這可不得了。走！我帶你找一找步軍統領，請他迅速緝拿。」

說罷披上裘服帶著左宗棠來到統領衙門。

步軍統領，通稱為九門提督，掌管京師正陽、崇文、宣武、定安、德勝、東直、西直、朝陽、阜成九門內外的守衛巡警等職。

左宗棠將失竊黃馬褂一事急急地向統領說了一遍，並要求迅速緝拿，追回黃馬褂。

統領笑了。

「這等大事你還笑？」左宗棠簡直要發火了。

「你想，」統領說，「這黃馬褂既不能穿，又不能賣。屋裡的銀子和裘衣不偷，他偷你那黃馬褂幹啥？我可以斷定，此賊必然曾口出狂言，想顯露一下他的手段，在北京這種人不少啊！我看，不必緝拿……！」

「那怎麼行？」左宗棠喊著說。

「放心，他自當送還。」

左宗棠半信半疑，無奈，這「不必緝拿」四個字像使他吃了個閉門羹，只好快快退出統領衙門，送走了奕譞，自己孤獨地踽踽而行，然而心中的窩囊勁兒越來越重，像塊大石板壓在胸中。

胡雪巖見左公回來了，急忙問道：

「如何……？」

「嗨，這幫人懶得出去，回答了四個字：『不必緝拿』。你聽聽，吃著皇恩澤祿，不幹人事，要他們保衛京城？哼，做夢！」

「先別生氣，咱吃飯去！」

「你也沒吃？」

「您不來，我也吃不下呀。」

說著便走出去門外，通知差人開飯。本來應該痛飲一番，但二人像喝悶酒似的，一肚子不痛快。

夜裡，下了一場小雨，左宗棠輾轉反側，肥大的身軀像烙大餅似的翻滾著，難以入眠。平時，聽到淒瀝的雨聲，他總是默默地叨咕著「春雨貴如油，莊稼好兆頭」，而今夜的小雨，像滴滴打在他的心頭，使他更加煩躁不安。

清晨，小雨停了，微暖的太陽露出了笑臉，左宗棠沒得到「早朝」的通知，稍鬆了一口氣，吃了點早飯便找劉升，令其打開皮箱，拿了幾件值錢的東西，想法子去找李蓮英去了。

誰料，剛從李蓮英處送禮回來，當差的侍官把房門打開，左宗棠眼睛一亮，差點大叫出來！乖乖，那件黃馬褂原封未動地送回來了！他猛地撲上去，抱起黃馬褂貼在自己的胸前，驚喜得舌根不能自主，想跳又不願在侍官面前失態。

「哈哈……」他笑了一陣，說，

「這北京的樑上君子也夠義氣的啦，他要是投到我的帳下。我非封他個將軍不可！」

侍官笑了笑說：

「這些人才不想當官呢，當了將軍，他們這套手段就沒處使啦！」

「晚飯通知膳房，多弄幾個北京菜，我要多喝幾杯！」

這天晚上，他和胡雪巖飲了個痛快，直飲得後背冒汗，舌根發硬。

「左宗棠大人在嗎？」

「誰呀？請進！」

一個小太監笑呵呵地進來說：

「明日早朝要召左大人見駕……。」

左宗棠一聽，既激動又緊張。然而，他畢竟是老臣了，對陝甘的軍事、政治、經濟又是一清二楚，不像那些新官一聽召見便膽戰心驚。不過宮中的奧秘，胡雪巖較左宗棠探聽得更為清楚。他急忙掏出兩張千兩銀票，一伸手：

「小公公，不成敬意。」

小太監毫不客氣，接過銀票還看了看數字。

「小公公，」胡雪巖笑問道，「奉召見駕，必須磕響頭，而且要聲徹御前，才表示恭敬，明早左大人至御前，還望小公公指示磕頭之處。」

「這……我當然將左大人領至最好的地方嘍，左大人，您就看我的右手所指之處，那裡叩起頭來『咚咚』作響，像敲鼓似的，並且還不疼，否則，叩至頭腫如瓠，也不響啊！另外，為防跪地過久，膝間多裹些厚棉花，啊……！」

「多謝小公公指點……。」左宗棠說。

這夜，左宗棠獨自在寢室裡又裹棉花又練跪。清晨肅整衣冠，進了宮中，被昨夜的小太監領至殿中，順著小太監指的方磚地上「咚咚」地磕了不少頭，口中唸道：「微臣叩見太后老佛爺。」說罷稍稍瞟了一下周圍，見文武大臣跪了滿地，只因初入朝例免冠叩首，叩畢還沒拿起帽子，

「左宗棠……。」慈禧說話了。

「微臣在。」

「你的奏摺我看了，你要收復新疆，趕走俄國人，愛國之心可嘉，但是朝廷的經費還不足餉軍，而與俄國人交戰，又恐傷了和氣，不知諸臣有什麼主意……？」

這幾句話，引起了眾臣的非議，有的大潑冷水。一旁的李鴻章感到時機已到，連忙奏道：

「啟稟太后老佛爺，依微臣之見，循我大清朝之一貫『主和』的政見，不可與俄人交戰，即使新疆不復，於大清肢體之元氣毫無傷害，一旦動兵，將要引起國體之損傷，還望老佛爺聖裁……！」

左宗棠一聽，禁不住火冒三丈：

「啟稟聖上，自阿古柏在新疆作亂以來，得到了俄英的支持，他們趁火打劫，蠶食我西邊國土，並侵吞我新疆伊犁，此等瘡痍，大傷我清國元氣，為保護我大清主權，必須西征。望太后老佛爺聖裁！」

「可是，國庫的緊缺，對西征也是不利吧……？」慈禧說。

「容微臣再稟！」左宗棠說，

「微臣也深知國家之困難。然臣等豈能眼看那俄人佔我堂堂大清國土？國庫不敷，微臣就算借貸洋款，也要收復國土。因為我師日遲，俄人日進，宜以全力注重西征，俄人不能逞志於西北，各國必不致構衅於東南。這對保我大清之完整，至關重要！」

左宗棠慷慨激昂地講完這一番話後，真想臭罵親俄「求和」的李鴻章一頓，只因礙於慈禧之面，於是把話吞了進去，只說了一聲：

「望聖上恩准……。」

「奕訢……。」

「臣在！」

「左宗棠的保國之心，也算可嘉，他率軍西征，軍機處和戶部也要想法通知各省，讓他們協濟西征……。」

「遵旨……。」

「准奏西征。退朝……。」慈禧的聲調很微弱。

左宗棠連連叩頭，只因聽到了「准奏」二字，激動得領旨而退。

李蓮英老遠就見到左宗棠把帽子忘在了御前，急命小太監：

「頂子，快送出去！」

小太監拿起頂追上去：

「左大人，您忘了……。」

「哎呀，」左宗棠笑道，「這……怎麼感謝你呢？」

小太監伸出三個手指頭：

「三千兩……。」

❖ 第二十二章 ❖

一八七四年，四月

傍晚，胡雪巖在宅邸吃過晚飯，小玉遞上漱口水，繼而雙手捧上籤子，胡雪巖信手一拿，忽聽潘寡婦進來說：

「大先生，有個婦人跪在門外，要求見您。」

胡雪巖一怔，隨手把籤子一丟：

「哦？這個時候還有人來？」

「跪了老半天了，不見到大先生她不起來。」

胡雪巖感到事有蹊蹺：

「讓她到客廳去……。」

說罷便起身來到客廳，只見一個三十來歲的婦女跪在廳前，藉著燈光一瞅，婦人淚流滿面……。

「我們大先生來了……。」潘寡婦說。

胡雪巖進了客廳，坐下說：

「為什麼這樣傷心，坐在那說吧。」

婦人仍然跪著，泣道：

「小女子叫楊菊貞，是楊乃武的姐姐……。」

胡雪巖一驚。心想：

楊乃武與小白菜的冤案，《申報》已連篇累牘地報導了實情，但至今仍被一些貪贓枉法的狗官們欺上瞞下，炮製了這場奇案。

「聽說……你不是上京告御狀去了嗎？」

「稟告胡老爺，小女子身背『黃榜』，走了兩個多月到了京城，把訴狀交給了都察院，不料不加審理，反而把我押送浙江，仍由浙江巡撫楊昌濬審理，楊昌濬又把案子交回到知府陳魯，酷刑逼供，硬叫乃武畫押，我最後去探監的時候，乃武告訴我：『而今天下一般黑，京官疆吏一窩生，今天沒有包龍圖，冤沉海底無處伸』……」

胡雪巖臉色「掛搭」一下，沉了下來：
「再告！天下奇冤，別怕……」
「胡老爺……」楊菊貞泣不成聲地說，
「由於訴訟、盤纏……把家裏十幾畝桑田……都賣光啦。」
「潘大嫂，叫戚夢卿拿二百兩銀子來！」胡雪巖對楊菊貞說：
「起來，跪著幹啥！我這裏既不是官府，又不是大堂，坐在椅子上。」
楊菊貞使勁撐起那雙跪得發麻的腿，晃悠悠地坐在椅子上。
「楊乃武受刑不過……，」胡雪巖同情地望著楊菊貞說：
「這，才叫屈打成招啊！」
「稟胡老爺，乃武不僅全身是傷，更要跪在燒紅的火磚上……，兩條膝腿……都燒爛……了。」
「那小白菜呢……？」
「手指都斷了，剝去上衣澆開水，還用燒紅的銅絲穿胸……」她再也不忍心說下去了。

「大先生。」潘寡婦拿來二百兩銀子。

「帶上它。」胡雪巖對楊菊貞說，

「再去告！我再幫你疏通一下關節，不能再動刑了，而且告訴楊乃武，無論如何，也要說真話……。」

「是……」楊菊貞淌著淚水，「卟咚」跪在了地上。

「去吧，越早越好。」

「噯……」楊菊貞站起來，離開了胡宅。

翌日，胡雪巖得知翰林院編修夏同善回杭治喪來了，急忙親自上門，將楊乃武的冤案訴說了一遍，最後說道：

「這事情您返京後，與同僚們在一定的機會中，多多進言相助啊……。」

「唉！朝廷上下議論紛紛，」夏同善嘆了口氣，說：

「這一兩年，《申報》已經披露得夠清楚了，可是，浙江的地方官哪，不顧大清朝的刑律，亂動酷刑，這種草菅人命的事，他們居然……」

「我認為，案子已到了要緊時候了，請您回京與同僚們通一通，把案子弄個真相大白，也是皇上的威德呀！」

「好，好。」夏同善深沉地說，「我一定進言相助！」

□

時光荏苒，轉瞬之間，到了一八七五年。這年，同治帝病死，慈禧冊立了五歲的載湉為帝，改元光緒。

此時的胡雪巖一直在想：左公出兵新疆，並非易事，萬里荒涼，遍地黃土，沒有足夠的糧餉和先進的武器，要打垮阿古柏、趕走俄國侵略軍確有困難。然而，他畢竟是個商人，對正在營造的胡慶餘堂國藥號，已佔了他大半個心思。就在左宗棠丟黃馬褂的第二天。他還為胡慶餘堂買了一批難得的木料。

那天，他去拜望文煜，從而得知在擴建頤和園時，剩下一批鐵超木（柚木），此木材堅硬異常，乃南洋印尼所產。

「文煜大人，」胡雪巖驀地想起自己的胡慶餘堂，

「能帶我去看看嗎？」

「可以，你是左宗棠西征轉運局的總辦，怎麼不能去？」

當天他隨文煜來到頤和園的萬壽山下，一堆直徑尺餘，長三丈多的鐵超木橫躺在那裏，胡雪巖敲敲木質，真是錚錚如鋼，數了一數，有二十多條。

「這是剩下的？」胡雪巖問。

「說是剩下的，又陸陸續續地在用，你說他有用吧，又丟在這兒風吹雨淋。唉，說不清啊。」

末了，經文煜與戶部說合，賣給了胡雪巖，每根六千兩，二十二條共計十三萬二千兩銀子。

回到杭州，他立刻來到胡慶餘堂工地，在建築指揮室裏找到了余修初。

「修初，現在進行到哪一步了？」

「雕樑、窗欞、宮燈、桌椅、櫃枱等細部正在製做，關於結構製作尚在選購木料……。」

胡雪巖笑了笑，神秘地說：

「胡慶餘堂的頂樑柱，我從萬壽山裏買到了！」

「那不是皇上的花園嗎？」

「對呀，在這裏買的東西，沒有半點差貨。」

「估計很貴吧？」

「貴的不貴，賤的不賤。最近你就派人，帶上十三萬二千兩銀票，把它運回來。」

胡雪巖接著便把買料過程說了一遍，最後說道：

「帶上禮品，找文煜大人。」

說罷，寫了一紙書札交給了余修初。

「還有一件事，」胡雪巖向余修初說，「驢皮膠要放幾年才能賣？」

「三年。」

「我們哪一年開業？」

余修初一下子悟出胡雪巖的話中涵意，於是拍著自己的腦門兒說：

「哎呀，離開業還有三年，這驢皮膠該辦起來啦！」

「這兩件事要馬上動手！」胡雪巖說，

「一是運木料，二是辦膠廠。我明日到上海，這裏的事就偏勞你啦！」

「您放心，」余修初說，「我一定辦好。」

□

五月，江南的風光明媚，令人不禁感受到夏天的氣息。胡雪巖換了一身淺灰色的絲織長袍，加上一條白色緞褲，白淨的面孔上那撮又黑又濃的八字鬍，叫剃頭師傅修飾了一遍，上唇的那條「一刀齊」，顯得既美觀又有精神。這次，他隻身一人來到上海，上岸時天已經大亮了。他沒去阜康，而是直接到了怡和洋行。

沒想到，大班換了，他那顆希望的心像掉進了水缸裏，冷了一半。所幸的是譯員還在，他姓汪，胡雪巖常管他叫汪先生。

汪先生向大班講了幾句之後，對胡雪巖說：

「這位是新任的大班查理・霍頓先生。」

查理比波斯烏還熱情，像接待老友似的。

「我很希望和胡先生認識，因為您的大名我早就知道……。」

「波斯烏先生向您介紹過……？」

「不，」查理說，「英國報紙登過您的小傳。」

胡雪巖苦笑笑，他每次聽到洋人披露他的小傳時，心就像被人捏了一把，臉色也沉了下來。因他知道，凡對他的報導或介紹，均離不開「起於錢舖小倌……與官場往來，後則顯要，當道皆重用其人。」甚至「騙人資本，自開錢店」之類的貶詞褻語，正因為這些令他惱火的文章，每次聽到「小傳」二字，便感到渾身不自在，因說道：

「哦……查理先生，此等小傳，除了姓名以外，真實性大都值得懷疑。我今天找貴洋行，還是談點有價值的事情吧……！」

「您請說……。」

「我這次來是以陝甘軍務上海轉運局的名義，與怡和洋行商量借貸問題。」

「哦……，」查理笑著點點頭，因此時的怡和洋行正在經營著航運、造船、碼頭、倉庫、繅絲、公用、地產及貸款給清政府的業務。遂說道，

「請您介紹一下用途、抵押或擔保……行嗎？」

「平時，以關稅釐捐協餉陝甘軍務，因協餉由各省解送，目前尚未送到。故急需向

你們貸款三百萬兩紋銀。擔保人就是我。」

「您雖是金融界的頭面人物，但從貸款章程來說，還需有抵押……更為恰當。」

「哈哈……」胡雪巖大笑了一陣，說，

「我作擔保請廣義的理解，我是以阜康銀號作擔保。」

「這當然信得過了。」查理說，

「不過，我因剛來上任，貸出一百萬兩，我有現金；其他兩百萬兩，我找麗如銀行，估計可以解決。請問，借期……？」

「三年。」

「利率常年一分零五毫。」

「可以。」

查理取出兩份中英對照的貸款合同，交給胡雪巖。胡雪巖拿著這兩份《貸款合同》，笑問道：

「請問查理先生，佣金……？」

「前兩次的佣金，您知道嗎？」查理反問道。

「知道。」

「按我國洋行和銀行的規定，從利息中提取三分之一。」

「沒錯。」

「我們仍按此辦理。」查理說，

「我下午和麗如銀行協商一下，請您填好合約，蓋上阜康銀號的擔保圖章，明天下午派人提款，我在此恭候。」

為了賺取高額利息，查理的現款已經到齊。

胡雪巖叫孫亦建辦好借貸手續，提出現款，再籌措十萬石大米，組織人力速送蘭州。這下可把孫亦建忙壞了，他找來轉運局的經辦人王郁清、田志華急忙籌措，直忙了一個月，才把錢糧運走了。

□

胡雪巖回到杭州，為組織膠廠，他把余修初請到了自己的家中：

「我想聽聽膠廠的籌備情況……。」

「廠址我選了一塊好地方，在湧金門，場地十餘畝，可設晒皮、鏟皮、丸散幾個製作場地；同時，還可以設一個養鹿場。我嚐了一下西湖水，味和清淡，最宜熬膠；另外，養鹿場極可利用這塊奇花異草的自然景觀，依水傍山，也易飼養……，但不知道這塊地方能不能買到手。」

「能——」胡雪巖拉著長音笑著說，「這塊地方是我友人的，好辦。」

原來，此地的主人是胡宅的幕僚，在胡雪巖面前自稱「學生」的翰林黃百詠的家產，只要胡雪巖開口，沒有不成的事。

「我已派出兩組人，」余修初說，

「一組到河北和山東去採購驢皮；一組到東北採辦鹿茸和活鹿……。」

胡雪巖一聽「活鹿」，立刻感到一種生命的氣息。他見過野鹿，那野鹿只要聽到「沙沙」的風吹樹葉聲，便立刻豎起耳朵，顯示著它那異常蓬勃的生命活力。

「修初，這鹿既是上等藥材，又是可供觀賞的動物，我想不必閉關圈養，應敞開大門，讓大家自由出入，並在殺鹿製藥的當天貼出公告，還可以敲鑼打鼓，抬著鹿在街上走一圈，讓所有的人知道，胡慶餘堂的藥材決不自欺欺人……。」

余修初很贊成這種做法，心想：胡慶餘堂若要取信於眾，必須讓人們親眼目睹「動真格的」。遂說道：

「我也一直在想，胡慶餘堂的招牌，必須用真實和精製把牌子做『亮』，而這做亮的手段，要在『取信於民』上下功夫！」

「對！」胡雪巖笑道，

「牌子亮不亮，不是自己吹出來的！古人說『言之無文，行之不遠』，『言而有信，語妙天下』！因此，胡慶餘堂的真貨，要讓大家看得見，摸得著，說得出，傳得遠。牌子亮不亮，要靠別人講，只會說大話，遲早要遭殃！」講到這裏，他若有所思地接著說：

「我立刻去把這塊地皮買下來，你提個廠房的計劃，馬上組織人力畫圖施工建造。但是要做兩塊牌子，一是胡慶餘堂製膠廠；一是胡慶餘堂養鹿場。」

「而且公開參觀。」余修初補上了一句。

「這就對啦！」

□

半個月後，膠廠的廠房和養鹿場施工了。因購買頤和園的木料尚未運到，大井巷工地上的工人集中力量來到了湧金門，不到四個月，一間間廠房和花園式的養鹿場建成了。

此時，二十幾根鐵超木運抵了大井巷。

外出採辦驢皮和鹿茸的兩個小組也先後回來了，尤為引人注目的是五隻梅花鹿，關在木籠子裏被車拉著，從武林門到湧金門，惹得行人駐足觀望，小孩子們跟著大車又蹦又跳……。

「這些鹿是誰家的……？」路人議論著。

「湧金門那兒有個牌子，你沒見到？」

「不知道啊。」

「胡慶餘堂養鹿場。是高等藥材啊！」

果然，養鹿場人來人往，門庭若市，胡慶餘堂還沒開張，名聲已經傳了出去。

製造驢皮膠，需要西湖水，廠裏十口大缸要常蓄水，余修初心想：僱用挑水工，無聲無色，不會引起人們注意。即便是西湖最佳水位，人們也無法得知其用水之講究。

一天，施藥總辦沈良德來找胡大先生，余修初見到沈良德，頓然想起一些穿著號衣、打著旗子、敲著鑼鼓、立在車船碼頭對行人施捨辟瘟丹的形象。

「沈先生……」余修初問，「有事嗎？」

「聽說胡大先生找我……？」

「他今天在龍井。」

「哦……，」沈良德笑著說，「我去一趟，再見。」

余修初雖是笑著說了一聲「回頭見」，但心裏却思考著另一個問題——工作服裝。他認為，熬膠用水，也需要廣而告之，這也是取信於民的機會。於是，他定做了二十副水桶和扁擔，又請裁縫師傅做了二十件號衣。水桶上用端端正正的楷書寫上「胡慶餘堂」，然後再刷上桐油；橘黃色的號衣胸前繡著「膠廠」二字，後背繡著黑色的「胡慶餘堂」四個大字，他規定年滿十八歲的學徒，每週集體挑水一次，以缸滿為止。而且先後順序相連，隊伍不得超過一丈。

辦法很靈，第一次挑水便獲得了滿城佳話。而挑水者也自感得意，你瞧那起伏的扁擔，統一的節奏，遠看猶如彩蝶翩翩，近看恰似舞蹈悠悠。能使路人駐足觀望，也令人們好奇地議論：「哦—是胡慶餘堂膠廠的挑水隊伍！」成功地達成了宣傳與取信的目的。

□

且說沈良德風風火火地趕到了龍井茶鄉，胡大先生還沒走，他走進了茶棧帳房：

「大先生，」沈良德氣喘吁吁地問道，「您找我？」

「是啊，坐吧！」

沈良德解開扣子，拉著大襟搧了兩下，拘束地坐在長條櫈上……。

「老沈啊，」胡雪巖和善地說，

「這些年來你幹得不錯，想讓你改個行。」

沈良德楞了一下，兩眼盯著胡大先生，不知要給他什麼差使……。

「胡慶餘堂膠廠缺一個副總管，想派你去行嗎？」

沈良德一聽，那緊繃著的臉泛紅了，鼻尖上直冒汗。他想，自難民局開始至輸送辟瘟丹，沒敢想過「總管」二字，而今，年過半百了，想不到當上副總管，真是喜從天降，於是，結結巴巴地說：

「我……年紀都有一大把了，想不到……大先生還這麼栽培我，嘿嘿，能力差……我學……。」

「好，」胡雪巖說，「把贈送辟瘟丹的人，全劃到膠廠去，你帶著他們聽從余經理的安排就行了。」

「是！」

「還有一件事，是我疏忽了，」胡雪巖沉吟著說，

「前些日子往西北送糧餉，應該把辟瘟丹、諸葛行軍散一塊兒帶去。」

說到這裏，一拍大腿，「咳！我給忘了！」

「您別急，」沈良德急插話說，

「這補送的事就交給我，說不定還會追上他們。」

「好吧，」胡雪巖掏出十兩銀子，一伸手，

「帶上它，年紀大了，坐車回去！」

「這、這……」沈良德激動得更結巴，

「僱馬車只要十幾文錢就夠了！」

「你都五十多了，就坐一次車？拿著！」

「噯！」沈良德雙手捧過錢，禁不住滿心歡喜，興沖沖下山去了……。

今年的茶葉欠收。

往年的早春，太陽總是用溫暖的光芒照拂著茶山上吐青的嫩葉。今年不一樣了，日曆上雖然宣布了春天的到來，可是老天爺偏偏不給面子，把剛撒出去的暖流又收回去了，來了個「倒春寒」，使那些茶樹上的嫩葉，一下子變了，像三冬的野草，又黃又蔫。

胡雪巖倒背雙手，在帳房裏踱了幾步，緩緩問道：

「其他幾個省呢？」

「只有四川較好些，寒流沒回潮，其他幾個省都不行。」常先生說。

正說著，賴老三回來了，他見胡大先生在帳房裏，一探頭又縮回去了。

「哎，老三——」胡雪巖喊了一聲。

賴老三侷促不安地進來，憨笑笑：「大先生。」

「你知道了嗎？」常先生問賴老三。

「啥事體？」賴老三茫然地反問了一句。

「胡大先生陞任你做先生了啦……？」

賴老三疑惑地朝胡雪巖瞥了一眼，那眼神裏包含著懷疑、內疚、不安和羞赧。

「怎麼？」胡雪巖笑笑說，「你還不信？」

「啊……我，」賴老三指了指自己的鼻子，

「大先生真的把我提陞啦？」

「坐下，」胡雪巖收斂了笑容，

「這兩年你幹得不錯，也有當先生的能力，是啊，該提陞了。」

賴老三證實了這是事實後，不知怎的，因渴望與現實交織在一起，臉色變得紅一塊白一塊的，從心底泛出來的笑容佈滿了全臉。

「胡大先生……」賴老三的聲音顫抖著，像沒對準音似的，

「您……真的高抬貴手啦！」

「咳！什麼高抬不高抬的，」胡雪巖大大咧咧地說，

「連十成足紋（銀）也只不過是千分之九百三十五點幾，人，還沒一點錯嗎？好啦，從今天起，你就是賴先生了。」

賴老三一聽，像得到了皇上誥封似的，每個細胞都活躍了起來。他知道從今天起他叫做「賴先生」了。此時的感覺像是輕飄飄地不斷升騰，在雲中，在霧中……。

「賴先生，」第一句稱謂是胡雪巖喊出來的。

「哦，您……？」賴老三感到渾身不自在，以為是胡大先生逗他了。

「外邊怎麼樣，都欠收吧？」

「啊！大先生，」賴老三見胡雪巖把話引入了正題，那緊繃著的神經鬆弛多了。

「今年這個『倒春寒』覆蓋面積太大了！除了四川，還有福建的崇安武夷情況較好以外，其它地區幾乎無收成。到天熱的時候，採了一些，質量不行，當地也不准外地人去收購了……。」

「福州去過了？」

「去了。」賴老三說，「把您的想法告訴了俞德海先生。他同意您的看法，他也認為

欠收必然使價格上漲，越是上漲，越要高價收購。」

「對，」胡雪巖神秘地笑了笑，

「你想，今年大減產，價格上漲，洋人決不會把開盤價提高，你不提高我提高！」

「大先生……」常先生插話說，

「今年浙江省開始徵收茶捐了……。」

「我知道，箱茶每引（准銷憑證）收銀一兩，簍茶、袋茶每引收六錢，這很簡單，都打入成本嘛。另外，從今年起，把茶類再分細一些，最低一檔保本，其他龍井、雨前、武夷、川茶、還有武夷的烏龍紅茶，在收購時就分類儲庫，出口時根據不同的國家需要再開價。過去，分大類銷統貨，但到他們手裏，高級茶運回去利潤可以翻上幾翻……！」

常先生問賴老三：「四川現在有沒個底數？」

「有。」賴老三說，「我們的優勢全在於先貸款後收茶，估計能收到五萬箱左右。」

「去的茶商多吧？」胡雪巖問。

「咳，兩個縣的旅館沒別人，都是收茶的，我們的人在裏邊，他在外邊。我們的包

裝製作，就在炒茶廠附近……。」

「注意，」胡雪巖叮囑說，

「取小樣可別挑最好的。生意場上一條重要的信譽，就是貨真價實，這次……帶來了嗎？」

「帶來了。」賴老三從布口袋裏掏出五六盒小樣。胡雪巖一盒一盒地細看了一遍，最後挑出一盒炒青，伸到賴老三面前說：

「像這盒小樣，就不夠準確，我們做生意，可別像媒婆的嘴巴，盡撿好聽的說。可以想像再高的炒茶能手，也炒不出同形的葉子。」

「嘿嘿……」賴老三傻笑笑，

「我想這頭等的炒青，總要拿出個頭等的樣子吧……。」

「不，不不，」胡雪巖搖搖頭說。

「尤其是小樣，如果與大樣對不起來，退貨是小事，但你這項業務三年翻不過身來。」

賴老三一聽滿有理兒，笑著說：

「我回去再提一次樣。」

「好啊，你什麼時間走？」

「明天。」

「常先生，派人通知福州，收完茶先進倉，等我通知。」胡雪巖說。

「是。」

「還有，」胡雪巖站起來，拍著賴老三的肩膀說，

「從這個月開始，給賴先生每月多發五兩銀子。」說罷，回城裏去了。

賴老三拿著銀子，也回到了城裏，先到成衣局買了一件夏布長袍，急忙乘車奔回家裏，頗有「衣錦還鄉」的樣子，老婆見了吃了一驚，兒子見了沒敢叫「爹爹」，老母見了啞了口，哥哥見了好眼熱。末了，賴老三把提陞當先生的事兒說明了，全家人才透了口氣。

晚飯，賴老三全家像辦喜事似的，有酒有肉。賴老三喝得心底發熱，脖子裏直淌汗，那件長袍還不肯脫下來……。

□

且說胡雪巖回到家裏，剛進門潘寡婦便迎上來說：

「有兩位外國人，在客廳裏坐了大半天了。」

「哦？」胡雪巖急忙來到客廳，進門一看，是德國泰來洋行的亨特、呂斯和譯員，他笑著一一握了手，還沒開口，呂斯便搶先說道：

「很對不起，沒跟您打招呼就來了……。」

「來者都是客，何必打招呼啊……。」

「是這樣，」亨特把凳子往前挪了挪說，

「您訂購的全套毛織設備和技術人員都來了。」

「在哪兒？」胡雪巖興奮地問道。

「我們查了一下地圖，這麼大的機器必須從漢口上岸；大件用四輪大車，從樊城經河南，到陝西；小件由荆紫關走陝西至蘭州，用十二匹馬車裝運，大件要用十八匹馬車運送，沿途有十八個站。」

胡雪巖從心底佩服外國商人，覺得他們能把中國地圖研究得如此透徹，自己深感不如，他微微一笑，問道：

「按這條路線，要走多長時間？」

「六個月。」呂斯說，「我們研究了很久，覺得只有這條路最妥當。」

胡雪巖想了想問道：

「押運……不知兩位大班怎麼設想……？」

「胡先生只派一個人就可以了，但這個人要熟悉地理環境，而且還要負責搬運、食宿開支。我們有一位技術員，叫福克，一路技術保運，他負全責。另外，我們根據胡先生的要求，聘來了九名技術工人，協助辦廠。」

胡雪巖笑著說：「感謝你們的幫助。」同時心裏盤算著廠房和押車人選問題。他想，機器運到，不等於有了工廠，必須先派人營造廠房，這九名德國技術工人正是廠房的設計者和施工監造者；由誰解運機器，他倒頗動了一下腦筋。啊……！突然間，他想起一個人來，此人就在杭州，姓席，名步天，他父親是胡雪巖的幕僚往來甚切，席步天學過

「洋話」，二十餘歲，現在正在他的阜康當庫管。

「大班先生，我想派兩人先去漢口，一位姓席，叫席步天，由他隨福克先生解運機器；另一位叫趙署明，帶領九位德國技術工人迅速出發到蘭州，根據工廠的需要，請人設計施工，先把廠房造起來……。」

「胡先生想得很周到……」呂斯說，「哪天派人到漢口，我去給他們接上頭。」

「當然好啦，」胡雪巖笑著說。

「一切費用，由我方開支。從今天起，您就住在我這裏，兩天以後，從杭州出發！」

晚飯，胡雪巖熱情地接待了他們。

誰料，潘寡婦急匆匆地來到膳廳，對胡大先生耳語道：

「又有兩位洋人找您……。」

胡雪巖眼珠子一轉，心想，來我家的都是商界人士，說不定還有點意想不到的信息……。

「請他們快來。」回頭問亨特：

「又有幾位外國朋友來，我們一起吃晚飯，可以嗎？」

亨特很機靈，笑道：

「胡先生如此熱情好客，我們當然奉陪啦！」

胡雪巖笑著走出膳廳，這時潘寡婦已把兩位「洋人」領過來，胡雪巖瞇起雙眼細瞅：

「啊……！是伊萬諾夫先生……」連忙走上去一一握了手，笑著說，

「太巧了，我今天正用中國菜請外國朋友吃飯，感謝上帝，把您也請到了，走吧。」

譯員翻譯了之後，伊萬諾夫笑問道：

「還有哪國朋友……？」

「德國。」

伊萬諾夫的疑慮被打消了。他知道，德國是推銷武器和機器來的，決不是與他爭購茶葉的對手，於是笑道：

「您太好客了，感謝上帝。」

說著與同伴使了個眼色，隨胡雪巖走進了膳廳。經胡雪巖介紹，雙方握了手，此刻的譯員可起不了作用了，俄語和德語相差甚遠，只能從胡雪巖的表情上猜一點，譯給他的主人聽。

當胡雪巖向伊萬敬酒時，有意地問了一句：

「去年的生意不錯吧？」

「我就為這個事兒來的。」伊萬說，

「我找方克勤先生，他說，還沒得到您的消息，所以……」

「啊，伊萬先生，今年這個『倒春寒』普遍欠收。本想再與您合作，看來有困難了……。」

「能不能……」伊萬還沒說完，胡雪巖笑著搖搖頭說，

「我的一千畝茶山，可以說顆粒無收，剩下的大葉又不行，出口到貴國，會影響華茶的威信……。」

「胡先生，」亨特經譯員悄悄將中俄對話講給他聽了以後，連忙插話說，

「這次等的大葉茶讓給泰來洋行好嗎？停泊在漢口的船，最好別讓它空船返航……。」

胡雪巖一聽，竊笑笑，心想：機會來了！

伊萬諾夫一聽，苦笑笑，心想：對手來了！儘管他面帶慍色，但心裏還是有點慌。

連忙一語雙關地說：

「我們有過口頭協議……。」

「我胡雪巖從不失信，」胡雪巖盯著伊萬笑吟吟地說，「正因為全國欠收，好茶數量極少，而且價錢猛漲，我相信您能理解。如果我們雙方有利，待我收齊之後，再商談，好嗎？」

伊萬像吃了顆定心丸，笑著說：

「欠收，價格必然上漲。不論如何，我們還是要合作下去。」說話時，瞟了亨特一眼。

「剛才，亨特先生想進一批次檔的茶葉，以免空船返航。我想，伊萬諾夫先生也不會反對吧……？」

伊萬被將了一軍，但為了獲得大宗的好茶，他還是硬著頭皮笑道：

「當然，商界嘛，總要互相通融、雙方互利嘛……。」

此時，能收多少箱，在胡雪巖心中，仍是個未知數，成本核算，心中更是沒底，只是含糊地說：

「伊萬先生暫在萬國公寓住些日子，我會派人與貴方商談，德國的商船原地停泊，既然亨特和呂斯先生提出別放空船回去，我盡量給泰來調撥一批茶葉。至於價格和檔次，我們面議，總要雙方獲利……。」

胡雪巖的一席話，使兩方洋商暗中憂喜各半：伊萬諾夫不停地飲酒，本來可以全部到手的華茶，突然「殺」出個泰來洋行，那股窩囊勁兒彷彿冷不丁地挨了一拳，看著自己的對手在面前，但連個還擊的餘地都沒有。這時，他仍在表面上與亨特等人舉杯敬酒，但在酒後却悄悄讓譯員接觸胡雪巖：

「胡先生，伊萬的意思，想繼去年的合作，讓您將大宗茶葉給他；他知道今年茶葉欠收，他願出高價全收；另外，他讓我轉告您，去年的生意，他獲得了很高的利潤，所以他按照中國人的禮節，給您帶來一些禮物……。」

「請轉告伊萬先生，只要我有微利可圖，大宗茶葉一定給他，請他放心。」

這天，他們住在胡宅客房，第二天，伊萬諾夫告別胡雪巖時，握著手說：

「我帶來一些俄國掛鐘，算是我的小小心意。」

「謝謝。」

伊萬諾夫一行走後，胡雪巖派人將席步天和趙署明找來，命道：

「席先生隨亨特和呂斯先生去漢口，和德國技師福克一起，將一批織毛機解送到蘭州，路線已有了方案，但一路川資由你負責；趙先生也一路去漢口，陪九位德國技工水陸兼程，先期到達蘭州，擇地建造廠房。那裏有一個軍用倉庫，是我們建造的，至於如何擴建，多和九位商量。如左宗棠大人在蘭州，先把我的意思向他稟報。」

兩天以後，亨特與呂斯帶著席步天和趙署明走出了胡家大宅。

「亨特先生，」胡雪巖說，

「華茶的事，請在漢口等幾天，不知你們的需要量……？」

「當然越多越好了。」

胡雪巖伸出一個巴掌：「五萬箱！」

「價格與檔次……？」

「你們為我平價買火藥和機器，我只保本就行，一般綠茶，每箱四十兩紋銀，加一兩茶稅，共四十一兩。」

亨特知道，英商收購每箱四十兩以上，今年欠收，每箱開價四十一兩，感到頗能獲利。

「我相信胡先生，按欠收年，價格已經是最低了，小樣不看了，我們將船駛入上海，在那裏直接上船。」

「最好不過了。」胡雪巖說罷便送走了大家。誰知一回頭，門房劉老頭說：

「大先生，您有一封信。」

胡雪巖急忙拆開，見是左宗棠的親筆信。書道：

「……田雞炮已到，果是利器。十六磅、十二磅銅炮尚未到蘭。昨次克復各城所用，乃前解之十六磅大炮也。安集延（指阿古柏部）亦有洋製槍炮，亦有開花子。然不如尊處所購之精，足見足下講求切實，非近今自命知洋務者所能及也。……」

看罷，胡雪巖臉上露出微妙的笑容，一方面受到了左宗棠誇獎，然而更重要的則是，左宗棠還在蘭州，開辦織呢廠已不成問題。

「大先生，」李文才跑過來問道：「您出去嗎？」

「走！到龍井鄉去。」

❖ 第二十三章 ❖

一個月後，茶葉收購的數字匯攏了。

福州阜康經理俞德海動員人力坐莊收購了武夷岩茶、福安紅茶計二十萬箱；長毛禿常先生在浙江組織收購了次等大葉茶近五萬箱；賴老三賴先生在四川收購了川茶五萬餘箱。

胡雪巖抽足了鴉片，笑模悠悠地來到客廳，方克勤、俞德海、常先生、賴先生都提早到了，他們見胡大先生進來，個個立起身來，異口同聲地喚著：「大先生——。」

「都請坐……。」

潘寡婦命丫鬟們獻了茶，正要退出，胡雪巖說：

「開幾個喬司西瓜，選好的拿來……。」

「是……。」

潘寡婦得知，急叫廚師選擇熟透的西瓜，切了兩大盤送到客廳。

「吃吧！」胡雪巖說。

好像胡雪巖身上有一種威望，誰也沒敢伸出手。

「怎麼啦……？」胡雪巖撿了一塊，往嘴裏一送，命道，

「快吃，吃不完誰也別想走。」

俞德海拿起一塊，笑著說：

「這，這都是熟瓜的瓜瓤子嘛……。」

「好，」胡雪巖逗趣地說，

「從今天起，讓你天天喝茶梗子。傻瓜蛋！不吃瓜瓤吃西瓜皮？」

大夥笑了。

「快吃！」這一聲才起了作用，這四個年輕人放開肚子，不一會兒就吃光了。待丫鬟們送來洗臉水，收拾完了之後，胡雪巖說：

「幾路收購的數字我知道了，我想知道一下成本，講個大數就行了……。」

「我這裏共收了四萬九千四百箱，全部是二茶。」常先生說，

「包括製箱、搬運和雜支費，每箱成本三十四兩多一點……。」

「川茶五萬零兩百箱，現都儲在重慶大庫裏，」賴老三說，

「因為全國減產，價格突然上漲，包括製箱、搬運，每箱平均四十二兩左右。」

「武夷岩茶和福安紅茶共收了二十萬箱。」俞德海說，

「每箱平均四十三兩左右，東西都在福州碼頭大倉中……。」

「小樣帶來了嗎？」

「帶來了，」俞德海笑著說，

「按您的意思，抽了中等以下的成色……。」

「好，做生意嘛，要有長遠的打算。北方有句俗話，叫『沙鍋搗蒜，一錘子買賣』，這可不是咱幹的事……。」胡雪巖沈思了一下，接著說道，

「常先生把二等茶直運上海，到泰來洋行找亨特和呂斯，價格已經敲定了，每箱四十一兩紋銀，讓宓文昌先生派人隨你去；賴先生隨方、俞二位經理到天津萬國公寓，方克勤和伊萬諾夫等俄國人接觸過，這二十四萬九千四百箱，分別定價，平均每箱毛利五兩左右，你們路上商量著辦。國內運費，雙方負責，出境以後概不負責；有一條要注意，他給我帶來了禮品，先談這筆生意，談成了再收禮品，談不成不勉強，回頭就走，他要

提起禮品，你們就說我沒交待，不敢受禮……。」

胡雪巖手下的重要人物，心中都明白，知道他不喜囉嗦，只要記住他的叮嚀，照辦不誤，準不會離譜。這時，大家站起來正要走，胡雪巖一揚手，笑道：

「往膳廳走，今天我要給你們餞行！」

此時，潘寡婦從老遠走過來，用手往左指著說：

「膳廳往這邊走……。」

「德海，」胡雪巖輕輕叫了一聲，那聲音很親切，聽起來像父親般的親暱。

俞德海放慢了腳步，知道大先生有話說。

「你……今年多大啦？」

「三十一啦。」

「該結婚了……。」

俞德海心裏一顫，心想：糟了，他和樓方玉的事敗露啦？臉「刷」地紅了，吞吞吐吐地說：

「事情太忙，……。」

「忙就不討老婆了？」

兪德海斜瞄了大先生一眼，見他沒露慍怒之色，只是關切地笑著，於是放大了膽子說：

「那就請胡大先生賜我一位了……？」說話時笑著盯住胡雪巖不放。

「福州，我給你留下了一個樓方玉，但她門第不行，要找個良家姑娘做正房，方玉嘛作個偏房還可以……。」

兪德海驚喜萬分，他和方玉的私情不但沒引起大先生震怒，反而送給他作「偏房」，不僅使他能公開和樓方玉放開手腳，而且對她也有個交待，作偏房是大先生「冊封」的，方玉也無話可說。

「謝謝大先生……」兪德海定了定神兒，故意地說：

「您把方玉贈給我，您不心疼……？」

「傻小子，」胡雪巖的語調真像個爹，「我要心疼會把她放在福州？」

愈德海笑了。

「你要趕快把家安好，不論在哪找正房，結婚費用別超過一千兩，這一千兩寫在阜康的金銷案裏。」

俞德海感激得眼圈都發熱，如果眼前沒人，他可以淌出淚來。

大熱的天，膳廳裏涼兮兮的，細心人一眼就可以發現，四周紗門邊都放了井水，牆角坐著一個小丫鬟，有節奏地拉著吊繩，使天花板上那只大吊扇來回地搧動著。賴老三哪裏見過，單這間中型膳廳的裝飾，就讓他看花了眼，彷彿劉佬佬進了大觀園，什麼都新奇！他那在夏天光膀子吃飯的習慣，在這兒就吃不開了，幸而室內涼爽，否則就更不自在了。

飯罷，分兩路出發。臨走時，胡雪巖交給常先生一封信：

「見到亨特和呂斯，把這封信交給他們。」

「要回話嗎？」

「要！讓泰來辦一台採金機，不知德國有沒有，請他們給我一個回話。」

「是。」常先生忽而一想，遂問道：「如果有呢？」

「有的話，小型實用，在一萬兩紋銀左右，讓他們帶一台來！」

常先生雖然答應著去了，但心中也在納悶：啊！胡大先生的金融業、茶絲生意也夠忙的啦，怎麼？還要去淘金？

他想錯了。胡雪巖買採金機，是送給左宗棠的。不知他從哪裏聽到，說是陝甘的金礦，含金量很高，如左宗棠以官府的名義產金，不僅可以減輕轉運局的負擔，他自己也可以從黃金生意中得利，而且他那個「官商私辦」的織呢廠，便可掛著官府的虛銜獨家經營了！

仲夏，胡家大宅每到中午，靜謐極了，各房太太們飯後都在午睡，胡雪巖按例往年這時已不再處理事務了，像廟裏「結夏安居」的和尚，在二太太雯祥院裏謝絕會客，但今年不行，他腦中還裝著一個龐大的「胡慶餘堂雪記國藥號」，這像一個新鮮、生動的主題樂章，在胡雪巖年復一年重複著金融和絲茶的《商戰迴旋曲》之外，彈唱出他濟世救人的心曲。

這天，他午睡了一會兒，起來之後穿了一身白紡綢衫褲，拎著手杖，穿過一條馬路，徒步來到胡慶餘堂工地。這裏，泥水匠、木匠、木雕匠、洋鐵師傅們把辮子挽在頭上，穿著特製繡有「胡慶餘堂」字樣的白布背心，汗流浹背地在忙碌著。他面對兩米高的石基，眼光漸漸往上移，那由青磚砌成高達十二米的封火牆已巍然屹立，他用手杖敲了幾下牆壁，發出「噹噹」的聲音，他笑了，因為在他的腦海中不存有短期意識，在他的事業上也不存在臨時湊合……。

「大先生——」建築師張道逸在指揮室裏大聲喊道：

「太陽這麼猛，您站在那兒不行，快進來坐坐。」

「哎呀，張先生……，」胡雪巖笑著進來說：

「您年齡比我大，我在外邊站一會兒怕啥？張先生，您為胡慶餘堂可操夠了心啦……。」

張道逸遞過一柄大蒲扇，笑著說：

「這種百年大計的工程，累一點，值得……。」

胡雪巖搧著扇子，笑問道：「余經理呢？」

「在膠廠。廠房的框架結構都做完了，接下來是設備安裝，這可是內行的事，他必須在那裏指揮。」

「哦……」胡雪巖晃了一下蒲扇說：

「外圈這面封火牆不錯。根基牢，敲敲大牆，錚錚有聲，不知張先生在靠清河坊這面大牆上有何打算？」

「已經鶴立雞群了！清河坊橫豎幾條街，一看這面封火牆，他就要打聽……！」

「不打聽不行嗎？」

張道逸一下子悶住了。

「您看上海的《申報》，」胡雪巖說，

「連個小藥舖都登廣告，怕人家找不到，還注上地址。咱這面又長又高的大牆，不正是一塊廣告牌子嗎？我剛才看了一下，這靠街的大牆，抹上白灰，刷上白粉，請杭州最著名的書法家，用端端正正的楷書，寫上『胡慶餘堂國藥號』，既宣傳了自己，又讓來往行人賞心悅目，讓病家也容易找到……。」

「嚄……！」張道逸驚嘆了一聲，接著便拿尺在紙上測量了一下，仰頭笑道：

「大先生，每個字起碼要二十個平方……！」

「越大越好！」胡雪巖說，

「這種大字……才叫鶴立雞群呢！」說罷他自己也笑了。

「這招牌原來是設計在石庫門上方……。」

「我沒改變您的設計，」胡雪巖說，

「人們見了大字，必然找店屋，這石庫門上，就橫著三個金字『慶、餘、堂』。也許，病家對我們這個店鋪不習慣，正面豎起『進內交易』四個大金字，往營業廳的廊壁上，掛上一排胡慶餘自製的中成藥介紹牌子，仍然是黑底金字，病家看了牌子就知道藥的性能和用途，既有妝點性，又有宣傳性，甚至還有藥到病除和忘病而去的精神作用……。」

張道逸聽了暗自讚服，他想：一個對醫藥一竅不通的商家巨賈，竟有些出其不意的心計，這時，他更感到設計與建造胡慶餘堂國藥號的嚴肅性和責任感：

「大先生，您的想像我完全理解了。這樣，我從店鋪『進內交易』開始，另外在店內留出一些金字匾額和金字對聯的空間，使胡慶餘堂較其他藥店更莊重、更雅緻、更有參茸氣氛……。」

「對……對對。」

「這楹聯妙趣，筆鋒的遒勁，可不是我等能解決的……。」

「我想過了。」胡雪巖胸有成竹地說，

「等房子有了眉目時，我想，最好的辦法是舉行一次雅集，將進士、翰林、詩人、書家都請來，酒後醉筆，選出好的刻匾鑲金，到那時，說不定，既有神農味兒，又能滿堂生輝！就是病家買藥，也會相信不疑，哪怕到這裏轉轉，也會忘病而去！」

張道逸贊同地點點頭。

胡雪巖拿起手杖，向張道逸告別便走出了工地指揮室。

「大先生，」張保跑過來說，

「您一出來，二太太就不放心，嘿嘿，您上轎吧……。」

胡雪巖揚著手杖說：「咳……我本來想自己走走。」

「不行，大先生，別說二太太不放心，我們也不能讓您一個人走啊……。」

□

驕陽似火，大地炙人。

胡雪巖乘在涼爽的轎子裏，往阜康而去，路雖不遠，但四個轎伕仍灑了一路的汗水。

三伏天的下午，行人不多，銀號的業務更少，幾位職員趴在算盤桌上打著盹，坐在角落拉風扇的小學徒也抱著繩子睡著了。胡雪巖走進後院，仍是靜悄悄的，只有牆角那隻大狼狗伸長著舌頭，呼哧呼哧地喘著粗氣。

「噢，您來了……，」宓文昌一邊穿著上衣，一邊從屋裡出來招呼著，

「走，到客室裏坐。」

胡雪巖用手杖指了指舖面，關切地說道：

「三伏天……門面上留個人就行了，只要把櫃上鎖牢，其他人可以午睡一會兒，有大客戶來臨時叫人也可以嘛……。」說著已來到了客室。

誰料，他倆一進屋卻嚇了一跳。

「緘三……？」胡雪巖見二兒子緘三正在紅木椅上打瞌睡，由驚訝變成了忿怒，那臉上忽然紅了起來，一直紅到髮際。

自從胡雪巖大兒子楚三被瘟疫奪走了生命以後，他對二兒緘三和小兒子品三便懷著珍愛之情，並把自己的全部理想寄託在他倆身上，然而他絕不渴望兒子能立刻繼承他的事業，在他心中縈繞著唯一的念頭，就是讓他們滿足，在滿足中體會對金錢的欲念，即使現在無所作為，讓他過著窮奢極欲的生活，飽嚐天涯海角的歡樂，彷彿也是對自己從

小歷經風霜之苦的一種補償。

但是，「養不教，父之過，教不嚴，師之惰」的古訓在胡雪巖身上應驗了，這位二十幾歲的緘三變了，變得放蕩不羈，揮金如土，那些公子、幫閒們誰不巴結這位「活財神」的兒子？僅從阜康銀號的大宅銀銷帳上，便可發現緘三一筆又一筆的開銷，當父親發現他的劣跡時，為時已晚，只得把他交給宓文昌，從練習生做起，跟隨宓襄理學點真本事，可是他已放浪成性，誰能約束得了他？大先生的寵子能在此安分守己地學生意？這只不過是胡雪巖沒法子時的下下之策。而今，見他酒氣薰天地醉倒在客室裏，胡雪巖臉上的神情錯綜複雜。

「起來！」他怒氣沖沖地喊道，「要睡，回家睡去！」

緘三朦朦朧朧被喚醒，他緩緩站起來，醉眼惺忪地朝父親瞥了一眼，繼而說道：

「我……我在這裏睡得蠻好，非要回……回家去睡，嗯……，」說著便跨出門檻，一個趔趄，差點跌倒。

「唉！」宓文昌蹙著眉毛嘆了一聲，「大先生，怪你從小太寵他了。」

胡雪巖搖搖頭，說：

「難怪老人們說『寵子不發』啊……。幸虧老三品三還求上進，不然，我真氣煞。」

「品三這孩子不錯……」宓文昌說，

「你如果立『皇太子』，這可是塊好料子……。」

「我在宅裏立了學館，由老翰林黃平先生任教。」胡雪巖說，

「聽黃老先生說品三學習倒很用功。」

「大先生……」宓文昌想了想說，

「我建議把大宅的銀銷帳移到您府上去，光靠潘大嫂手頭上的那幾兩頭寸，也周轉不過來。不瞞您說，緘三這孩子，開銷太大啦！如您府上設個帳房，對緘三……也是一個約束。」

「你怎麼不早說呢……？」

「建大宅的時候，立下的規矩。這大宅建好了，把帳房移過去，也是順理成章的事嘛。」

「現在誰管著？」

「戚翰文的兒子，戚夢卿。」

「好，」胡雪巖贊成笑笑，「這孩子當先生有好幾年了吧？」

宓文昌想了一下：「嗯，有三年多了。」

胡家大宅的帳房，設在胡雪巖辦事廳的左側，戚夢卿擔當起了帳房先生。

一個月後，方克勤、俞德海，長毛禿和賴老三先後回到了杭州，胡雪巖一個個地聽了近況報告之後，心裡像打開一扇天窗，一下子亮起來。

俄國商人超出了胡雪巖的預想價格，把茶葉全部吃進，並贈送胡雪巖十座掛鐘。

泰來洋行把茶葉吃進，並表示用平價替胡先生購買採金機；

趙署明帶九名德國技術工人日夜兼程往西北而去；

席步天與福克已將織呢機裝上了大板車。

□

杭州的殘夏，晴雨多變，剛才還是滿目青天，一下子捲過來團團陰雲。

龐雲繒來了，那臉上像佈滿了雲層。

「怎麼了？」胡雪巖望著他那強顏歡笑的面容，

「有什麼不利的事情嗎？」

龐雲繒脫下淡藍色的長衫，一伸手交給了丫鬟，坐下來說道：

「何止一點不利！」

胡雪巖已猜出了八九分，斜瞄了一眼龐雲繒，笑道：

「兵家勝負……，商界也不例外，別急，慢慢聊。」

「他娘的，」龐雲繒罵了一句，說，

「我做絲生意，還從未輸得這麼慘！大先生，簡單說，咱今年顆粒無收！」

「什麼原因……？」

「怡和洋行那個繅絲廠，把咱們擠的不好活啦。哎，你想想，他們機器好，廠子大，繅出來的生絲又光又白。繅絲成本低，生絲賣價高，不論絲和繭，收購價都比我們高，連我們貸款收絲的蠶農，也只還貸不賣絲啦……。」

這個消息對胡雪巖來說，無異是個不大不小的打擊。因為，在他的心目中，資本足，有內行經營，在蠶絲生意上足可以立於不敗之地，甚至可以操縱市場。但今天的消息卻出乎他的意料之外，也吸取了一個教訓……。他仰躺在紅木椅上，望著天花板那只蠟燭吊燈沈思了半晌，忽問道：

「那些貸款戶也不賣給我們了……？」

「不賣了！」

「我們發放良種的養蠶戶，也把我們甩了？」

「甩了！」

「那四象八牛呢？」

「他和我們不一樣，英國商人雖然操縱了市場，他們小打小鬧也有利可圖。」

龐雲繒說到這裏，突然感到洋人可恨，恨他們太霸道，恨他們直截插進蠶絲市場，尤其是在胡雪巖面前，他覺得臉上無光，像打了敗仗的將領在上司面前一樣，只有表現出對自己的憤怒。

胡雪巖再也不問了，同時，憤懣情緒也消失了，他感到商業之間瀰漫著一股火藥味兒，這火藥味兒來自「敵我」雙方，而且是個勢均力敵的戰場，若要與對方拚個你死我活，必須採取「硬拚」。因為他有錢，他有分佈在全國的二十九家阜康子店和二十三處典當鋪為後盾，憑這實力足可以與洋商較量一番。

「老龐……」胡雪巖呷了口釅茶，望著手中的扣碗說，「別氣，兩個茶碗相碰，不是損壞一只，就是兩敗俱傷。俗話說，『二虎相鬥，必有一傷』，這……不足為奇。」

「可是我這口氣……實在嚥不下！」

「嗨呀！」胡雪巖笑著說，「樹上的果子，都還有個大年小年。今年，就是我們的小年，等會兒我們商量一下，如何把大年討回來才是正道。」

「難！」龐雲繒搖搖頭，「那怡和……連外國人都稱它是『洋行之王』，想在他們手裏討回個『大年』來，我看沒那麼容易……嘿……。」

「哎呀老龐啊，一個巴掌能遮天？我就不信這個邪！」胡雪巖瞅了一眼龐雲繒，「中午別走了。今日個天好，既不出太陽又不下雨，咱哥倆吃過飯殺兩盤！」

「殺兩盤？」龐雲繒笑了，

「當著那麼多的俏姑娘面前叫我輸……。」

「不！」胡雪巖盯著龐雲繒的面孔，笑道：

「我讓你贏。還給你一個『大年』，走吧，古人說：『文武之道，一張一弛』，心裏先平靜下來再說。」

胡雪巖平靜了，朝廷裏卻亂了套。

慈禧面對滿朝文武大臣，矜持而憂患地問道：

「還有什麼要奏的嗎——？」

「啟稟太后老佛爺……」滿族的三口通商大臣跪地說道，

「據微臣所知，左宗棠已起兵新疆，要與俄國人交戰。本來，俄人駐軍於伊犁，完全是為了保護他們商民，並且穩定了伊犁的戰亂局面。現在，我清廷出兵與俄國人交戰，微臣認為十分不妥：第一，俄國現是世界上強國之一，長期交戰，必然引起邊境糾紛，到那時，我大清政府就難以保持邊境的太平；第二，從今年氣候的變化來看，西北地區已出現了災情，不少村莊，民不聊生，餓死者已不計其數，估計災情還要蔓延下去，實在令人擔憂。微臣認為，左宗棠的當務之急是力挽西北災情局面，新疆不收復，對我大清肢體毫無損害，望老佛爺聖裁！」

「我不是決定了嗎，還奏這件事……？」慈禧說，

「左宗棠西征，我早就准奏啦。至於俄國，是否強大，不是今天朝政的主要問題，何況我已頒旨，任左宗棠為新疆欽差大臣，兼辦軍務，左宗棠雄心勃勃，如果俄國被他趕出去了那不是很好嘛，大不了賠俄國一點軍費，這一點兒國庫還是拿得出的；至於災情，讓富紳巨賈們出點錢去賑災，可以辦得到的！」

「喳！」崇厚喊了一聲：「老佛爺英明！」站立在一旁。

「聽說……，」慈禧慢吞吞地說，

「我恢復萬壽山清漪園(後改頤和園)的木料，有人給我賣了，這是怎麼回事？」

文煜一聽，嚇得渾身像篩糠似的，幸而他奸狡善變，主動跪下，奏道：

「啟稟老佛爺，微臣極願為太后聖上修復清漪園，只因國庫尚有困難，目前不宜動工，惟一堆木材將要遭朽，故著商人高價購走，此款尚在戶部，待正式修復清漪園時，再動用此款採購更好的材料，孝敬老佛爺，此乃臣等一片心意……。」

嚴尚書本想奏文煜一本，因聽「臣等」二字，彷佛把他也「帶」進去了，把想好的

一段話，硬梆梆地嗾回去了。

「這樣也好……」慈禧說，

「唉！我一心想修復的清漪園，何時才能實現喔……！退朝！」

文煜抹了抹渾身的冷汗，竊笑著心想：「胡雪巖哪胡雪巖，我保了你一條命，也保了我這五十六萬銀兩啊……。」

□

數月後，王郁清、田志華從肅州（今酒泉）回來了。

「左大人在肅州？」胡雪巖問。

「是的。」王郁清說。

胡雪巖把心一拎，遂問道：「蘭州呢？」

「總督府、留守處都還在蘭州。」

「喔……，」胡雪巖深深透了口氣，腦子裏立刻浮現起席步天和福克解運織呢機的

情景，於是喃喃地說，

「蘭州還有人就行。」

「不但有人，還有一批新兵在訓練洋槍呢！我們把糧餉運到蘭州時，張虎將軍還派人護送我們呢……。」

「左大人有話嗎？」

「有！」王郁清說，「他叫我告訴您，陝甘一帶災情嚴重，請您做一些勸捐工作……。」

「不用勸了。」胡雪巖沈思了片刻，

「我胡雪巖一家出點錢吧。俗話說『善財難捨』，有些人向他勸捐，像要他命似的……。」

「不行啊，大先生，」田志華插話說，

「旱情可不止有陝甘。直隸、山東打去年就鬧水災，山西、河南今年又餓死了不少人，單靠您一家賑災……耗資太大了。」

「有錢的人……，」胡雪巖說，

「何止我一家，全國有不少呢。要我去勸捐，恐怕時間上也太倉促，我先出面捐助一些，別人也就跟上來了。你們三位先作些調查，受凍的、挨餓的、缺錢的，包括水陸運解費用，統計以後報給我。」

「好。」

此時的胡雪巖還懷一個密而不宣的心思：說穿了，他不滿足於現在的按察使、布政使的官銜，他那膨脹的欲念，是要穿上「黃馬褂」，戴上「紅頂子」。其他官並不難捐，但「黃馬褂」卻捐之不易，必須是皇帝面前榮寵之臣才能獲此殊榮，或是為宣勞中外文武勛臣，才賜與黃馬褂，而這等勛臣還需有人舉薦，否則只是夢想。胡雪巖曾想請左宗棠推舉，但一見面卻又難以啟齒。為此，他曾想過王郁清，王乃跟隨左宗棠多年的檢校官，平息太平軍後才轉做地方災後工作的，此事如託他在左公面前說出，哪怕左宗棠搖搖頭，心中這塊奢念就算消失了，也不會尷尬。於是說道：

「賑災之事，由總辦田志華先生先寫出個意見，好嗎？」

「好的。」

「那麼……王郁清再留一下，還有些事要與你商量商量……。」

田志華剛要走，胡雪巖又補充說道：

「你要作個準備，你們倆可能要調動一下工作……。」

「哦……全靠大先生栽培了……。」田志華揣了個疑團走了。

「郁清啊……。」

「大先生。」

「你在這裏工作也有不少年了。從糧台、錢江義渡局、轉運等一些工作來看，有能力也有成績。我想任你為上海轉運局的總辦，把田志華替下來，月薪嘛……每月增加十兩。」

「嚄……，給我增加這麼多！」王郁清高興得瞪大了眼睛。

「嗨，以後多替我操點心就是了……。」

「大先生，您放心。」王郁清拍拍胸脯說，

「我是當兵出身，別說操點心，就是上天入地……」

胡雪巖擺擺手，笑道：

「好啦，好啦。你回去先和田志華把救災的事商量一下，然後你倆一起來，我宣布一下，你任總辦，田志華調蘭州當廠長去。」

「我懂。」

過了幾天，田志華和王郁清帶著賑災方案來找胡大先生。

胡雪巖看了看這份材料，笑道：

「調查得很詳細，總額二十二萬兩白銀。但是，還要帶些藥去……。為了避免厚此薄彼之嫌，把白銀、大米、棉衣、藥品等分配方案，給每個省的藩台送去一份，甘肅方面，要單獨送給左大人一份。」

說到這裏，又望著田志華問道：

「田先生，我記得你是蘭州人吧？」

「蘭州北邊，皋蘭人。」

「我想派你到蘭州當廠長去。這個廠雖然說是左大人辦的，但要獨立核算，每年將稅收交給轉運局就行了，在投資方面還是阜康。」

「不知是什麼廠……大先生。」

「洋務的重點廠。」繼而又把資源、成本、售價、管理、雇工以及德國工人的待遇說了一遍，

「那裏已經有人在搭建廠房，機器快到了，去的時候帶上我的信，一封是給解運機器的席步天，一封交給營造廠房的趙署明，讓他倆擔任副廠長，有困難嗎？」

「沒……沒有。」

「我知你的家眷在杭州，帶二百兩銀子到蘭州安家，每月增加薪水十兩銀子。」

田志華聽了，心中不免有點彆扭，但有潘洪友的前車之鑒，他又不敢不去，何況又是全國首創的洋務工廠，也想去顯顯身手，於是笑道：

「蒙大先生如此器重，我一定效盡全力。」

「關於轉運局的總辦由王郁清先生擔任。」

「是！」

胡雪巖剛把二人送出門外，潘寡婦來了：

「大先生，上海的龐雲繒先生來了。」

「在哪？」

「在花園裏呢，我去叫他。」

須臾，龐雲繒來了。胡雪巖望著他那面容，愁雲不見了，像是朝陽初探，帶著滿面紅光。

「怎麼樣，老龐？」

丫鬟獻上茶來。龐雲繒端起茶碗，笑道：

「你這一招還真靈。我把他的開盤價吃準，高出他百分之十收購，這一下他可沒戲唱了。最後找上門來，我把我們的開盤價提高百分之十五賣給他，搬運、儲倉一切費用，他全包了……，哈哈……。」

「你辛苦了！」

「沒啥。」

「走，殺兩盤去。」

二人笑著上了漢白玉台階，棋盤上的少女們又換了一身衣裳，遠看倒像一簇鮮花。她們早已忘掉了自身的榮辱，只要大先生高興，就是自己的價值。

第二十四章

一八七六年

過完了正月十五，胡雪巖坐在辦事廳裡思索著胡慶餘堂的陳設，企圖營造出足以使人信服其「濟世活人」的店堂氣氛。他知道，病患對醫藥的渴望，就像是在大沙漠裡尋找水源；而胡慶餘堂要讓每個踏進店堂的病家，像在沙漠中跋涉了幾天幾夜，忽然見到鮮花綠草，還聽見潺潺水聲，一種生命的希望與活力頓時湧上心頭，讓每個病患都在心中欣喜吶喊：瞧！胡慶餘堂就是活泉、胡慶餘堂就是生路……

他微笑著端起茶碗，呡了一口龗茶，攤開連史紙，提筆寫了「國藥雅集」，下邊還寫了幾位詩家、書家、醫家的邀請名單。

胡雪巖的邀請，誰不給面子？

二月二日，胡母金氏上山拜香的那天，他邀集了十幾位文化巨匠來到胡家大宅。雖說胡雪巖的出身並非書香門第，但文人的癖好他是清楚的，他記得曾有人說過：「書時需飲一斗酒，醉後掃成龍虎吼。」喝了酒之後，有著一種難以抑制的創作衝動，正如五代僧人貫休對醉僧懷素描述的那樣：「醉來把筆猛如虎，粉牆素屏不問主」，故而把國藥雅集安排在中飯之前。

早春二月，胡家大宅「芝園」裡的柳樹，在陣陣的寒風中顫抖著，只有那片百章梅，頂著料峭的春寒伸展著婀娜多姿的肢體，向遲到的群芳顯示著獨特的傲骨。

膳廳中暖洋洋的，與室外相比，像是兩個季節。十幾位詩家、書家、醫家分別坐在兩個餐桌周圍，文人騷客薈萃一堂，有說不完的話，道不盡的情……。等上齊了菜，丫鬟們斟滿了酒，胡雪巖站起來舉杯笑道：

「諸位，名言曰：『物華天寶，人傑地靈』，這都是天地氤氳之氣所結成者，故山不在高，有仙則名，水不在深，有龍則靈。鄙人，於年前籌辦一家胡慶餘堂國藥號，正是利用山野谷間，物華天寶之珍品、地靈人傑之藥物，濟世救人，只因鄙人才疏學淺，無力妝點店堂之參茸氛圍，故特邀諸位名家作幾副楹聯，留下些墨寶，以便鐫刻鍍金，懸於庭堂，引起病者的無限遐想，甚至忘病而去！我雖不通文墨，但濟世施藥，常常耿耿於懷，十多年了，全國各省都施送過胡氏辟瘟丹，也救活了一些人，今天，薄酒一杯，願我等同心同德，助我了此心願，這第一杯酒，算我感謝各位的光臨。」說罷，一舉杯喝下去了，連聲說：「請，請！」

在一片「謝謝」聲中，大家乾了一杯。

丫鬟們習慣了這種場面，緊緊地扣住了斟酒的時機，讓兩桌客人隨時杯中都滿著酒，直到大家喝得脖子冒汗，面色緋紅，舌根發硬……。

「諸位，請到大井巷，看一看慶餘堂的建築，那有文房四寶，安徽的上等玉板宣，請大家盡興地發揮！潘大嫂，叫張保備轎。」

「來啦……！」潘寡婦說。

「請！」胡雪巖把手往外一指，「請諸位上轎。」

眾文士推推攘攘地走出膳廳，驀地發現一排小轎，大夥先後登上了轎子。

□

胡慶餘堂國藥號，已初具雛形，進了石庫門，向左走幾步，穿過八角石洞門，來至一條庭園式的長廊，長廊的左側有一座涼亭，一排紅漆的「美人靠」打破了藥店的固有模式，顯然是顧客的小憩之處。長廊對面天井下的幾棵金銀花樹，賦與人們天然的情趣。順著長廊信步走去，前邊便是一座古典式的四角亭，再向前幾步，就是一片驚人的、富麗堂皇的營業大廳。此刻，人們彷彿置身於氣度不凡的大殿，上面懸有重瓣花形大吊燈，並配有雕琢精細的數盞宮燈；正面是寬敞的花廳，雕欄畫棟，令人賞心悅目。大廳兩側才現出店堂的本色，然最與眾不同的是清一色的紅木：紅木櫃台、紅木百眼櫥、中堂還有紅木桌椅。

店堂後院，方磚舖地，從石基以上，幾條數丈長的鐵超木直通樓頂，順著柱子往上看，一周木雕窗欞，加上一圈壽星、仙草裝飾的宮燈，給人超凡脫俗的寧靜之感。天井的正廳，是胡雪巖和經理余修初的辦事廳，兩間耳房，一為帳房，一為信房。

「請坐，這裡是經理室……」張道逸老先生迎出來，笑道：

「請在這裡休息休息。」

大家進屋一看，分明是早有準備：八仙桌上舖著毛毯，條案上一刀安徽玉板宣紙，筆架上吊著各號京提、長鋒、羊毫、狼毫；一個小學徒正聚精會神地在端視裡研著龍門香墨。

「哈，胡大先生全心建造了國藥號，又是一心濟世救人，這種業績全靠心耕啊……」喝得醉醺醺的劉仁厚先生打開了話匣子，滔滔說道：

「心耕者耕心也，這經理室可以命名為『耕心閣』，對嗎……？」

「對了一半。」沈一雲先生果斷地說，

「我就贊成你這『耕心』二字，但是『閣』字，書卷氣太重，從百草山野的氣息來想，恐怕用『草堂』二字，更具陸游、白居易的野味兒。所以，我想用『耕心草堂』最為恰當！」

「高！」老翰林黃平伸出大姆指笑道，

「不僅有山野味兒，還有自謙卑陋之雅趣。」

「來，」沈一雲一伸手，

「這四個大字，就請黃老先生揮毫……。」

黃平老先生毫不客氣地站起來，走近桌前，舖平了宣紙，拿起大號京提，蘸飽了濃墨，凝思片刻，忽而落筆，一口氣寫出了「耕心草堂」四個大字……。觀者無不拍案叫絕。

此時，潘寡婦已來至天井的另一房間，指揮著丫鬟們端茶送水果……。

「我看了大廳的店舖，又理解了胡大先生辦此藥號的性質……」王仁和老先生拿著一張楹聯的草稿說，

「我有副對聯，讀給大家聽聽，請大家指正。……『青雲在霄甘露被野，負糧訪禹本草師農』，大家……」

「我建議改兩個字。」半晌沒講話的袁古農老先生說，

「我不是詩人，但這兩句道出了醫界的根本。第一句的『青』字改為『慶』字，第二句的『負』字改成『餘』字，既不失對聯的原意，又有『慶餘』的字號，百姓看了又是大吉大利的詞，豈不一舉兩得！」

這幾句直把大夥的創作欲望引向了高潮，笑聲、讚嘆聲、鼓掌聲一下子熱鬧起來。

「好！」王仁和晃著手中的草稿喊道，「改得好，如此佳句，無愧是跟隨胡大先生創辦胡慶餘堂情之所致啊！就這樣定了！」

老書法家章寄仁捋著鬍子笑呵呵地站起來，「楹聯的詞美，書法的字醜，也算是一種對仗啊。好吧，我就獻醜了……。」

說著撿了一支羊毫，手蘸著香墨，眼盯著宣紙，筆情書意融會貫通，一落筆便帶著百草之氣息與老辣的筆觸相融合，構成了一副蒼勁古樸的書法作品，與詞意恰如珠聯璧合，令人讚不絕口。

劉仁厚晃晃悠悠地站起來，講話時舌根都不太利索了：

「我呀，為胡慶餘堂的正面，想了一副對聯，寫……寫給諸位看看。……不……不行咱就撕了它！」

說話時，早有余修初替他鋪好了玉版宣紙。他抄起一支二號京提，不知不覺把筆伸到茶碗裡去了……

「哈……」大夥笑了。

「嘿嘿，別笑……，我……我這一沾水，再蘸墨，寫起來特……特別流暢。」

說罷，他毫不猶豫地寫了「飲和食德，俾壽而康」八個大字。放下筆深深地吐了口氣，睜開惺忪的雙眼，左右顧盼了一下，笑道：

「怎麼……？沒人叫好，那就撕了它。」他正想撕，那掌聲像漫天滾過的春雷隆隆直響。

「且慢！」沈一雲故意逗著說，

「這杭州的仁和堂和種德堂都叫你給吃啦？」

「哈哈……」大夥又是一陣大笑。

「沈兄，」劉仁厚急得臉更紅了，

「你……你太冤枉我啦……，胡大先生的和為貴、德為高，都在他的腹中啦！滿腹仁德，還不是為了眾人的健康長壽嘛！」

又是一陣掌聲，那熱鬧勁幾乎把房頂掀開。

「啊……！太好了。」半天沒吱聲的胡雪巖微笑著走近對聯，「嘖嘖」了兩聲，慢吞吞地講出四個字：「千金難買——！」

「諸位，」沈一雲說，「我剛說的是一句戲言。現根據王仁和、袁古農二位先生的啟發，他上有『慶餘』二字，我對一副下有『慶餘』二字的楹聯，請諸位修改。……『益壽引年長生集慶，兼收並蓄待用有餘』。」

「好，好！」滿屋的人連聲叫好。

老書家田育民不慌不忙地站起來，一邊鋪著宣紙，一邊擰眉思索著，當他蘸飽濃墨後，毫不遲疑地一氣呵成，引得大家交口稱讚。

「我……」潘鳴泉老醫師站起來，謙虛地說，

「我不是詩家，更不是書家，我是從藥材上想出兩句話，是……『七閩奇珍古稱天寶，三山異草原賴地名』，請大家修改……。」

掌聲未息，袁古農也站起來了，

「我和潘先生都是同道。他以『採』為題，我以『製』為目，試作一聯，請大家指正……『朱草煉成金丹妙藥，文霜搗就玉杵奇功』。」

又是一片喝彩聲。

「我提議……」劉仁厚醉眼半睜地喊著說，

「這兩副楹聯，請章寄仁、田育民二位各寫一副。」

章寄仁、田育民二位老先生相視一笑，其個中奧妙，別人不知，但寫出之後，大家方才明白，原來是從個性中求共性，從不同的書體中統一門派，結果兩副楹聯像是出自一個人的手筆。原來二人從小師從同一位老師，故二人的書情筆意，頗有異曲同工之妙。

大夥正看得出神，余修初笑著說：

「太好了。請老先生們落個款吧……！」

「不！」章寄仁老先生連忙擺手道：

「店堂的楹聯是宣傳本號的經營宗旨和性質，可不是宣傳我們自己；如果落款，上款就要寫『大清浙江按察使胡雪巖大人雅正』，下款就要寫上『光緒二年丙子二月學生章寄仁拜書』，這就喧賓奪主了。另外，給胡大人寫的字，我們也不敢落款。」

「哎呀……」胡雪巖站起笑道，

「我也沒開府做官，就是做了官，名家的墨寶，我也要請先生們落下大名啊……。」

「不行──」田育民說，「章先生說的對，這店堂的楹聯，就是為慶餘堂製造神農氣氛，不落款為好。」

「既然如此，」余修初接著說，

「還有幾個地方，也請幾位老先生留下墨寶……。」

「請說！」劉仁厚似乎酒醒了一半。

「兩個門洞。一副橫招牌『胡慶餘堂國藥號』，一副豎木牌『進內交易』……。」

「章先生的楷書無以倫比，」劉仁厚笑著說，

「這招牌字就請你寫；兩個門洞就請沈先生寫，這『進內交易』嘛，當然是黃老先生的嘍……。」

當下，幾個人二話不說，提筆就寫，門洞寫了「高入雲」、「慶餘堂」。當「胡慶餘堂國藥號」七個大字寫完，眾人驚喜得瞪大了雙眼，禁不住嘆道：「啊，渾厚凝重，剛柔相濟，工整遒勁，雅俗共賞……。」

胡雪巖心想：文人啊，有時相輕，有時親密無間……！真讓人琢磨不透啊！

這次雅集非常成功，散會時眾人各乘一頂小轎，訓練有素的轎夫們，拉開相等的距離，把異彩紛呈的花花轎子，抬得像一條彩鏈，穿出大井巷，走清河坊，行人無不駐足觀望。

「這是啥事情，這麼熱鬧？」路人相互問著

「聽說胡慶餘堂要開張了……。」

「他的藥好。」一位長者說，

「十五年前那場瘟疫，嘎……死了多少人哪！自從胡大先生發明了辟瘟丹，嘩地一下子，像藥王爺撒下了菩提水似的，連快進棺材的人都活轉過來啦……。」

其實，胡雪巖讓轎夫們抬著文人騷客們走一圈，然後再各自送回家，其中奧妙不在於讓老先生們坐上胡宅暖轎過過癮，而是為胡慶餘堂做了一次活廣告。

□

胡雪巖謝別了眾人之後，回到了「耕心草堂」，深深透了口氣，他望著這片建築，心中憂喜參半，喜的是此等建築符合自己的理想，雍容華貴，古樸大方；憂的是十年聲譽如何保持。是的，他親眼看到三三兩兩的藥店新人在忙碌著，他們搬石臼、扛切刀、擺錫罐、運藥材、洗桌椅、擦樓板……，雖是馬不停蹄地在勞動著，然能不能保持和遵循著濟世救人的醫德醫風，這種憂慮在他的胸中彷彿像隻螺旋槳，不停地攪動著……。

「余經理，這文房四寶叫他們慢點收拾……。」

「您也寫幾個字？」

「嗯。」胡雪巖點了一下頭，遂用小楷筆在紙頭上打起了草稿……

「小順子，研墨！」余修初喊了一聲。

小順子打開了墨硯，倒了點冷水，認真地研了起來……。

余修初問胡雪巖道：「用整張紙嗎，大先生？」

「橫裁，一裁二。」

胡雪巖沒抬頭，仍然注視著手中的草稿。過了一會兒，他走近桌前，挑了一支羊毫、蘸了蘸濃墨，伏案寫了「戒欺」二字，隨後又寫了一段識語，書道：

「凡百貿易，均著不得欺字，藥業關係性命，尤為萬不可欺。余存心濟世，誓不以劣品弋取厚利，惟願諸君心余之心，採辦務真，修製務精，不致欺予，以欺世人，是則造福冥冥，謂諸君之善為余謀也可，謂諸君之善自為謀也亦可。」

寫畢，他默讀了兩遍，放下筆，吁了口氣，一抬頭，嚄！圍觀者不少，男女老少擠滿了半個屋子。

只因營造胡慶餘堂開始，胡雪巖便提出，店堂不是「大堂」，百姓可以出入於工地，何況有十幾乘轎由這裡抬出，誰不來看個熱鬧？誰料趕到「耕心草堂」，正碰見胡雪巖寫字。

「這個人是誰……？」

「他，就是胡雪巖哪！」

「他寫的是啥個字？」

「戒——欺——」

待人走散，胡雪巖叫余修初找來孫養齋、李紳坤。並請袁古農、潘鳴泉二位也留下，共商籌備工作。

「採辦工作進行得如何？」胡雪巖開頭便問。

「關於藥材，我們絕不通過藥材行，全部到產地自設坐莊，現在已派出去的得力行家，有五個組，包括冀魯組，他們正在直隸的新集和山東的濮縣，此地的驢皮隨採隨運，我們膠廠的原料都是來自這裡；第二組沿淮河流域，採購山藥、生地、牛膝、金銀花……，第三組到秦隴一帶，採辦當歸、黨參、黃芪……，第四組到雲貴川，採辦麝香、貝母、川蓮等；第五組在關外，採辦人參、虎骨、鹿茸、活鹿等；從國外進口的乳香、西洋參、豆蔻、犀角等，由藥材部經理孫養齋先生直接負責收購……。」

「不過……」孫養齋老先生說，

「最近一些藥販子聽說胡大先生開藥舖，唉……呀，上門兜售的不是假貨就是劣質品……。」

「哈哈……」胡雪巖大笑了一陣，說，

「他們以為我是外行，就來騙我！」

「現在膠廠已經生產了，第一年的膠等到胡慶餘堂開業時，『火氣』耗沒了，正好上櫃。」

「其他中成藥的配方研究過了嗎？」

「我們五個人一致的意見，是以宋代皇家藥典《太平惠民和劑局方》為基礎，再蒐集整理一批各種古方、驗方、秘方，加上自己行之有效的經驗，製成丸散膏丹、膠油酒露，待開業時，可以供應全部是自己製成的中成藥……。」

胡雪巖微笑著點點頭，繼而說道：

「有三個問題，請大家注意，首先在採辦藥材上，重要地區和重要藥材，最好做到隔年貸款，也好方便藥農周轉，上品必然樂於賣給我們。在新學徒中加緊訓練，從切藥到製藥要嚴格要求；第二，等我們的製藥方案應驗有效時，要迅速編寫《胡慶餘堂雪記丸散全集》分送各界，擴大影響；第三……」

說到這裡，他拎起那張親筆撰寫的《戒欺》說，

「這，是對內的，國藥號的人員上自經理，下自伙伕臨時工，人人要會背，並身體力行，對外再豎一塊牌子，寫上『真不二價』四個字，表明胡慶餘堂貨真價實，老少無欺。諸位看……這樣行嗎？」

「可以，大先生說的對。」大夥說。

「好了。」胡雪巖拎起手杖，

「你們辛苦，我走了。」

他疲倦極了，一上轎便閉上了眼睛。

□

豈料剛回到大宅，潘寡婦急去拉開轎帘，笑道：

「王先生等您好久了。」

胡雪巖擰起眉毛，漫不經心地問道：

「哪個王先生？」

「上海轉運局的王郁清王先生。」

說真話，若是旁人，胡雪巖是絕對不見的，因為今天他太吃力了。然而，他懷著一份心思而必須由王郁清去辦。今天，王郁清鬼使神差般地來，胡雪巖豈能放過這個機會……？

「哦，請他等一等，好好招待，我馬上就來。」

說罷匆匆來至雯祥院二太太屋裡，叫小玉伺侯著抽了幾口煙，坐起來伸伸胳膊，打了一個哈欠，隨後下了床來至客廳：

「郁清啊，讓你久等了……。」

丫鬟隨著大先生後邊獻上了龍井茶。

「大先生……。」

「坐，坐。這次賑災情況還好吧……？」

「效果很好，我們把糧食、棉衣、銀兩分送至五個省，有幾個省將要把您賑災的情況上疏朝廷，說不定朝廷……」

「哈哈……」胡雪巖帶著誘發性質地說，

「朝廷准奏了左襄公的奏摺，賞了我一個按察使啦！」

「您知道……」王郁清真誠地說，

「朝廷近來宣勞中外功勛人等，您……這麼多年的善舉，難道還不賜個黃馬褂嗎？」

這句話說得胡雪巖臉色發紅，心裡像抹了一層蜜糖，甜滋滋的，於是急忙接著話說道：

「這黃馬褂……可以不是伸手討得到的！沒有左襄公的奏請，無論如何是穿不到我身上的。」

「嗨呀，」王郁清拍了一下大腿說，

「您當然不能伸手要啦，左大人那裡我去說呀！」

胡雪巖聽到這句話，頓時瞪大了驚喜的眼睛，那眼神兒裡帶著欣喜、覬覦、欲望、興奮和滿足。於是喃喃地說：

「唉……，如果左公真能為我奏請黃馬褂，我這一生就別無他求了……！」

「大先生，」王郁清誠摯地說，

「您為大清王朝耗費了這麼大的精力和財力，從軍事、政治、經濟、慈善、金融到洋務，功績累累，我去求左大人，我相信他會奏請的……。」

「我……先感謝你嘍！好吧，談談工作吧。」

「今年把去年的協餉算了一下，收到兩百多萬兩紋銀，除去歸還欠款以外，還有兩千多兩銀子。我估算了一下，前線急需要三百多萬兩糧餉和軍裝、彈藥，如果等協解送到，絕對來不及，我想從阜康裡先借二百萬兩，趕快把糧食和軍餉按時送到。」

「好吧，等協餉解來再補上就是了。」胡雪巖說，

「軍餉重要，事不宜遲，由阜康貸款，越快越好。」

「是！」

王郁清回到上海，組織了轉運局的全班人馬赴無錫、常州一帶購買大米，幸遇江南豐產，一斗米價在兩百文左右，沒幾天功夫收購了十萬石，並僱了鏢局的慓悍能人，水陸兼程，四個月後，將錢糧送到了左宗棠手中。王郁清命轉運局的職事人員、鏢頭、腳夫回去之後，自己留在左宗棠帳前。

平心而論，王郁清此來為胡雪巖請功，絕無攀高附貴之私念，而是出自肺腑，打他跟隨左宗棠攻打江浙太平軍時，他便知道胡雪巖是左宗棠取勝的決定性人物，再加上十多年的賑災扶貧、施捨藥物，而今又全力協助左宗棠西征，供給糧餉，購買新式武器，僅此愛國之心和慷慨濟貧之義舉，奏請一件黃馬褂，彷彿是順理成章的事。

□

一天中午，王郁清陪著左宗棠吃飯，趁著左宗棠高興，把為胡雪巖請賞黃馬褂的心思，一股腦地掏了出來。

左宗棠聽了半晌沒吭聲，他知道這不是王郁清的想法，於是心裡禁不住竊笑：胡雪巖啊，胡雪巖，不知怎麼想出這麼一個主意，這黃馬褂都是皇帝身邊的侍衛扈從以及頗具殊功的大臣方能穿得的。而且，向來都是皇帝主動特賞，哪有臣下指名請賞的事？辦吧，實在為難，不辦吧，胡雪巖的功勞卻也不在話下。

「嘿嘿，」左宗棠為難地笑了笑，

「你說的也是實在話，但指名道姓的請賞黃馬褂，據我所知，史無前例。如按胡雪巖的功勞，我可以試一下，大不了碰個釘子……。」

「啊……」王郁清眼神兒裡有些忐忑不安地望著左宗棠，

「您也別太為難啦……」

「試試看。」左宗棠忽然站起來，沉思了片刻，

「郁清，回去轉告胡雪巖，明年大軍要出關攻打阿古柏部，收復他侵佔的領土，同時把俄國軍隊趕出中國去，請他速借五百萬兩洋債，不得有誤。」

「是，請左大人放心。」

王郁清告別左宗棠，輾轉回到了上海，此時已是下半年了，他檢點了一番各省解來

的「西征協餉」，還清了阜康的貸款，所剩已是無幾了。

□

過了幾天，王郁清穿了一件藍色團花絲綢長袍，長辮子梳得溜光，腳穿一雙新的粉底黑棉鞋，乍看之下倒像個文人，但只要細看那雙長滿老繭的大手和黝黑的膚色，便可發現，這是一位飽經風霜的漢子，因久經日曬而生長的疙瘩，斑斑駁駁地滯留在臉上，像是一種符號，記錄著他生活的歷程。

他到胡府那天，正是九月重陽。

客廳裡只有他和胡大先生。

「來得太巧了，」胡雪巖的臉上笑瞇瞇的，像室外的氣候，帶著秋高氣爽的勃勃神態，

「今天是什麼日子，知道嗎？」

王郁清懵了，尷尬地笑笑：「不清楚……。」

「九月九日！」

「重陽節……？」

「唐人袁枚的《登上》詩中說：『江涵秋影雁初飛，與客攜壺上翠微』。今天哪，是登高喝酒的日子。」胡雪巖說，

「晚飯就在我這吃吧，也算為你接風……。」

「哦……」王郁清彷彿第一次見到胡雪巖這種春風撲面的樣子，反而更感拘束，於是憨笑著說，

「還接什麼風啊！受你的厚愛，出去辦點事，是應該的嘛……。」

「碰到左公啦？」

「碰到了，」王郁清說：「他還在肅州。哎……」王郁清壓低了嗓門，

「大先生，您那件黃馬褂有希望啦……。」

「哦……？」胡雪巖精神為之一振，那驚喜的眼睛瞪得老大，張開了嘴半天沒合上。

王郁清端起茶碗，喝了口茶，把碗一擱，笑道：

「我把您的勞績說了一遍，他老人家很贊同，而且對您的評價很高。我以個人意見，

請求他上疏朝廷，給您恩賜黃馬褂。開始，他有點為難的樣子，後來表示，就是碰了釘子也要試試看！」

「啊……！」胡雪巖直起身來，笑了，

「辛苦你啦，哈哈，你還為我去請功……？好哇，成功了是你的幫助，不成功也是你的心意。」

「左大人還有個事，叫我轉告您。」

「什麼事？」

「讓您為他借洋款五百萬兩，債期七年，要求明年送到肅州，據說要打大仗。」

「我聽他講過，」胡雪巖說，

「是對阿古柏作戰，這一仗很重要，對侵佔伊犁的俄國軍隊，他都奏請朝廷恩准，把他們打出國境去，這種仗，只有左公才敢打哪……！哼，朝廷又沒撥款，只好借洋債。好吧，年底我到上海去一趟……。」

「大先生，」潘寡婦進來了，正要說話，胡雪巖搶先說道：

「潘總管，通知廚房，我請一位客人吃飯。」

「是。」

晚飯過後，王郁清在客房裡過了一夜，第二天，沒吃早飯便匆匆趕回上海去了。

□

這天，胡雪巖吃過早飯，來到他的辦事廳，抽出那份借洋債的記錄，詳細地看了一遍，上邊寫著：

同治六年，借匯豐銀行一百二十萬兩，利率按月一分三厘，限期半年，七月至十二月。

同治七年，借怡和洋行一百萬兩，利率同上，限期半年，三月連閏至十一月。

光緒元年，借怡和洋行一百萬兩、麗如銀行二百萬兩，利率常年一分零五毫。四月起為期三年。

胡雪巖看到這裡，提筆續寫道：

光緒三年向英商麗如銀行借五百萬兩……

剛寫完，他驀地想起那件尚未到手的「黃馬褂」。他想，左襄公如能為他奏請黃馬褂，決不會在這個時候，他知道左襄公的脾氣，如果沒有使他足以興奮的戰績，那是不會替人請功的。如能請功，唯一的希望是在新疆消滅阿古柏之後，起碼要在光緒三年年底啊……。

「大先生，」余修初的聲音。

胡雪巖把洋債記錄往抽斗裡一放，隨口說道：「請進。」

余修初帶著胡雪巖寫的那張《戒欺》橫幅，笑著問道：

「現在開始刻匾了，您……您這幅落款的年月沒寫……。」

胡雪巖笑了：「光緒四年……可以吧？」

「今年是光緒二年……。」余修初說。

「我講的是……開業的日子。」

余修初把紙往桌上一攤，笑著說：

「就按照您的預定時間，寫上吧……。」說著便在硯台裡倒了點水，研起墨來……。

胡雪巖挑了一支羊毫，蘸了蘸墨汁，在戒欺的識語後邊補寫道：

「光緒四年戊寅四月　雪記主人題」

胡慶餘堂不停地營造房屋和購置設施。

是年冬季，胡雪巖奔到上海，向麗如銀行借到了洋債五百萬兩紋銀，擔保人不用分說，仍是阜康銀號，當月便命王郁清請鏢局一道解送肅州。

光緒三年，左宗棠帶著足夠的糧餉出兵新疆，扼住烏魯木齊要地，克服吐魯番，力奪南路諸隘，阿古柏逃出南疆，在庫爾勒服毒自殺。諸城相繼平靖，同時促俄官將伊犁交還並以兵力相夾，將俄軍趕至了邊境。

不出胡雪巖所料，左宗棠在保全了新疆的情況下，寫了一個奏摺：

《胡光墉請破格獎敘片》

「……胡光墉自奏派辦理臣軍上海採運局務，已歷十餘載，轉運輸將，毫無失誤。其經手購買外洋武器，必詳察良楛利鈍，伺其價值平減……遇泰西各國出有新式槍炮，隨時購解來甘。……上載用以達坂城，測準連轟，安夷（指安集延之阿古柏部）震懼無措，賊畏之如神。……關隴新疆速定，雖曰兵精，亦由器利。則胡光墉之功，實有不可沒者。……臣軍餉項，全賴各省關（指東南各省及各海關）協款接濟，而搉領頻仍，轉運艱險，多系胡光墉一手經理。遇有缺乏，胡光墉必事先籌維借湊，預解洋款，遲到則籌借華商巨款補之。臣軍依賴尤深，人所共見。此次新疆底定，援其功績，實與前敵將領無殊！……胡光墉呈報捐賑各款，合計銀錢米價棉衣及水陸運解腳價，估計已在二十萬內外，而捐助陝甘賑款，為數尤多；又歷年捐解陝甘各軍營應驗膏丹丸散及道地藥材，凡西北備覓不出者，無不應時而至，總計亦成巨款。其好義之誠、用情之摯如此……。」最後要求「破格優獎賞穿黃馬褂」。

洋洋灑灑，方方面面；既有軍功，又有善舉。此摺於光緒四年三月到了慈禧手裡。

「小李子……」慈禧太后慢吞吞叫了一聲。

「奴才在。」李蓮英急忙跪倒。

「給我讀讀……。」

「喳！」李蓮英站起來，接過奏摺，清清楚楚地讀了一遍……。

慈禧太后聽了，鎖著雙眉陷入沈思之中。

❖ 第二十五章 ❖

一八七八年（光緒四年）四月

胡慶餘堂雪記國藥號，在大井巷落成正式營業了。

說也奇怪，就在「開張駿發」的前幾天，胡雪巖在左宗棠的竭力保舉下，被晉為一品頂戴，破格優獎賞穿了黃馬褂。這是清朝歷史上對一個商人所給予的破天荒的殊榮。

皇恩浩蕩。此一殊榮像一陣旋風，吹遍了大江南北，尤其浙江，自去年楊乃武與小白菜的奇案平冤以後，上自巡撫楊昌濬，下至知縣劉錫彤等大小官員被革職了三十多人，新上任的浙江巡撫梅啟照、杭州知府龔嘉儁、錢塘知縣陳國香等人，誰不急於想叩拜一品頂戴、穿黃馬褂的胡雪巖？

正巧，胡雪巖朝珠補褂，翎頂輝煌地親自在店堂裡主持胡慶餘堂開張第一天的營業活動。也許是黃馬褂加身的原故，他意氣揚揚，輕輕鬆鬆地跑前忙後，準備接待第一批顧客。

正門啟處，第一批走進來的是浙江巡撫梅啟照，後邊跟隨著布政使、按察使、鹽巡道、督糧道以及錢糧師爺、檢校官等。

「胡大人……，」梅啟照雙手一抱，滿臉帶笑地說道，

「晚生來遲一步，望大人原諒……。」

「豈敢，豈敢……」胡雪巖笑著拱了拱手。

「一來祝賀胡大人高陞，二來祝賀胡慶餘堂開張駿發……。」

「多謝、多謝……。」

胡雪巖一邊應付著，一邊在琢磨，這批沒見過面的地方官們究竟如何稱呼？正在為難，忽有下級檢校官走上來，從上到下地介紹了一遍。

「向胡大人賀喜……」梅啟照正要跪拜，胡雪巖急忙上前攔阻道：

「不必！我乃受皇上恩澤，沒有開府做官，我這胡慶餘堂……還望諸位多加關照啊……。」

誰知，這批省裡來的官員，生怕點卯即走會落個不敬之嫌，但他們卻沒想到，在那

鶴頸長廊裡還站著一批杭州知府龔嘉儁等人，而石洞門和正門外邊也還排著錢塘知縣和仁和知縣等一些大大小小的官員……。

此時的胡雪巖正等著和店伙計們接待顧客，然而，等了半天竟沒有一個病家上門。他哪裡想到，那排隊賀喜的人們早把店堂的長廊堵塞得嚴嚴實實，誰能走得進來？再看那批大小官員們還排著長蛇般的隊伍，一般民眾更是望而怯步。

再看那大門外邊，從大井巷到清河坊，丁字路口擺滿了轎子和馬車，路上交通變得非常擁擠，轎子馬車越來越多，清河坊大街上水洩不通，病家離著老遠便望店興嘆，只有幾個不懂事的孩子，削尖著腦袋硬往長廊裡鑽。

整個上午，沒做一筆生意。

余修初陪著胡雪巖在「耕心草堂」裡吃了餐中飯。

「我就納悶……，」胡雪巖皺著眉說，「一個上午，竟沒有一個顧客上門……。」

余修初「嘿嘿」地笑了兩聲，「大先生，您真不知道啊！」

胡雪巖納悶地朝余修初瞥了一眼，這一眼正和余修初那竊喜的眼神兒撞在一起。

「你笑啥？」

「哈哈……您沒看到！您只顧和巡撫大人講話，不知道外邊的情況。那大井巷和清河街上好不熱鬧！從石洞門開始，直到營業廳，全都是地方官，就這條長廊裡，那些大大小小的官們，都是前胸貼後背，連個蚊子都飛不進來。再說，哪個老百姓不怕官？」

「啊……，是這樣。」胡雪巖臉上那片陰雲一下子散去了。他放下筷子，接過練習生遞上來的毛巾，揩了揩額上的汗水，抹了一下嘴唇，繼而整理了朝珠和黃馬褂，轉身又進了營業大廳。

「喲！」顧客們驚奇的眼光都投射向胡雪巖的身上，

「你們看，連皇上身邊的人都來了。」

「瞎說。這就是胡雪巖……」

「諸位，」胡雪巖笑咪咪地朝顧客們點點頭，

「歡迎，哈哈哈哈，歡迎……。」

「您……是老闆吧？」一個顧客操著上海口音問。

「啊……哈哈，是啊。」胡雪巖笑著回答。

上海人吐吐舌頭。

「從上海來？」胡雪巖問。

「啊，從《申報》上知道的，」上海人接著問：

「哎，老闆啊，小兒回春丸有嗎？」

「啥兮？」

「小兒回春丸。」

胡雪巖到中成藥櫃前，剛要問店堂先生，余修初趕過來說道：

「有，有有。」急忙進櫃裡，把生意做完後，回頭看著滿臉窘態的大先生，說，

「大先生，您坐那歇會兒吧。」

「沒事兒。」胡雪巖指了指顧客，

「我在這招呼招呼顧客還不外行。」

他一邊說著，一邊顧盼著出出進進的百姓，心中十分滿意。

春神以雙倍的活力闖進了這間營業大廳，如果只用「顧客盈門」、「開市大吉」、「生意興隆」等字眼描寫這天的場面，是遠遠不夠的。因為在胡雪巖的「生意經」中，戒欺和採辦務真、修製務精是他經營藥業的思想主導；以濟世救人為胡慶餘堂的辦店宗旨。

有了這兩條，才引發出廣而告之的經營手段。眾所周知，立竿見影的辟瘟丹、諸葛行軍散等成藥，已經施捨了十餘年；養鹿場、製膠廠、挑水隊、戒欺匾……，男女老少，有口皆碑。

正因為貨真價實，才使胡慶餘堂聲譽日盛，如若虛假地興隆一番，必將像春節的煙花，「嗞——」地一下，看來是光芒四射，接踵而來的則是黑壓壓一片，到頭來必然是搬石頭砸自己的腳。而今天的「興隆」，全仗「取信於民」的效應，十多年的藥品功效，使胡慶餘堂的威信，波及了全國，就像一顆種籽，早就紮根在人們的心裡。

第一天的開張吉日，疲勞使胡雪巖清瘦的臉上，彷彿加添了幾條皺紋，而這些皺紋就像他記憶中的符號，也像是他善於思索的性格外套。

「修初，打烊以後，把幾位各部經理召到我家來……。」

「您夠累的啦……，」余修初說，「晚上您早點歇憩吧。」

「不。」胡雪巖命令似的，然而又是和靄地說，

「在我那吃了飯，我有些話要說……。」

「哦。」

□

打烊以後，余修初找來孫養齋、潘鳴泉、袁古農、帳房周守仁和幾個製藥管事人員，一起穿出鼓樓，來到元寶街胡家大宅。

大餐桌上，擺了幾瓶紹興花雕。

胡雪巖從桌面上對大夥掃視了一遍，笑道：

「大家來自五湖四海，咱今天吃幾個道地的杭州菜……」

說話間，丫鬟們圍著桌子斟起了酒……。不一會兒，廚師端來了芙蓉肉、粉蒸肉、南肉春筍、蜜汁火腿、白切雞、生爆子雞、栗子雞塊、八寶豆腐、滷鴨、魚頭豆腐、西湖醋魚、東坡肉、全家福、清蒸鰣魚、西湖蒓菜湯以及鹽件兒、淡件兒，最後上來一道蝦黃魚麵……。

嚄！這頓飯使大夥的胃口大開……。

袁古農老先生欣然說道：

「今天的飯菜，真是叫『採辦務真，修製務精』，加上大先生開頭介紹的，是幾個道地的杭州菜，吃起來果然如此。」

余修初接著袁古農的話題說：

「袁老先生的話，頗具寓意……。」

「你悟出來啦……？」袁古農笑著問。

「當然……。」

袁古農端起杯子：「你呀，大先生沒選錯。」

胡雪巖笑了：「杭州菜，一是佐料，二是烹調技術，看起來很簡單，做起來才見學問哪。」回頭問余修初：

「那……殺鹿的公告做了嗎？」

「做了。還沒晾乾。」

「從今天的顧客問我：『有沒有小兒回春丸』，我發現，要把我們的『拿手戲』公佈於眾，就在這條鶴頸長廊上，用一塊一塊的金字牌匾，寫上中成藥名，再標上它的主治功能，既讓顧客一目瞭然，又顯出中國傳統醫藥文化的特色。你們看，誰來起稿、設計……？」

「我和幾位老先生分頭寫出條目，」余修初說，

「然後由一位老先生修訂。」

「好……」胡雪巖又問：「請誰寫呢？」

「章寄仁。」袁士農說，「他的字非常端莊。」

胡雪巖瞅了瞅大夥，沈吟著說：

「才藝出眾者，大都茅屋寒士，我們不能虧待於他，寫完了要重金獎賞啊！因為……它給我們國藥號創造了價值。這件事就請修初去辦，要越快越好。」

「哦。」余修初說，「晚飯後我們就寫條目，明日派人請刻字木匠。章寄仁那裡……」

「我去。」袁古農說。

大夥正說得熱鬧，忽見潘審婦走過來，說：

「大先生，有兩個人要見您……。」

「啥人？」

「就是……前幾年來過的那個……楊乃武的姐姐，她今天是帶著楊乃武來的。」

胡雪巖一怔：「哦？那就讓他……不，叫他們來吃飯。」繼而對在坐的人說，「待會兒，吃過飯，你們就各幹各的去，不要陪到底了，因為你們晚上還有事，啊……！」

「大先生……」潘寡婦說。「他們來了。」

桌邊上的人都站起來了，把視線一下子集中到了門邊：只見一個年近三十的男子，拄著一根竹竿，雙腿顫巍巍地邁著艱難的步子走了進來，楊菊貞一手攙著他，一手往前一伸：

「這位就是胡大老爺……。」

「你……就是楊乃武吧？」胡雪巖笑著問。

楊乃武顫抖著嘴唇，鼻子一酸，「刷」地落下了淚，泣道：

「胡大老爺……學生楊乃武忘不了您的大恩大德……」說著便要下跪。

「別！」胡雪巖猛地衝上去，拉著楊乃武，對楊菊貞說，

「來的正好，把乃武扶到桌邊來，我給你們接風。坐下，都是自己人……。潘大嫂！」

「在！」

「添兩雙筷子！」

潘寡婦答應著下去時，余修初已在胡雪巖旁邊增加了兩個凳子。

楊乃武望著胡雪巖，那雙淚眼裡閃爍著感激、心酸、痛苦、渺茫、遺恨的光芒……，他下意識地瞟了一眼滿桌的酒菜，彷彿他剛從地獄中回到了人間天堂……。

「別客氣，快坐吧……。」大夥都笑著說。

楊菊貞對楊乃武溫和地說：

「弟弟，胡大老爺是你的恩人，讓你吃……你就坐下吧。」

「噯。」楊乃武拭了一下眼淚，緩緩地坐下說，

「我是特地來感謝您救命之恩的……。」

「嗨！」胡雪巖說，「我只不過是給了你姐姐一點盤纏而已。」

「還有……」楊乃武用感激的目光望著胡雪巖，「夏同善老爺……都跟我說了……。」

「路見不平，請夏同善老先生見機進言相助，也是應該的。」

「我如果沒有夏同善、翁同龢二位老爺向西太后奏說，我乃武恐怕就歸天了……。」

這時，余修初等人吃飽喝足了，擱下筷子笑道：「乃武兄弟，你們慢慢吃，我們還

有點事，不奉陪了。」說完，告辭走了。

「吃吧，」胡雪巖同情地笑笑，

「邊吃邊說，乃武姐……，你要吃飽……啊！」

「噯。」楊菊貞嘴裡雖然答應著，但始終沒敢動筷兒。一旁的潘寡婦走到桌前嗔道，

「你倆這幾年吃不好，睡不好，到這來如果吃不飽，我們大先生是不高興的……。」

「噯，我吃，我吃。」

楊菊貞伸出瘦巴巴的手，怯生生地拿起了筷子……。

「好……」胡雪巖舉起杯子，「你們姐弟是好樣的，來，這一杯給你們壓壓驚……。」

楊乃武呡了一點酒，「謝謝胡老爺……。」

「最後……怎麼改判的？」胡雪巖關切地問。

「事情真相大白以後，」楊乃武沈重地透了口氣，說：「判了我一個『不避嫌疑，與小白菜同桌吃飯』，杖一百，革除舉人功名，不得恢復……。」

胡雪巖沈吟了一會兒，又不便說什麼，只是問道：「以後打算呢？」

「唉！胡大老爺，我還能做啥呢？回來時，先到上海，叩謝《申報》青天們，他們

叫我留在上海，在報社裡當編輯。……可我……再也不敢觸及時弊啦……！我想，我祖上世代都是蠶農，我……那項新蠶種，也快改良成功了，還是安份守己地做點養家餬口的事吧……唉！屋裡的把兩眼急瞎了，我姐姐身體像受過大刑似的，一天不如一天，我……有責任……。」

「回倉前也好，」胡雪巖說，

「我正要在餘杭縣買點桑田，說不定還要請你照管了……。」

「照管？」他想：不……！這一生連仵作、門生都得罪不起呀！

想到這裡他禁不住打了個冷顫，只是「哦哦」地敷衍了兩聲。

這天，楊乃武兩姐弟，千恩萬謝地離開了胡家大宅。臨走時，胡雪巖給了一百兩銀子，他倆磨磨蹭蹭的住小店去了……。

□

翌日，胡雪巖起得特別早，漱洗以後又來到「養心閣」，對著那些璀璨奪目的珠寶、玉器、鑽石、翡翠、瑪瑙等等，看了又看，在他的心目中，這批東西可是明目養神的「良藥」。隨後鎖上房門，吃了早飯，又把那套紅頂子、黃馬褂和朝珠等穿戴了一番，乘轎來到胡慶餘堂營業大廳。此時，廳裡已經來了不少顧客，從大廳往石洞門看去，彷彿長廊裡的人群像條河流般膨脹。廳內兩旁的中成藥和參茸櫃台前黑魆魆的人群壓在紅木櫃台上。還有無數的胳膊伸出在搖動。

胡雪巖抖擻著精神，堆起滿臉的笑容，彷彿他誰都認識，見人都點頭……。

接近中午時，顧客逐漸減少了，只有少數擠不到櫃台前的鄉下老人，望著櫃台裡的藥物邊詢問邊掏錢……。

胡雪巖舒展著雙眉，緩緩地來到抓藥的「百眼櫥」櫃前，只聽一位老太太喊著說：「慢點包……」她從配藥盤子裡翻了幾下，鎖著眉毛說，

「不對呀，我在種德堂抓的藥……不是這樣啊……。」

「對的……老人家。」撿藥先生說。

「這裡有檳榔嗎……？」

檢藥先生拿出幾片：「這不是嘛！」

「不對，」老太太更疑惑了，

「他們賣的是片兒，你這是碎渣渣……。」

胡雪巖一步上前把藥材抓起來看了看，歉道：

「老人家，對不起，這裡有的藥材不夠標準，您住在什麼地方？」

「丁橋鎮小河村……。」

「貴姓？」

「我們老頭子姓劉，劉金寶……。」

胡雪巖二話沒說，將四帖藥倒在一個盤子裡，端著這盤藥往廢品斗裡一丟，笑道：

「老太太，您先回去，晚上把藥送到您家去。」

老太太大惑不解地望著胡雪巖，心想：

那些藥舖的掌櫃們，見了鄉下人，那臉上像被霜打過似的，又蔫又冷，怎麼……？

她忽然問道：

「你叫胡雪巖吧……？」

「是啊……。」

「哎呀……，」老太太亮起了嗓門說，

「太平軍那年……！記得吧，要沒你那些救命藥，我們老倆口子，那骨頭都可以敲鼓啦！……嘿嘿，別人說送藥我不信，你說……我就一百個信。」

說著便往外走去，一回頭又喊著說，

「記住，丁橋小河村，劉家……。」

「放心吧……」胡雪巖拱了拱手說。

老太太走後，胡雪巖完全變了樣子，他先是滿臉通紅，不一會那臉色由於心臟的不規則跳動而變得蒼白，脾氣就像乾柴倒上了煤油，火就要冒上來……！

「修初，這切片誰負責？」他問。

「李紳坤。」

「人呢？」

「在樓上作坊裡。」

胡雪巖走出大廳，穿過天井，沈著臉上了樓，轉身跨進了切片操作室，李紳坤見大先生來，迎上來笑道：

「大先生……。」

「哦，紳坤，誰負責切檳榔……。」

「最裡邊那把刀。」

「他學了多久啦……？」

「怎麼……」李紳坤感到發生了什麼意外，遂問道：

「質量有問題……？」

胡雪巖沒有直接回答，只是往裡邊走去，撈了一把檳榔片，又問李紳坤：

「一顆檳榔能切出多少標準的片兒？」

「一百零八片兒。」

「請你切給我看看，行嗎？」

「行……」李紳坤繞到工作台後邊，拿起一顆檳榔，用小鑷子夾住，操起切刀「嚓嚓」地起落，那一片片薄如蟬翼的檳榔片兒，像片片雪花從刀下飄落在竹盤子裡，一顆切畢，胡雪巖攤開一數，不多不少，整好一百零八片。

「紳坤，」胡雪巖指了指大盤裡的切片，

「你看看這裡切的是什麼樣子。」

李紳坤抓了一把學徒切的檳榔片，仔細一看，厚厚薄薄，殘殘缺缺，頓時變了臉色，氣得幾乎要抓起站立在一旁的學徒，狠狠括他幾個耳光。

「他學了多久了？」胡雪巖問。

「第一批學徒，」李紳坤說，「學了兩年半了。」

「你……」胡雪巖問學徒，「你叫什麼名字？」

「崔天祿。」

「把李先生切的檳榔片拿到櫃上去，」胡雪巖嚴肅地說，「把丁橋小河村劉金寶的藥重新抓配，四帖藥抓好，晚飯後送去，並且……向人家道歉。」

「還要道歉……？」崔天祿歪著腦袋，樣子有些不太服氣。

「好吧，」胡雪巖立起眉毛，一字一頓地說，「你不去道歉，紳坤去！」

「不！」崔天祿亂了方寸，「我去，我去！」

說著接過李紳坤切好的檳榔片，往樓下走去……。

「怪我。」李紳坤自責地說：「光知教會他的切法，忽略了他的質量。」

「這事……不止他一個人的質量問題……」胡雪巖在作坊裡緩緩地踱著方步說，「要有一個完整的制度……，你給我列個名單，在兩年半中，學得精，質量穩的人算第一檔；學的精，不認真，算第二檔；學不好，修習差，算第三檔。同時，把讀書好，能寫會算，技術高超、認真負責的老師傅也寫給我，……哦，還有，把應該開除的學徒，也寫給我。但是，光寫名字不行，要把他好壞的表現實跡寫上幾條……。」

「您什麼時候要？」

「打烊以前。」胡雪巖又補上幾句說，「你對他們都了解吧？那就寫得實在點。」

李紳坤立刻感到在人員上要有個大變動了，遂說道：

「壓、切、剝、洗、製，他們每個人的技術和工作態度，我都十分清楚，因為，我和他們在一起有兩三年了。」

「好，打烊前寫給我。」

胡雪巖回到營業廳，把剛才的話，又對余修初說了一遍，最後叫他把各部和營業大廳裡的先生們也寫一份名單資料，在打烊前交出，並叫余修初通知所有職工：「明日打烊之後，都到樓上議事廳，我有話說。」

「是。」

隨後，胡雪巖將建立制度的打算，向余修初說了一遍。

「我也是這樣想，」余修初說，「但還有一條，穿衣著裝也要有個區別。」

「你講的對，」胡雪巖說，「否則，就沒上進心了。」

□

是夜，胡雪巖在花園裡徜徉著，暮春的月光比平時更明朗，如水般地在牡丹花圃裡搖曳著皎潔的光輝。整個花園靜悄悄的，偶而有幾聲蛙鳴，但由於季節未到，那叫聲音似乎不成個調。然而，今夜的胡雪巖對夜幕下的景物，似乎沒放在心上，他所想的是，如何趕上北京的同仁堂？但眼下的胡慶餘堂，從職員員工到工作條理，像月光下的一片樹影，模模糊糊、搖搖晃晃，還沒有一個能和同仁堂媲美的完整制度。他知道，單純憑藥店的建築輝煌、屋宇的深邃、構造的精良，那只不過是胡慶餘堂的表相，若要使它紮根土壤、開花結果，「人」是第一要素。如沒有一套完整的制度，這部「胡慶餘堂藥王暢想曲」就少了一條主旋律，而那主旋律正是「人」——人的精神、人的凝聚力和向心力。只要有了這個，胡慶餘堂才具有旺盛的生命力。

「胡大先生……，」小玉的聲音。

「啊……？」

「您抽個籤吧……。」說著走過來了。

「不抽了，今天在你主子屋裡休息。」

小玉心裡明白，知道大先生今晚要工作，她急忙回去向二太太余氏講了一聲，接著便去打掃辦公廳，調整好燭光，沖好了釅茶，然後去廚房，通知夜點心……。

晚上，胡雪巖靜靜地伏在案上，回憶著這兩天的生意，心裡不斷變幻著奇思異想，有時把這富麗的營業廳視若頭生兒，愛如至寶；忽而像是擁有了一位世上無雙的美人，彷彿自己正伸出雙臂熱烈地迎接；有時他感到胡慶餘堂是他親手雕琢的一件成功的藝術品，……想到這裡，他陶醉地把眼睛閉攏，……他一生最富詩意的時刻終於來到了。然而，也正像所有藝術家一樣，面對成功的「作品」，時而陶醉，時而苦惱。是的，他不是得意忘形的「藝術家」，他對胡慶餘堂這部精心傑作，決心要用蘸著心血的筆，一筆一筆地修改下去……。

第一步，他要在人事制度上做文章。

第二天打烊以後，他緩步上樓來到了議事廳，滿屋子的職工見胡大先生來了，刹那間全場鴉雀無聲。前邊擺著一副桌椅，顯然是他的位子，他朝余修初笑著點點頭，然後坐在那張紫檀太師椅上。頓時，令人窒息的沈悶氣氛使人們感到有些迷惑與緊張，他們全身向前探著，想要聽清大老闆的話。

「各位同仁……，」胡雪巖從容地問道，

「能把《戒欺匾》背下來的有幾位……？」

眾人咋舌縮脖地相互瞅瞅，只有余修初和幾位部經理背得出，但他們沒吭聲，只顧尋覓著自己管轄下的職工和學徒，但他們失望了。

「俗話說……，」胡雪巖綳緊了臉說，

「商人之道，以本求利，好像這是天經地義的事。」他忽然放開了嗓子說，

「但是，胡慶餘堂的商人不同！他一隻手投進了兩百八十萬兩銀子，另一隻手還抓著這塊《戒欺》匾！這銀子如果是一個軀殼，這『戒欺』就是它的靈魂和精神，同仁們想想，如果一個人缺少了精神和靈魂，那將是什麼後果？……」

「昨天，丁橋有位老太太來抓藥，她捏著那些檳榔殘片和碎渣，說我們不如種德堂！」

頓時，全場唏噓一片，一下子把目光引到了崔天祿身上，崔天祿感到那些目光像一把把利劍直刺到身上……。

「顧客是我們的養生父母。」胡雪巖接著說，「因此，對不負責的崔天祿，延長學徒期兩年；同時，對學習認真，修製極精的王小富，董作田兩名學徒，決定提前滿師，月薪從本月開始，發給『師傅』的待遇；另外，膠廠孫泰河師傅陞任先生；採藥學徒張廣年陞任師傅，東北採藥組王文紹師傅陞任先生；最後再明確聲明，胡慶餘堂雪記國藥號聘任余修初先生為經理；其他各部經理、管事、組長的任撤，由余經理全權負責。」

余修初朝大家微笑著點點頭。

「為了確認自己的職務，促使同仁們奮進，我們國藥號所有人員，服裝不能混雜：

擔任先生的一律穿長衫；當師傅的，不得穿長衫；學徒和幫工，一律穿短衫；集體勞作的師徒，如挑水都要穿號衣。以上，一旦發現服飾有誤，不管是誰，降級或開除……」

「胡慶餘堂全體先生和師徒，每半年考核一次。考核有兩個內容：第一，背誦《戒欺》，要達到戒欺的要求；第二，擔任先生職務者，要能鑒別藥方，能開處方和製劑配方，獻密方、驗方者有獎，同時要會經營和會寫會算；擔任師傅者，要熟悉本行業，切藥、熬藥、製藥、採購等，都應操作熟練，要經驗豐富，能帶徒弟；學徒和臨時僱工，除去雜務、搓藥、學手藝之外，任何一個人，都有提陞的機會，甚至破格提拔；好的學徒，經過考核，也可以越級陞為先生。反過來，先生當不好，也可以降為學徒，有嚴重過失者，也可以除名……」

「當然，這三級職工，薪俸不同。再者，我們胡慶餘堂還設立了三種特別薪俸：第一，對創建胡慶餘堂有功者、有貢獻者，獎勵永久性的『功勞股』，我宣布第一批榮獲功勞股的有：余修初，袁古農，潘鳴泉三位先生！」

「啊……！」全場交換著驚喜和羨慕的眼神兒。

「還有，」胡雪巖又說，「為胡慶餘堂效力至年老、體衰、傷殘者，視其工齡長短和勞績，照原薪發放『陽俸』者是張道逸老先生，順便說一句，凡對胡慶餘堂做過貢獻，年盡死亡或因公死亡者，均享受『陰俸』，使其家屬能夠生活下去。希望全體同仁都有一顆戒欺的心，切記採辦務真，修製務精，胡慶餘堂是大家的，就這幾句話，開飯吧！」

胡雪巖的幾句話，像把火種，把大夥的心引燃了，一股向上的精神感召，猶如錢江的大潮，形成了不可阻擋的力量。

不過，崔天祿的家裡卻不安靜。開始每周回家時，他不願讓人看到他那沮喪的臉，天氣雖然逐漸轉熱，但有時他會顫慄發抖，往往因一點小事而大發脾氣。當然，做父母的對子女某些細微變化，都特別容易感受到。

一天，他母親笑呵呵提起他的婚姻大事，他只是把頭埋在胸前，沒有一絲反映。

「天祿，說話呀。」母親嘮叨著說，

「你呀，都十九歲了，咱們答應人家的，滿了師就娶親，可你怎麼一點也不急呢？」

「嗨呀，」崔天祿悶著頭，擰著眉，喊著說：

「您怎麼老提這個事呢！」

「我不該提……？」

「您？嗨！真是哪壺不開提哪壺。算了，往後推！」

「推多久？」

「兩年！」

「你得了『陣頭瘋』啦？一推就是兩年。人家姑娘家可不答應。哦，老大的閨女養在家裡？誰看得起？我看你越大越不懂事了……。」

「你說話呀！」

「您知道，做學徒的不能娶親！」

「還有三、四個月，就當師傅啦！」

「我滿不了師啦！」

「啊？」母親吃了一驚，直楞楞地望著兒子：「為什麼？」

「嗨，別問啦！」

「不！明天我到店裡去，找胡大先生問個明白。」母親說著便抹著眼淚走出去了。

崔天祿猛地站起來，痛苦地望著母親的背影，張了張嘴，一個字也沒勇氣說出來……。

第二十六章

崔天祿的母親滿腹疑團地走到胡慶餘堂門口，頓時被恢宏的建築和錯落有致的迴廊曲徑震懾得不敢進去，然而心中卻又暗暗感到驕傲，兒子能在這爿宏偉的國藥號裡作學徒，而且將要滿師成人，簡直是前世修來的。最後，她以顧客的身份悄悄地往裡走去，又放開膽子問了店堂先生。

「向您打聽一下，那掌櫃的……？」

店堂先生對櫃台上的余修初說：「有位老太太找您……。」

「老太太，」余修初笑問道，「買啥兮？」

「不……」崔母苦笑笑，問道，「您是經理……？」

「啊。」

「我想問問，我那兒子……。」

「兒子怎麼啦，生的是什麼病？」

「不……，他叫崔天祿……。」

「哦……，」余修初一擺手，「您請到後邊來。」

余修初前邊引路，把崔天祿母親領進了「耕心草堂」，正巧，胡雪巖在這裏悉心地閱讀著二十九處阜康支店的營業報表及二十六家典當舖的經理任免意見……。

「請坐吧。」余修初把手指了指椅子說。

胡雪巖抬起頭問道：「誰呀？」

「崔天祿的母親。」余修初回答說。

「有什麼事……」胡雪巖笑了笑，「請說吧。」

「嗨，實際上也沒啥事，」崔母悄悄朝房中的陳設瞅了瞅，「我是說呀，我那兒子要娶親了，我……我想跟您說一聲……。」

「他不能娶親。」余修初沉下臉說。

崔母「刷」地一下臉色變了：「不能……？」

「嗯。」余修初說，「胡慶餘堂自招收學徒那天起，就訂下了規矩。本來，還有三四個月就可以滿師了，可他……違犯了辦店宗旨，工作不負責任，學徒期延長了兩年。」

崔母一聽，腦袋「嗡」地一下，差點昏過去。須臾，她黯然神傷地望著余修初，沈吟著說：

「怪不得每次回去，總是愁眉苦臉的，鬧了半天原來他犯了規矩啦⋯⋯。唉！」她捶了一下大腿，

「這叫我怎麼跟人娘家說去⋯⋯。」

余修初用眼色徵詢了一下胡雪巖的意見。

「這好辦嘛⋯⋯」胡雪巖冷冰冰地說，

「娶親嘛照常娶，要跟人家講清楚，工作態度不好，延長了學徒期。」

「可是他沒錢養活媳婦呀！」崔母著急地說。

「我們給他補助！」胡雪巖說，

「但要立個字據，兩年後仍然不能升師傅的話，開除他本人不算，還要退賠兩年的補貼費；如果他表現得很好，我們可以考慮讓他提前滿師。」

崔母聽到後半句，彷彿那被壓抑的心扉，露出了一扇天窗，頓時，那滿臉的愁雲像是被暖風吹走了一般，站起來笑道：

「只要掌櫃的有後邊這句話，我死活也讓他早一點滿師，不然，人娘家也瞧不起這個無腳女婿呀！謝謝了，掌櫃的，費您心啦。」

崔母千恩萬謝地走出去了。

俗話說：敗子回頭餓死狗。此話不假，崔天祿經過這一番折騰，整個人都變了，在延長學徒期的彈性決定上，使他增強了信心，幹起活來一絲不苟，技術上也駸駸日進，然唯一壓在胸中的一塊石頭，則是胡雪巖的這責罰決定，不脛而走，連丁橋小河村劉老太也知道了。在她的心中喜憂參半：喜的是一位穿黃馬褂的老闆，居然派人給她換藥，而且送到鄉下來，憂的是因幾片檳榔片不合格而使一個學徒延長了學徒期，她有些不安，甚至有點兒內疚……。她把這件事傳遍了全村。

就在第二次配藥時，她替學徒說情了。

夏日的一個上午，劉老太趁著清晨的微微涼意趕到了城裡，一走進胡慶餘堂的石洞門，只見鶴頸長廊的右側牆上，掛了三十多塊金字長匾，而這批註明藥物主治功能和用途的中成藥牌，她雖看不懂寫的是什麼，可是那輝煌而莊嚴的氣氛，使她彷彿進了大雄寶殿，像是佛祖微睜慈目眷憫世人、舉手指點迷津的勢態。她看了一遍藥牌子，轉身進了營業廳，先是配了四帖藥，在包裹時，她悄悄瞥了一眼，「啊！檳榔片又薄又完整！」她從心裏嘆了一句。隨後問櫃台先生：

「請問，那位穿黃馬褂的掌櫃在嗎？」

「哦，您找他有事嗎？」

「唉！我上次……不該說檳榔片的事。聽說一個切片的學徒為了我這件事……受罰啦？」

「受罰也是應該的，」櫃台先生說，「我們老闆訂下的規矩……。」

「你們老闆在哪兒……？」

「從後邊出去，有四個字的那間屋子。」

劉老太走進後院，見到「耕心草堂」四個大字，她只顧在門外朝內張望，不料屋裡有人說話了：

「劉老太太，怎麼，檳榔還不行……？」

胡雪巖見到老主顧，暫時中斷與余修初、袁古農、潘鳴泉幾位先生對於製藥工具的討論。

「喲！」劉老太邁進門檻便發現了胡雪巖，

「我呀，求您個事……。」

胡雪巖笑著說：「有啥事請坐下說。」

劉老太看看眾人，囁嚅地說：

「聽說……切檳榔片的徒弟……受罰啦？」

「啊。」

「不罰行嗎？」

胡雪巖一時語塞了，只是微笑笑。

「掌櫃的，」劉老太說，「我只是看了一下檳榔片，說了句不中聽的話，您就把藥換了，而且還送到家裡去，怎麼……為我買藥的事，聽說切藥的學徒受罰了？」

「不對嗎？」

「不對！我要替他說說情，看在我老太婆的面子上，就別罰他了。」

「老太太，」胡雪巖問道，「您聽誰說的……？」

「送藥的年輕人，到我家來了三趟……，每次都道歉。您知道他那個親家嗎，就是我們丁橋的……。唉，快娶親了，全村都知道這事兒，您就別罰他了吧……。」

「老太太，您說，是他用次品罰病人好呢，還是罰他一個人好？」

「這……這，反正我……講不出個道理來，我只覺得這孩子可憐巴巴的……。」

「行啊。」胡雪巖大大方方地說，

「有老主顧替他說情，我們就看他的今後表現了。」

「好，好，拜託啦，掌櫃的。」

劉老太太走後，胡雪巖對余修初說：

「沒想到，延長了一個學徒期，驚動了一個鎮，嘿嘿，有意思。」

「處罰一個也有好處，」余修初說，

「您看作坊裡，幹活的勁頭就是不一樣。不過，崔天祿的事，如果按現在的積極性發展下去，是可以提前撤銷他的處分……。」

「好吧，」胡雪巖說，「咱們還是言歸正傳。」

劉老太走後，插曲結束了，會議又回到了主題——製藥工具。

「我認為，」潘鳴泉老先生說，

「眼下急需要改進的是『紫雪丹』的製作工具，此藥是採用了《太平惠民和濟局方》，該方規定最後一道工序不是銅鏟鐵鍋……。」

「用什麼……？」胡雪巖問。

「金鏟銀鍋。」

「為什麼？」胡雪巖好奇地問道，「這裡頭還有什麼講究嗎？」

余修初接著說：

「從傳統醫藥學來說，許多藥材皆由天地絪縕而化生萬物，相摩相盪，蘊蓄凝聚。悉為山川靈秀所鐘，幾種藥材結合起來便成『方』，方能體現藥的綜合作用，放在鐵鍋裡炒，等於增加了『鐵』的成份，破壞原方的作用，或是改變了原方的性能。尤其是紫雪丹，它的配方作用，是鎮驚、通竅的急救藥，如果仍用銅鏟鐵鍋，急救效果會發生變化……。」

「嗨呀，」胡雪巖笑了，「怎麼不早說呢？」

「我怕耗資太大啦。」余修初說，

「連北京同仁堂也沒用金子做工具呀！」

「修製務精。」胡雪巖說，
「只要對藥有好處，耗資再大也不怕。算過了沒有，需要多少金子銀子？」
「金鏟刀要二兩半純金，銀鍋要三斤半純銀。」袁古農說。
胡雪巖聽了，覺得這是「小意思」，於是笑了笑，說，
「既然胡慶餘堂投資了二百多萬兩，還在乎一套金鏟銀鍋！修初，純金和純銀，直接找宓文昌，請他從庫房裡提取，你簽個字就行了。」
「好。」
正說著，製劑作坊管事劉雨田來了，他見余經理和胡大先生都在，嘟囔著說：
「余經理，別讓我做管事的了，我……我也管不了，還是叫我回到原來的位子上，我管好我自己就行了。」
「你有這個能力管啊……！」余修初說。
「我沒這個能力。」
「估計……」余修初溫和地說，「你有些困難吧？」
劉雨田指著樓上說：

「這戒欺二字，在他們心裡，根本是耳邊風。您看，我們跟著袁古農、潘鳴泉老先生製辟瘟丹時，多麼嚴格！現在可倒好，你就是磨破了嘴，他們還是不聽！」

胡雪巖聽到這裡，眼睛閉了一會，那胸膛猛烈地起伏著，瘦削的臉上，彷彿正燃燒著一種不可遏止的怒火。須臾，他抬起頭來，收拾起可怕的神態，像風暴過後的海面，恢復了原來的平靜，遂對劉雨田說道：

「劉師傅，說的詳細一點……。」

余修初拉過來一把椅子，劉雨田坐下來說：

「按老先生們的說法，很多講究。辟瘟丹是由七十七味藥組成的，要求製藥時必須把自身洗乾淨，不准吃葷菜，有妻室的前一天就不應該回家，這是自古傳下來的潔身操作要求。現在，這些規定，他們都懂，可是製藥的這天，有幾個人就是不聽。您說，我這個當管事的……？唉，您換個人吧……。」

「不。」胡雪巖一揚手，

「不換，你隨時披露了操作上的問題，證明你是負責任的。告訴我，什麼時候製辟瘟丹？」

「今天啊！」

「余經理，」胡雪巖問，「你看該怎麼辦？」

「我抽查過幾次，但查過去還是老方一帖。」余修初說，

「我覺得必須強化戒欺二字，必要的時候，還可以用崔天祿的處理辦法……。」

「劉師傅，今天操作，幾個人？」

劉雨田扳著手指頭，喃喃算道：「切、炒、煆、研……一共十個人。」

「好，帶十幾條白毛巾，全部打濕。我們抽查一下，在座的幾位一道去。」

胡雪巖說著便起身先行，到了樓上的製藥作坊間，先對散散漫漫的工作人員瞥了一眼，然後問道：

「今天製什麼藥啊……？」

「辟瘟丹。」將滿師的學徒李吉昌說。

「啊，請大家把手上的活停下來。」胡雪巖說。

十個師徒一怔，彷彿有個凶吉未卜的預兆，使他們情不自禁地喘了口大氣。

「誰能講得出潔身操作的規矩……？」

胡雪巖的提問，像課堂裡一樣，幾個年輕人先後結結巴巴地講了三條規矩。

「今天，沐浴過的有幾個人？」

「我洗過了。」

「我也洗了。」

「好，」胡雪巖對李紳坤說，

「找個人，給他們搓背擦胸，最後擦腳。」

李紳坤走後，胡雪巖對大伙說：

「今天是對操作人員的抽查，都把上衣脫下、鞋襪脫下！」

此時，李紳坤帶來一個最好的切藥師傅。

「好，」胡雪巖對這位師傅說，

「請你給他們搓搓背、擦擦胸，最後也勞駕你給他們擦擦腳，記住，每人用一條白毛巾。」

切藥師傅頓時悟出了胡雪巖的用意，他拿起一條條的白毛巾，一個挨一個地擦完，又把毛巾一條條的「對號」擺好。

這一過程結束，有三個人的面孔變了。

首先是胡雪巖的臉孔，「啪嗒」一下，像竹簾子似的，氣得臉色發紅。

李吉昌望著擺在自己面前的那條變黑了的毛巾，萬沒想到事情這樣突然和意外，眼眶頓時覺得火辣辣的，他真想一溜煙跑開，避過大先生那冷颼颼的眼光……。

已經陞任師傅的王一飛，見自己的謊話已被事實戳穿，不知怎的，他的眉睫一上一下地亂跳，好像眼裡有粒沙子，本來那張白淨的面孔，頓時變成了灰不溜丟的醜陋苦像……。

「好吧，」胡雪巖深沈地說，「今天的抽查暫時結束。兩個人不執行『戒欺』的起碼醫德，又不借鑒崔天祿的教訓，已經沒資格成為胡慶餘堂的工人，從今天起，停止他們的工作，結帳後立即離廠！」對余修初說，

「余經理，寫一張告示，公佈於藥廠和膠廠！」

「是。」

李吉昌和王一飛二人傻了，在眾目睽睽之下，「飯碗子」被砸，兩人覺得無地自容，只是垂著腦袋發楞。然而，想得更多的是，被「黃馬褂」開除，再去謀事，恐怕沒人願

意收留，尤其那待遇上的一切，任何一家藥舖，絕不會有像胡慶餘堂所賦予的優厚工薪。

「快穿上衣服吧，」余修初說，

「跟我到帳房算了工錢……，就走吧！」

「不！」王一飛難受的哭了。是的，他捨不得離開胡慶餘堂，他在這裡學徒，在這裡滿師，他對這兒有感情，他曾向自己的妻子表示，畢生安身立命的歸宿，是這片光榮的胡慶餘堂，這下完了，簡直是一場惡夢，

「余經理，我求求您。行嗎……？」

「大先生的決定，是正確的，求我我也無能為力，也是愛莫能助啊……。」

王一飛披上衣服，穿上鞋襪，哭著下了樓，他踽踽獨行在走廊裡，轉身進了耕心草堂，見大先生沒走，他「噗咚」一下跪在方磚地上……。

平心而論，胡雪巖心地是善良的，他不僅以幾十萬兩銀子救濟災區百姓，一般上門求助的孝子，叩一個「孝頭」，他可以賞一口棺材；和尚上門化緣，他可以發願為佛祖鍍金身；背「黃榜」的上門跪下，他立刻付給川資，並為蒙冤者主持公道。但眼前的這一幕，他卻像鐵打的心肝、銅鑄的肺腑，只因《戒欺》是他親自書寫的藥廠道德經，是一

切工作人員的指導思想，是涉及「濟世救人」的大是大非，在這個問題上，不得有半點馬虎，對職工絲毫不能遷就，因而他對跪在方磚上的王一飛，視而不見，並戴上了帽子，拎起了手杖。

「大先生……」王一飛撲過去，抱住胡雪巖的大腿，哭道，

「您……就饒了我這一次吧……！開除我一個……家裡還有父母親……我求求大先生啊……我以後一定改過啦……。」

「放開，」胡雪巖知道走不脫了，又回到了太師椅上，

「我說出去的話，不會改變的。你家裡如果生活上有困難，可以來討著吃，但是違犯操作紀律，一律除名。不然，我胡慶餘堂的牌匾，就毀在你們手裡啦，你們也要體諒我……。」

「不……我不走……！」

「不走不行……」余經理進來插話說，

「公告已經宣布你被除名啦。」

王一飛不響了，那痛苦、失望的眼神兒忽地失去了光澤，他瞪著迷茫而混濁的眼睛，

凝視著牆角，完了！他的腦袋裡頓時空蕩蕩的，像個溺水者抓不著一點可依靠、可附著的東西……。

此時，胡雪巖和余修初耳語了幾句，須臾，余修初嚴肅地說：

「你先起來。」

王一飛慢吞吞地站了起來。余修初繼續說道：

「你不願意走也可以，做為臨時僱用人員，計件付酬。」

王一飛哭咧咧地說：

「能不能和崔天祿一樣，限我兩年改正……？」

「不一樣，」余修初鄭重聲明說，

「他是延長，你是開除。至於能不能恢復你的『師傅』職務，起碼目前沒這一條，這事留待以後考慮。」

「那……我明天還來，行嗎？」

「行！」余修初說，「我去和作坊裡講一聲，但是，你的工裝要改，換成臨時工的服裝。」

「哦，」王一飛應著走出了耕心草堂，那滿臉沮喪的神態，別人見了都感到發慌。

胡雪巖雖然開除了兩個人，心裡也不舒服，像做父母的一來火，把孩子打了一頓，一旦靜下來，也會反思的，於是告訴余修初說：

「王一飛明天來，鼓勵他一下，讓他爭取早點恢復師傅的職位來……。唉，他也幹了三年多了……。」

「我懂。」

胡雪巖拿起手杖正要走，忽見那塊殺鹿的公告牌上填上了日期。

「初四殺？」

「啊。」

胡雪巖細看了一下牌子，上邊是用油漆寫好的殺鹿內容，在日月留空處，用筆填上了日期，只見全文寫道：

本堂謹擇六月四日

黃道良辰虔誠修合大補全鹿丸

胡慶餘堂雪記主人啟

「每次殺鹿時，看的人多嗎？」胡雪巖問。

「呵！」余修初笑著說，「每次殺鹿，就有不少人交錢訂購。開始時沒準備，還真有點措手不及哩。」

「還可以搞得更熱鬧些。」

「您的意思是……？」

「要讓真貨深入人心，必須大張旗鼓，這句話雖然是古代戰爭的陣式，同樣可運用到商業上來。例如，抬著這塊公告牌，打起鮮艷的小旗，抬著鹿，打著鼓，吹著小喇叭，這種陣式必然把百姓引至膠廠，然後當眾殺鹿，這種做法要比單純掛出公告的聲勢還要大。圍觀者即使不買，也是個了不起的口碑。」

「嗯。」余修初笑了笑，說，

「有道理，真貨，就是要大張旗鼓！」

□

不出所料，真貨確實深入人心。

余修初帶著隊伍由養鹿場出發了。前邊兩名彪形大漢托著「黃道良辰虔誠修合大補全鹿丸」的公告牌，後邊是四個人輪流抬著雄鹿，鹿的脖子上披著大紅彩綢，接著便是五顏六色的旗子，本廠的師傅打著鑼鼓，不知從哪請來了兩個吹鼓手，小喇叭吹得震天響，那豪放粗獷的調子比娶親還熱鬧，街上的行人好奇地隨著隊伍前行，不斷地發出嘆慕的呼叫。駐足於邊道上的人們，所有目光都射落到那塊公告牌上，然後，不約而同地瞅著這隻雄鹿；有的青年人擠進了隊伍裡，吹鼓手晃著喇叭口示意他們走開，末了卻連自己也跟著大夥喝起彩來。隊伍從清波門出發，兜了半個杭州城，從官巷口，轉到清河坊，穿過大井巷，往清波門走去，然後才回到養鹿場。

在一片空地上，當眾殺了這隻雄鹿。

人們紛紛議論著：

「胡慶餘堂……好傢伙，動真格的啦！」

「哼！除了胡慶餘堂，要是別的藥店，不可能……！」

一位進城來的鄉下老大爺，湊到余修初旁邊，好奇地問道：

「先生，這鹿……也是藥？」

「哎呀老大爺，鹿身上的東西，除了毛以外，全都能做藥！」

「哦……。」

余修初經這一問，頓時想出一個新招兒，就在這殺鹿的當兒，他到廠長室裡立刻寫了一張關於鹿藥的介紹，從鹿茸、鹿鞭、鹿骨直到全鹿丸的功效，簡單明瞭地貼在牆上。

霎時間，訂藥的顧客雲集在帳房窗口，使帳房先生顧不得揩汗。

副廠長沈良德剛從製膠作坊裡出來，剛才那位鄉下老大爺迎面走過去，問道：

「先生，我剛訂了一盒全鹿丸，能不能再訂一盒新膠……？」

「老大爺，您搞錯了。」沈良德解釋著說，

「驢皮膠可不是吃個新鮮，要吃陳的，我們這裡做好，需等三年以後，才能上櫃。」

「為啥？」

「新膠火氣太重，放三年，等它火氣消了，才能吃……。」

「那放三年的……到胡慶餘堂去買？」

「對！」沈良德正說著，只見胡雪巖的轎子已來到了膠廠，停轎以後，胡雪巖走出來，沈良德迎了上去，

「您……有事嗎？」

胡雪巖笑笑：「沒……事，我只是來看看……。」

一邊說著，一邊往人群中走去，他高興地看著這既像廟會，又像市場的場面，彷彿一個藝術家見到自己的傑作似的，深深透了口氣。

「大先生……。」余修初也跑過來，笑著說，

「您這個主意很有效。鑼鼓一敲，喇叭一吹，您瞧，跟來這麼多人，那訂購全鹿丸的人，都來不及應付了！」

「好……好。」

「大先生，」胡宅帳房戚夢卿匆匆來到膠廠，急著說，

「蘭州來人了。」

「哦？」胡雪巖精神為之一振，心想：一定是左宗棠派人來了。於是上了轎：

「張保，回去！」

□

胡雪巖回到了大宅，潘寡婦早在大門內等了，待轎子停下，潘寡婦上前說道：

「大先生，蘭州來了兩位，在客廳等您呢。」

「哦。」胡雪巖進客廳一看，是席步天和趙署明來了，

「哈……一路辛苦了。」

「大先生，」席步天說，「織呢機運到了蘭州，按原定計劃招工培訓，現在已經開始試產了。」

說著便打開一只包袱，亮出一條紅色細呢毛毯來，

「您看看，這是頭一批產品。」

「啊……！」胡雪巖接過來，用手撫摸著笑著說，

「這……可是道地的國貨呀！」

他流露出無限的喜悅，這時候，他就像一個初涉文壇的學子，抱著自己帶著油墨香氣的第一部出版物，在奇異的幻景裡，笑得瞇了眼睛。

「試銷了一下，」席步天說，

「這樣的毯子，可以賣到漕平銀一兩五分。不過，從開機以來，幾個月內還沒有獲得多大的利潤，因為試產試銷，加上德國工程師福克和九位德國技工的開支比較大……。」

「別急，」胡雪巖說，「萬事起頭難。找到了螃蟹窩，不一定伸手就能抓到螃蟹，你們只要注意，質量想盡辦法超過外國貨，但售價要低於他們一成，銷路你們放心，這東西真正是『皇帝的女兒——不愁嫁』。不過……你們應切實掌握住這個織呢廠的性質：是『官商私辦』，對外，是左宗棠的甘肅織呢廠，對內來說，是我一家投資的，每月從純利潤中提取百分之二十，交當地藩台，其它存入阜康，單項列帳，幾年之後，利用這筆錢擴大再生產。總目標是要讓我們的毛織品佔領主要市場。……見到左公了嗎？」

「他……人還在新疆，我一個人去了一趟。」

「難走啊！」胡雪巖驚奇地說，「沙漠地帶，一個人走怎麼行？」

「哈哈，您還不知道呢，」席步天說，

「左大人一出嘉峪關，就沿途插柳，開始只不過是為了歸途樹個標誌，沒想到柳樹全活了，加上積久成蔭，風景也變了樣，路上駱駝商人也多了，一路上倒不覺得可怕……。」

「他的身體還好嗎？」

「好，我見到他老人家時，正有一位湖南文人去拜會他，這位文人還獻給他一首詩……。」

席步天說著便從衣兜裡掏出一紙詩鈔，遞給了胡雪巖，胡雪巖接過來讀道：

大將征西久未還，
湖湘子弟滿天山。
新栽楊柳三千里，
惹得春風度玉關。

「這詩寫得好啊……！」胡雪巖讀罷了詩說。

「可不是嗎？」席步天說，

「文人唱詩，左大人擊拍，高興得喊著要酒喝……！另外，左大人叫我帶個口信給您。」

「是借款的事吧？」

「是的。他說明年務必解到。」

「這事，我知道了。」胡雪巖說，

「他如果到蘭州，你就告訴他：請他放心，準時解到。」

二人正要起身，潘寡婦進來稟道：

「大先生，當舖總管張得發先生來了。」

「我們走了。」

席步天和趙署明起身告辭後，潘寡婦悄悄對胡雪巖說：

「張得發押鏢來的，箱籠都在大廳裡，他請您去驗鏢蓋印……。」

「哦！」胡雪巖匆匆來到大宅正廳，只見五擔箱籠和二人抬的一只一人高的景泰藍大瓷瓶。他一抱拳，笑著客套了一句：

「諸位，辛苦。」

張得發拿出鏢簽，說：

「這是武漢、福州、上海三大埠口集中的『死當』，請您驗收一下。」

「路上沒發生意外吧？」胡雪巖接過鏢簽問道。

「沒有，十幾位弟兄也很賣力，挑擔的朋友們也馬不停蹄地奔走、裝運、搬卸……。」

「不用驗了。」胡雪巖把簽單交給帳房戚夢卿說，

「蓋上我的章子。另外，每位鏢頭和腳力工友，除工錢以外，每人賞十兩銀子。」

「是。」戚夢卿打發鏢行人走了之後，按清單一一入帳，並分門別類地堆放在一起。

「潘大嫂，」胡雪巖說，「快叫二太太把這批東西放在養心閣裡；你再叫梨園院的丫頭們仔細地搬運，夢卿監督搬運完了，和劉升一起，把這大瓷瓶搬到客廳來……。」

胡雪巖打發完了之後，拍拍張得發的肩：

「走，到客廳裡休息一下。」

二人進了客廳，早有丫鬟們打好洗臉水，切好了西瓜，只留一個小丫鬟坐在牆角拉著天花板上的扇繩……。

「今天送來的是省外的『死當』，浙江境內的還要等一個月。」

張得發脫掉了夏布長袍，擦了把臉說，「上次我讓人帶來的任免名單您看了嗎？」

「看了，就按著你說的辦吧……」

「不瞞您說，」張得發笑了笑，「我已經『先斬後奏』了。」

「可以。」

胡雪巖對張得發懷著一種特殊的信任。也許，張得發和他都沒讀過幾年書，只憑著一股韌勁和幹勁，將一切該負責的工作，身體力行，只因文化水準不高，沒有領導經驗，就像揹著石頭過河，他要比別人付出更多的努力與代價啊！胡雪巖望著這位忠實的總管，便十分放心地說，

「先斬後奏也好，先奏後斬也好，都是你總管的權利，你只要向我備個案就行，不然，我到哪爿當舖裡，還不知道經理是誰，那不就成了笑話……。」

胡雪巖說到這裡，忽然發現張得發額頂上擴大了一片禿腦門，深知他為胡家的典當業付出了不少心血，於是笑了笑說，

「大膽地管理起來，不要像個新媳婦，看著公婆做事，那還有什麼熱情？得發……，我想把你這個典當總管，改成總經理，這樣，你可以甩開膀子幹了。」

張得發萬沒想到胡雪巖讓他當總經理，他閃爍著驚喜、感激的目光，喃喃地說：

「行嗎……？」

「行！只有這樣，你才有權抓好典當業。」

其實，胡雪巖早就對他做了全面的考核，故而大膽地任用，而窮苦出身的張得發，能爬上總經理的寶座，其耿耿忠心也就不言而喻了。

「大先生，還有一件事。」

「請說。」

「我從上海來時，戚翰文先生叫我轉告您，說是上海道邵小村，要找您有大事相商……。」

「邵小村找我……？」

胡雪巖一怔，他深知邵小村（即邵友濂）是李鴻章的親信，而李鴻章與左宗棠政見不一，由來已久，李親俄，左拒俄並直搗伊犁……。

「他，找我何事……？」

胡雪巖思索了良久，百思不得其解。

第二十七章

其時，邵小村並非上海道，而是總理各國事務衙門的一名章京（文職秘書）。這年，他為調查抗俄的軍事實力，專程調查左宗棠的服裝局和轉運局，也許，那前呼後擁的氣派，給戚翰文一個感覺：這位邵小村起碼是個道員。到張得發傳話時，乾脆改成了「上海道」，怪不得胡雪巖聽了傳話，腦筋一下子沒轉過彎來。

不過，胡雪巖還是來到了上海。

「邵小村來過啦？」

戚翰文形容著說：

「嚄！大小官員陪著來的。」

「什麼事？」

「他說有要事找您。據說，軍裝局、轉運局他都去過了……。」

「這小子是餘姚人，用錢捐了個員外郎，現在補上了章京。他來，還不是替總理各國事務衙門調查一下抗俄的實力，說不定還是李鴻章派來的呢。算了，不提他了。龐雲繒來過了嗎？」

「來過了。」

「形勢怎麼樣？」

「他說，絲的生意越來越不好做，聽說連天津的怡和洋行也到湖州了。我就想不通，為什麼上海、天津都是怡和洋行，他自己跟自己也搶購蠶絲……？」

「這有啥奇怪的，」胡雪巖說，

「外國人他爸爸和兒子還搶生意呢！……老龐下去了？」

「這次他僱了很多人，也準備豁出去了。走的時候，從我這裡貸走五百萬兩！」

「拚勁我贊成，膽子還顯小了些。」

「還小？」戚翰文說，「這個人的性子原本還更小哩！那是您給他鼓氣，他才敢超出英國的開盤價收購。」

胡雪巖笑笑，說：

「跟外國人競爭。只要吃準行情，高價收進來，他就加成買走。如果他把大部份都收到手了，你再高價收進轉給他，他一搖頭，你就得虧。所以，我主張放債收購，幾個月內無息貸款，然後再找他們高價收購，外國人收不到，我們就有利可圖啦。」

「龐先生在絲生意上是個高手，他也不敢冒太大的風險……。」

「我……有這樣一個主意，」胡雪巖用徵詢的目光望著戚翰文說。

「我想在杭嘉湖一帶買一萬畝土地，全部種桑，然後搭工棚僱工養蠶，我算了一下，比高價收購合算。」

「這當然好啦，除了土地不動產，其他成本核算之後，除去工資，剩下的都是利潤，而且還非常主動。」

「好，你能支持就好。另外……轉運局的協餉怎麼樣？」

「各地解來的協餉，除了還給阜康兩百萬兩以外，加上付洋債的利息，剩下的不多了。」

「王郁清在上海嗎？」

「在。」

「你給我開一張一百兩銀票。」

「哦。」

戚翰文寫了一張銀票交給了胡雪巖。胡雪巖接過銀票看了一眼，順手裝進了衣袋：

「還有一件事，我叫德國泰來洋行給左公買了一套挖金機，如果價格不貴，就由阜康出錢，贈送給陝甘好了。」

「行啊，你交待的嘛，總要照辦嘍。」

「我到轉運局去一下，今天晚上我就回去了。」

「還有個事兒，要跟你商量一下，」戚翰文說，

「現在怡和、寶順、旗昌三家洋行，有十二條全副武裝的鴉片走私飛剪船，他們來聯繫了幾次，要求我們做幾筆洋藥生意，佣金百分之三，我算了一下，售出去的收入，從紋銀中還可以拿到百分之二到三的升水，這樣既有高額佣金，又可高價出售的生意，利潤相當不錯，你看這種生意能做嗎？」

「走私來的白土，不同於易貨來的白土，我賣的光明正大，這種飛剪船來的東西，不碰為好，一但有個失手，連左公都跟著我們揹黑鍋，我看，這種錢，還是讓別人去賺吧。」

戚翰文聽了，覺得有理，雖然碰了一個軟釘子，也不感到難堪，因為胡雪巖身上有一股威嚴正氣，使得他不得不服。

□

胡雪巖離開了阜康銀號，來到了轉運局。

正巧，王郁清在籌備軍裝。胡雪巖初進來他也沒看到，正望著牆角出神。

「郁清……」。

王郁清驀地一征，見是大先生來了，急忙搬椅子沏茶：

「您先坐一會，我把事情交待一下。」

說罷，跑進後邊大倉裡，過了不久便急忙奔出來，笑呵呵地說：

「您到上海有事？」

「我來看看。你現在做什麼哪……？」

「準備到新疆，左大人還要些夏天的軍裝。」

「來不及了吧……？」

「大批的已經送走了。」

王郁清忽然想到大先生榮陞的事，故說道：

「聽說您榮陞了，向您賀喜呀！」

「嗨，左公請賞於我，你們也與我同心謀事，我心中自然明白……。」

說著便掏出那張壹佰兩銀票，

「你嘛，日夜奔波，往返勞頓，這一百兩拿去，讓老婆孩子也換件新衣裳穿……。」

「這……？」

「我知你辦事清廉，這是對你的獎勵，拿著吧！」

王郁清受寵若驚地伸出顫抖的手收下了。他誠懇而激動地望著胡雪巖，深情地說：

「謝謝大先生啦。不過，我至今沒有妻小，這錢我存起來……。」

「你沒家室……？」

「嗨，打十幾歲跟著左公，到了杭州當一名檢校官，還沒站穩，又去辦錢江義渡局，後來您又栽培我到這兒來，中間又幹了一段糧台工作，哪有時間去想這個事去。」

「這就怪我嘍。」胡雪巖笑著說，

「不過，轉運局的總辦可要學會點領導方法，每趟長途你都去，既影響了別人的積極性，又耽擱了自己的大事。好吧，今天交給你一個新任務，但務必完成。」

「您儘管吩咐。」

「兩個字：娶親。」

王郁清傻笑笑：

「哪有這麼快……。」

「戚襄理家的那個萍兒，見過嗎？」

「見過。嗨，您別逗我啦，人家水靈靈的一朵花，能插在我這個……？」

「她高攀你還高攀不上呢。」胡雪巖說，

「這事由戚襄理包辦，你這趟回來就成親！」

戎馬轉運十餘年的彪形漢子，一聽娶親，臉色尷尬地變了，像喝醉了酒……紅到了耳根。

「啊，有件事差點忘了！」王郁清說，

「左大人現正指揮開鑿涇河，聽說外國有開河機器，請您和洋行商量一下……。」

「啊！他提起過，要把這條河開成二百里的正渠，必須加深加寬……。」

「左大人說，只要機器運到，費用由甘陝糧台支付。您捐給西北災民的款項，都是用在以工代賑的辦法開鑿涇河了。他說，若能訪求到機器，再僱幾位外國技師來。」

胡雪巖站起來說：

「走，跟我到泰來洋行去。」

王郁清把銀票放進貼身衣袋裡，換了件新的白紡綢長衫，隨胡雪巖來到德商泰來洋行。

洋行大班呂斯和亨特見到胡雪巖，老遠就伸出了手，熱情表示歡迎，待雙方坐定，亨特說：

「採金機已經來了，本來我們想去阜康……。」

胡雪巖把手一攤，介紹說：

「這位是我們轉運局的總辦，王郁清先生，我如果不在上海，他主持一切工作。」

「哦，頂好，頂好。」

亨特說了一句蹩腳的漢語，王郁清還沒聽明白，只是點頭笑笑。

「採金機的價格訂了嗎？」胡雪巖問。

「很便宜，」呂斯說，「這種機器體積小，靈活，包括運費共價二百磅（是時每磅合中國銀四兩二錢左右）。」

「哦，」胡雪巖心想：不貴，如果真能採金，這倒是一本萬利的事。繼而把話題一轉，問道：

「不知挖河機貴國生產嗎？」

「您已經有了。」

「有了？」

「隨著織呢機，就有配套的開井挖河機。」

「已經使用了。」王郁清說，

「但河底堅石很難開掘，聽你們技師說，若掘開河底的堅石，還要配備一套開石機器……。」

「哦……這種機器有，如果胡先生需要，我們一定從德國名廠選購。」亨特說。

「請廠裡寄一份機器規格，同時也給我一個價格估算。大概還要聘幾位名技師……。」

「可以。」

「我們看一看採金機好嗎？」胡雪巖問。

「請。」

亨特與呂斯陪著胡雪巖、王郁清二人來到大廳，映在他們眼前的有武器彈藥、洋鐵、洋釘、洋布以及各種機器圖解，然而更醒目的則是一部小巧玲瓏的機器，上邊還掛了一塊小牌子，用漢文寫著「胡雪巖先生購」。

「有意思。」胡雪巖心想，

「用我的名字宣傳他們德國貨，哈……。」他隨手摘下了牌子。

此時，譯員對機器的使用介紹了一遍。

「好吧，」胡雪巖說，「請裝箱，過幾天，王總辦帶現金取貨。」

說罷，與亨特等一一握了手。王郁清也學著大先生的樣子，伸出了手……。

胡雪巖二人離開泰來洋行，僱了一輛馬車，回到了阜康。王郁清正想回轉運局，胡雪巖一把拉住他，笑著說：

這時，已是下午四點多了，胡雪巖一進後屋，便告訴戚翰文：

「今天晚飯在這兒吃，請你告訴廚房，增添幾個菜……。」

正說著，孫亦建來了，笑著說：

「我們戚老先生留了兩瓶十年陳酒『女兒紅』，專等大先生來。」一抬頭，

「喲，王總辦，快請坐，別去啦，在這吃晚飯，我去關照一下廚房……。」說罷走了。

「哈，倒底是年輕啊……」戚翰文望著孫亦建的背影說。

「老戚……，」胡雪巖說，「你……有六十五了吧？」

「六十六啦，」戚翰文說，

「我把亦建調理好，也該告老還鄉了！」

此時，萍兒托著茶盤進來，一個個地獻了茶，待萍兒退下後，胡雪巖輕聲問道：

「老戚，這萍兒有主了嗎？」

「嗨，姑娘一大，上門的就多，連對面布莊的老闆也託人做媒，她主母誰也沒答應！」

「晚飯在這兒吃……」

「我要是做媒人呢？」

「誰，您……？哈哈……那她就沒話說啦。您說是……誰家？」

胡雪巖往王郁清這邊指了指。

王郁清「刷」地臉色通紅，心裡好像有隻小貓，張開爪子抓撓著他的心，真是有點坐立不安了。

「大先生作媒，又是轉運局的總辦，這事，我作主啦！」

王郁清聽了這話，更覺得侷促不安，腦袋嗡地一下，仿佛騰雲駕霧一般。不過，他清楚地知道，憑自己的年齡，能娶上這麼一個小妞，真是天大的福氣，這都是胡大先生的恩澤呀……。

「既然你能作主，」胡雪巖像是決定個大事一樣，「等郁清這次回來就辦，一切費用由阜康支出。」

「你放心，」戚翰文說，「一定讓總辦大兄弟臉上有光。」

晚飯過後，胡雪巖和王郁清走出阜康，胡雪巖交待了幾句購買挖河機和運送採金機的事，然後僱了輛馬車，往三馬路宿花地去了。

□

第二天，胡雪巖帶著一身香汗乘船回到了杭州，剛進大宅，潘寡婦就迎上來說：

「龐先生等了您一天了。」

「告訴他，我去換件衣裳就來。」

讓客人再等，尤其是生意同道，這是胡雪巖從未有過的事，當潘寡婦來客廳報信時，龐雲繒心中便升起個問號：

怎麼啦，等了一天不見一面，先去換衣裳？

其實，胡雪巖昨夜在「書寓」裡，廝磨鬢粉，消耗了精神，早晨又趕乘頭班客輪，一路勞頓，體力已有些不支，此時唯一能使他振奮精神的就是「白土」，所以他迫不及待地奔至二太太房間，由小玉伺候著，眯著雙眼，托著煙槍悠悠地進入了另一個世界，如果龐雲繒沒來，他早就墜入爪哇國去了。

「二太太，」潘寡婦立在門外，輕輕地呼喚著，「請大先生會客去吧，龐先生等急了……。」

「喔，就來啦……」余氏把胡雪巖扶起來，小玉遞上了濕毛巾，胡雪巖接過毛巾揩了一把，站起身來伸了伸胳膊，然後精神抖擻地來到了客廳，一抱拳，笑道：

「實在對不起，聽說你來了一天啦？」

「嗨呀，要不是你們女管家這麼殷勤，我可真的坐不住了。」

「不瞞你說，你給我引薦的那個小白妞，嗨，死乞百賴地要跟我從良，不答應她就死磨硬纏著……。」

「那就接出來吧。」

「不……」胡雪巖坐下來笑著說，

「我在上海總要有個外宅呀。乾脆，把『書寓』一類的招牌砸掉，把房子修葺一番，給她們留下點銀子，算我在上海的一個落腳點吧。嗨，不談這些瑣事了。戚翰文說你到嘉興去啦？」

「啊，派出去的人，總要去檢查幾遍。有人很負責，坐莊收購，行情也靈；有的人拿了薪水不幹正事，甚至把資本當了賭本。你說，不去走走怎麼能行！」

「幸虧你還有一批得力的行家高手。」

「是啊，全靠他們了。」

「今年潮水怎麼樣？」

「看好。」龐雲繒快言快語地說，

「今年哪，我把鋤頭舉得高高的，一鋤頭下去，刨到根上，一方面我給無息貸款，坐莊收購；另一方面，村長、地保我全給了銀了，繭子一上山，他們就為咱們服務。縣官不如現管，他們一吆喝，比誰都靈。」

「這招棋好，」胡雪巖一拍大腿，

「到洋人來收購，已經釜底抽薪啦。」

「你要知道，外國洋行資本足，」龐雲繒一本正經地說，

「第一，他的開盤價就是個信號，甚至讓你捉摸不透；第二，最後還是要回到他手裡，價格沉浮由他說了算；第三，絲價年年下跌，我們投資太大，弄不好就要虧；第四，海陸運輸，雖然比以前好了很多，但是，中國的航海權早就失去了，他能來，我不能去，中國的貨不能直接銷往國外，真正操縱市場的還是外國人，因此，我們這幾年，像走鋼

絲一樣，有一定的冒險性……。」

一席話，使胡雪巖沉思了半晌。他怨恨自己沒有能力控制中國的蠶絲市場，他更恨中國經濟命脈操在外人手裡。說來說去，還是朝廷不爭氣，連個航海自由權都輸光了。他雖是滿腹怨忿，也只能做本能的反抗，就是在生意上與洋人爭個高低。

「雲縉，我就不相信，在中國的土地上做生意，居然鬥不過洋人？」

「嘿嘿，事實就擺在眼前，任你怎麼跳，也逃不出如來佛手心兒。正如你講的『鬥不過洋人』……哼！左宗棠敢鬥，打垮了阿古柏侵略部隊，把俄國趕到邊境，那又怎麼樣呢，你就等著瞧吧，打了勝仗，還要賠償人家的損失，這就是中國的現狀。」

「是啊。」胡雪巖不能不承認這個事實，他只是冷笑笑，說，

「咱們商人和洋行打交道，我總覺得欠一把火，就像燒不開的一壺水，這一把火最有效力的應該是清廷。但是，靠朝廷，眼下我沒這個奢望，所以這最後一把火還要靠我們自己……。」

「你的意見是……？」

「聘請絲行『師爺』，研究外國市場，這兩項我們不需要政府幫助，這一把火如果能

點得著，蠶絲市場就會被我們操縱。」

龐雲繒沒作聲，他總覺得這一把火很難燃起，和外國人拼，並非一個中國商人的力量就能做到。首先，洋人在中國享受著極大範圍的特權，中國政府在對外條約的約束下，不敢越雷池半步；第二，外商大都以國家、集團出面，經濟實力雄厚，中國一個獨資經營者難以匹敵；中國又是個閉塞國家，洋人能來國人不能去，要達到知己知彼更是困難；再則，中國絲「通事」、絲「師爺」大都被洋行收買或吃佣金，甚至自己也做起了絲生意，若是聘請普通「師爺」，更是划不來。

「大先生，我認為眼下這壺水……只能燒到九十九度，另外一把火……，即使我們使出吃奶的力氣，也是白搭。」

「為啥？」

「國情。」

胡雪巖雖然有點不服氣，但那勃勃雄心像是個常勝將軍，對完全可以佔領的「陣地」卻攻不上去，他心裡委實感到窩囊。

「雲繒，」胡雪巖笑著說，「有機會的話，我代替你出征一次，你做我的參謀長，咱們猛攻蠶繭陣地，直到洋商俯首稱臣……。」

「捨我其誰……？」

「就是這個意思！」

「太冒險了……。」龐雲繒說。

「不過……你放心！」胡雪巖鄭重其事地說，

「你只做我的參謀，不讓你出資。賺了，照舊分成，賠了，我認輸！」

「好了……」龐雲繒已經不願把「絲」做為談話的主題了，

「我說大先生，今天不談絲了，你讓我輕鬆一下吧！」

「行啊。」胡雪巖笑著問道，

「到拱宸橋還是吳山路？」

「嗨！大熱的天逛窰子，你也不怕弄身痱子？」

「那你要怎麼輕鬆呢？」

龐雲繒笑了：

「我告訴過你，我學著你的樣子，正籌備著一個國藥號，我想看一看你這個胡慶餘堂的格局。」

「走！」胡雪巖站起來說，「現在還沒打烊。」

說罷出了客廳，正要派轎子，龐雲繒忙制止說：

「不要了。僅隔一條街，上轎下轎的功夫，早就走到了……。」

□

胡雪巖把龐雲繒帶到了風景秀麗的吳山腳下大井巷。一進石洞門，首先映入龐雲繒眼簾的是一座題名「神農」的屋舍，青磚高牆巨宅，黑漆門光可鑑人，獸頭銅環備顯威風，信步前去，畫廊曲折，花木妝點，假山玲瓏，右牆上若沒有那排一塊一塊中成藥介紹牌匾，真使人難以相信這是一家藥鋪。

然而龐雲繒知道，胡雪巖的幕僚中，翰苑名士出入其宅者頗多，僅這批牌匾和楹聯，足可以稱得上是書家碑林。進入營業廳，一盞西洋十八世紀的五彩琉璃吊燈高掛，後邊的牆上懸著《戒欺》一額，龐雲繒走近仔細讀了一遍：

「大先生，」他說，「這是您親自寫的？」

「書體雖是一般，但確是肺腑之言！」

「啊……『修合無人見，存心自有天』的句子，雖然是老調，但在胡慶餘堂並不食言。」

「怎麼見得……？」胡雪巖笑著反問了一句。

「喏……」龐雲繒用手一指，沈良德正在塡寫著公告牌，他走過去，喃喃讀道：

「本堂僅擇於八月十一日……天醫療病良辰虔誠杜煎虎鹿驢龜諸膠……膠廠設立湧金門內……胡慶餘堂雪記主人啟。好！」龐雲繒說，

「這牌子掛出去，你這『採辦務真、修製務精』的醫德就大白於天下了……！」

「不過……」胡雪巖說，「有些製藥過程就不能大白於天下。」

說話時已來到樓上作坊門外，胡雪巖指著一間緊閉門窗的屋子說，

「這間房裡是製做『辟瘟丹』的地方，其中有七十七味中藥組方，而其中一味藥名叫『石龍子』，它必須是產於靈隱天竺一帶的四腳蛇。哈哈，很難抓，最熟練的老手一天只不過抓五、六條，有時一天抓不到一條。但是製作辟瘟丹時，古人要求很嚴，我們根

據傳統的規矩，規定製藥前一定要洗澡、吃素，不准回家和老婆睡覺，這叫潔身修製……。」

「啊……！」龐雲繒暗暗敬服胡雪巖的治藥精嚴。並且感到新奇。

「這間屋子……」胡雪巖走近另一個門外，介紹著說，「是修製『龍虎丸』的作坊，這種藥專治癲狂病，效果很好。藥裡含有劇毒藥品砒霜。製作時，砒霜必須用白布包起來，放在豆腐裡煮，砒霜的毒素被豆腐吸收後，豆腐就會慢慢變黑。砒霜煮過之後，在配製藥物時，又需磨成粉，再和其他藥物拌和得十分均勻，否則就有中毒的危險。為了均勻，我們把藥粉攤在平扁上，要求工人用木棒在藥粉上寫『龍虎』二字，每一個字寫九百九十九遍，正寫一遍，倒寫一遍。你看這間房子、門窗緊閉，外人不得入內，不然就要『洩露天機』，導致藥品不靈，說穿了就是讓操作工集中精神，認真操作。你想：每個字寫那麼多遍，這砒霜還能不勻嗎？」

「你真有辦法……」龐雲繒說。

「這也不是我的創造。」胡雪巖笑著說：「製中藥確有許多傳統的講究，甚至很神秘，但仔細分析起來，不外乎是嚴格操作制度，保證藥品質量而已。」

胡雪巖說到這裡，往另一間房子走去：

「這裡是前處理作坊，許多藥必須先經此過程，要遵古炮製。你看，有漂、淘、洗、炙、炒、蒸、製、煉；炮製的輔料有酒、鹽、醋、米、薑之分，但輔料的配備和份量，不得有半點馬虎，否則，就會減弱療效！」

「呵呵……」龐雲繒笑了笑說，

「想不到你這幾年……倒變成製藥的行家啦。」

「不懂不行。只要參與，就必須懂，否則，你也無法果斷地指揮！」胡雪巖說，

「和太平軍作戰的時候，有一種槍是自己製造的，最多在十丈以內有效，可是有位將領卻隔著幾百丈遠的地方大喊『開槍——』，士卒們哈哈大笑，一下子戰鬥力沒了，最後連他自己也當了逃兵。有人問他『你為什麼逃？』他還大言不慚地說士卒不聽指揮。你說，不懂自己的行業，行嗎？不過這醫藥的學問太廣太深，要想全弄通，恐怕這一輩子也達不到啊……。」

龐雲繒贊成這種說法：

「是的，我在南潯開的那家龐滋德國藥店，雖然是南潯最大的一家，可對醫藥的製

作還沒摸到門呢……。」

「哎呀，世界上沒有全才，」胡雪巖說，「你在蠶絲上已是江南名人了，在藥店的業務上，懂得一點就行了，只要別亂喊『開槍』，懂得管理，多跟老先生請教，不久就會變成內行……。」

「說得極是。」龐雲繒說：

「請你看看這裡……。」

胡雪巖把龐雲繒引到另一個作坊。國藥號經理余修初笑著迎上來，胡雪巖連忙引見說。

「這位是我的好友龐雲繒，他就是國藥號經理余修初……。」

「歡迎……，龐先生，請到帳房裡坐吧。」余修初說。龐雲繒笑道：

「不啦，我還是到處看看吧。」

說著便瞅著那些正在處理生藥的案板，不解地問道：

「這珍珠還挑嗎？」

余修初回答說：

「我們選用的珍珠，都是一粒一粒地挑出來的，剩下的烏珠、僵珠、搭殼珠一律不用，這樣即能做到『純真』二字；您看，這黃蘼要去節，蓮子要去蕊，肉桂要刮皮，五倍子要去毛；您再看這萸肉，要檢去其核，這一剝一撿就剔去百分之三十，損耗很大；尤其是麝香，進價很昂貴，我們仍然堅持把麝香裡的細毛、血衣一一剔掉。這樣做，看來成本很明顯地高於別家藥廠，但藥效卻超過了別人。」

「啊……！」龐雲繒「嘖嘖」了兩下，驚嘆著說，

「大先生，你這『戒欺』二字，不僅是醫藥的道德標準，也是一切商業道德的要點。商業若是欺人，必然導致短命和早夭，也是自欺的結果。我敢說，您提出的採辦務真，修製務精兩句，就是『治欺』的秘方，如果我們代代相傳，也一定是使一切商業興旺發達的祖傳驗方。」

胡雪巖笑了：「你看的太遠了……。」

「不！」龐雲繒說，「我承認，一切商業都是為了賺錢，但就是有那麼一些人，『欺』字作怪，製假銷劣，掙的是黑心錢。如果有一天，能把商人頭上的『奸』字帽子摘掉，可就天下太平啦！」

龐雲繒正在議論著，余修初來到樓上。

「大先生，孫養齋老先生回來了。」

「哦。」

「他想向您稟報一下採購情況……。」

「好啊。雲繒，一道去聽聽吧。」

「我？合適嗎？」

「怎啦？」胡雪巖故意地逗著說，「你的龐滋德不是效仿著胡慶餘辦起來的嗎？難道……採辦藥材的人回來述職，你不聽？」

龐雲繒嘿嘿一笑：「走，我也去學學。」

孫養齋等胡雪巖來到耕心草堂時，營業廳已經打烊了。胡雪巖問了「辛苦」之後，孫養齋老先生說：

「去了幾個產藥重地，僅組織了幾個收購點就用了九個月；從這些地方看來，我們完全以做到採購藥材不經藥商轉手。我們這次去，留在外地二十七個人，建立了九個產地設莊採辦點，每莊三個人，負責預先貸款給藥農、收購、蓄運和帳目；這九個莊設在山東、河北、河南、陝西、甘肅、雲南、貴州、四川和東北，這樣，全國產地都有胡慶餘堂的人，現在正不斷地往杭州運送道地藥材……。

「有什麼困難嗎？」胡雪巖插話問了一句。

「您聽我說呀。」孫老先生說，

「我們從表面上看，設莊是用錢較多，但從擺脫藥商轉手和道地藥材的質量上看，符合大先生『採辦務真』的要求。尤其是藥農，他們把上等的藥材給了我們，原因有三：第一，我們預先貸款，他們樂於上品供應；第二，我們不是轉手販賣的藥商，而是直接採用；第三就精彩啦，各地沒有不知道胡慶餘堂的，因為他們都吃過『胡氏辟瘟丹』，所以把一些不願出手的上品，都賣給了我們。剛才大先生問起困難之事，我也想過，凡坐莊之產地，大都是荒山農舍、峻嶺茅屋，因坐莊的人員又都是年輕人，他們的前途不能不考慮。」

胡雪巖立刻說道：

「願意留守者，每年增薪，可以在當地娶妻生子；也可以輪流坐莊嘛！不過，孫老先生對藥材雖然非常精通，可是常跑產地也不是個長久之計，我們要對年長者負責。我想，孫老先生可以物色一位副手，一要年輕，二有事業心，三要能力，四要醫德高尚，這個事……孫老先生要考慮起來了……。」

「我已經考慮了……」孫養齋笑著說。

「既然考慮了。就請孫老先生盡心栽培，爭取在兩年內能當採藥部副經理，行嗎？」

「可以……。」

這時，潘寡婦在黑黜黜的天井往屋裡探了探頭，胡雪巖已意識到了她的來意，因說道：

「潘大嫂，通知廚房，我為孫老先生接風洗塵！」

「喔，知道了。」

潘寡婦走後，胡雪巖請孫養齋、余修初和龐雲繒也徒步邊談邊走地往胡家大宅走去……。

「雲繒，你今天感覺如何……？」

「呵呵，大先生，你的『戒欺』我可以照搬，可是經濟實力……我仿效不了。」

「你也累積不少啦……！」

「你是有官銜的人，不瞞你說，我給李鴻章送去十萬兩銀子，賑捐豫直災害……。」

「賞了嗎？」

「我自己不要賞啦，是用我兒子龐元濟的名義。剛剛得到慈禧太后的恩旨，賞了一個舉人，特賞一品封典，候補四品京堂。」

「賀喜、賀喜……」胡雪巖嘴裡說著，心裡卻像是打翻了五味瓶，不知是什麼滋味。

他暗暗埋怨——兒子還不爭氣！

❖第二十八章❖

一八八一年初夏

胡家大宅的「芝園」在溫柔陽光下，真是景緻非常，只要拾級登上南邊那座四面玻璃窗的涼亭，眼下便可一覽園林的全貌，那四座取名為滴翠、顰黛、皺青、懸碧的假山，疊積成奇特的造型，遠看一片墨綠的奇樹異草中，綻放着萬朵艷麗的鮮花，清香撲鼻，叫人心曠神怡；楠木廳和鴛鴦廳西邊那片荷花池中，一泓清泉被剛剛伸張的荷葉掩遮得像一片綠色的波濤，幾隻孔雀不時地表現出傲慢的媚態，和唯我獨美的神氣。順着一條鵝卵石舖成的小路往東走去，廻塘曲檻，一路朱紅欄杆，兩邊間隔種着楊柳和桃樹，桃樹上結着許多小桃子；而柳樹上那些含羞而微捲的嫩葉，迎着溫暖的徐風散開來，像一顆顆透明的珍珠。假山周圍，芍藥花含苞，牡丹花已盛開了，把四座假山映襯得更加絢爛繽紛，整個花園貌如人間仙境。

胡雪巖的妻妾們，雖然都有各自的深宅套院，但與「丈夫」何時會一次面，在誰的心裏都是個未知數。有時偶然抽籤抽到，被通知大先生今晚將來「臨幸」時，有人感到偶然、陌生、麻木，甚至絕望地自認是墜入深邃暗洞裏的活寡婦；也有人感到人生的寂寞，日夜琢磨着丈夫在自己身邊的滋味，甚至胡雪巖的每一種溫柔愛撫所挑起的甜美感覺都像這溫暖的氣候一樣，融化了她的全身，每想至此，一種神秘的活力在她們的腦海裏翻騰着……。

五日，是鮮花的季節，也是愛情的季節。胡雪巖的小妾們，零零散散地徜徉在曲廻的幽靜小路上，有的三五成群，有的踽踽獨行，彷彿她們一生的歡樂，都寄託在這片如畫般的花園裏。

「大太太沒來……。」小玉對余氏說。

「啊……真的。」余氏說，「我倒沒注意，你去看看。」

余氏雖是二房，但她却是胡宅的中堅人物，她善良且能理解人意，不僅對胡雪巖關心倍至，就連胡宅上上下下她都能體貼入微，在人們的心目中，大太太憨厚知足，二太太機靈能幹，胡宅的真正「當家人」，自然落在了二太太身上。

「大太太身體有些不舒服。」小玉回來說。

「生病啦？」

「嗯，說是有點頭疼……。」

「哦，我去看看。」

說罷拉着小玉來到安吉院，上樓來到太太房間，悄悄走進床邊，深情地問道：

「聽說您身體不舒服……？」

「也沒啥大毛病，」陸氏微笑着說，

「只是有些頭疼……。」

「我叫潘嫂到店裏請個醫生瞧瞧……。」

「不用啦……，」陸氏坐起來，眉毛皺了皺說，

「我呀，心裏總感覺有點不踏實，一睡覺啊……惡夢滿多……。」

「要不要找個圓夢的先生來……？」

「不要……」陸氏說，「有時……越圓越怕。」

「不怕的，那些圓夢的先生都會破夢的。」

「我呀，每次上山拜佛的時候，就看見大先生從日本買回來的那口大鐘，沒人管……，風吹雨打地放在山門裏……」

陸氏講到這兒，像是一塊石頭堵在心窩，

「老人們都說，鐘靈毓秀，它是天地靈秀之氣聚成的，放在院裏沒人管，我的心哪……唉！想多了，我就頭疼……。」

「這好辦嘛，大姐姐，咱把鐘拉到火藥局，請他們鑄上字，做好木架子，重新獻給香火旺盛的廟宇，您的心也就踏實啦……。」

「唉！我怎麼沒想到呢……。」

「您把心放寬，我把帳房小戚找來，讓他去辦。」

不一會，戚夢卿跟隨余氏來到大太太屋裏，余二太太把重建大鐘的事，當着陸氏的面交待了一遍，最後問小戚：

「你看鑄上什麼字才能使大太太寬心……？」

戚夢卿一想，笑道：

「要選個黃道吉日，應該寫『光緒七年桂月上浣日。錢塘信女，慶餘堂，胡門陸氏，重建』，您看行嗎？」

「好啊，」陸氏笑了，

「鑄上字，讓老佛爺知道就好，那些和尚們再放在外邊去，佛爺也不會饒了他……好，大先生不在，花點錢，我就作主了！」

□

此時，胡雪巖正在上海。

總理衙門章京邵友濂（字小村）來上海暗查了左宗棠在上海轉運局的實力以後，來不及會見胡雪巖，扭頭便走了。就在左宗棠大獲全勝之際，他以道員充頭等參贊，隨崇厚赴俄談判，於光緒五年，與崇厚擅自簽訂了喪權辱國的《返還伊犁條約》，僅索還伊犁，把伊犁之外的大片土地白白送給俄國，引起了朝廷內外的譴責。崇厚被捕入獄，定斬監候，他却把責任推得一乾二淨，搖身一變，成了署理駐俄的欽差大臣，後又補授蘇松太道，直接控制了上海。當然，這都倚仗著李鴻章的力量。

這次，他派人來請胡雪巖赴滬，並非邀見「黃馬褂」，而是利用他的經濟地位幫點「小忙」。

「邵大人……」胡雪巖到上海拜見了邵友濂。

「哎呀，」邵友濂笑着一拱手，

「實在對不住，本想到府上拜見胡大先生，無奈剛來上任，諸事又不能拖辦，只好邀請您來，想必不會責怪小弟吧……？」

「哪裏話，邵大人來上海就任，我胡雪巖還要靠你關照呢……。」

「哈哈哈……」邵友濂笑了一陣，說道：

「我來上海，得不到銀行業大老闆的關照，我這個蘇松太道……恐怕一天都幹不下去呀。」

胡雪巖此刻却像個獵手，緊盯眼前這個太道的話題，辨別着他的思想動向，而且好像也嗅到了點什麼，於是笑道：

「您太客氣，只要太道大人用得着我胡某的時候，我胡某定當全力以赴……。」

「哎呀，真是知我者，莫過於胡大先生啊。」

說到這，邵友濂把腦袋探過去輕輕笑道，

「我請你來，正是想請你幫我一個忙。」

「請說不妨。」

「上海的經費困難很大，」邵友濂一本正經地說，

「左公的轉運局在上海，李鴻章大人的洋務活動也消耗了不少經費，藩台的銀庫十分空泛，我本想借點洋債，幾個銀行都說，非阜康出面擔保，其他……就沒商量了。」

「不知邵大人需要多少？」

「二百萬兩。」

胡雪巖稍一思索，說道：

「可以，明日派人隨我到麗如銀行辦理一下借貸手續……。」

邵友濂深吸了口氣，然後「呼」地一下，噴出了一口大氣，好像他燃眉之急隨着這一聲大氣溜掉了似的。

「高陞——」邵友濂喊了一聲男佣人。

「有啥事，老爺？」

「叫小鶯子端點水菓來！」

不大功夫，一個婷婷玉立的女子托着盤子進來了，邵友濂斜瞄着胡雪巖，彷彿要在他臉上尋出些微的反映。偏偏胡雪巖不爭氣，只顧怔怔地瞅着她，瞅得不肯移開視線，他感到眼前這個女子，正在撩撥着他生命的波蕩，彷彿使他一下子年輕了起來⋯⋯。

小鶯子走後，邵友濂笑道：

「大先生，你看這個小妮子⋯⋯？」

「開玩笑了，」胡雪巖說，「邵大人宅邸的人，我怎敢冒然評斷。」

「實話對你說，這是幕僚們剛送來的。」邵友濂說，「做丫頭吧，有點委屈了她；做小吧，上海我有好幾房了，再說⋯⋯我的職事一直不能固定，去年從俄國回來，又任職總署，椅子還沒坐熱，又調任蘇松太道，說不定以後又要再調任。我想，這個小鶯子你如果喜歡，就帶走吧。」

幾句話，聽得胡雪巖心裏甜甜的。是的，他雖然五十九歲了，但對漂亮的女人，始終認為是一種財富，甚至比白銀更重要。因為女人是他的門面，是他有錢的象徵，是他富貴的榮耀；他喜歡女人，像一切古董玩物，各具特點與丰采；他喜歡蓄妾納嬌，就像小孩子的「存錢罐」，想起來搖一搖，甚至可以炫耀一番：

「你們看吶，誰家的比我多！」

今天，聽邵友濂要送給他這麼一個寶貝兒，樂的他眼圈都發熱。

「好啊，既然邵大人肯割愛，我就拜謝啦……。」

「這就好。」邵友濂說，「事情辦完之後，我叫婆子們把她送到府上去……。」

胡雪巖笑着站起來：

「明天上午，我在阜康等你，或由藩台來人都可以。」

說罷，告別了邵友濂，經直往阜康去了。誰料，半路上有人喊了一聲：

「胡大先生——」

胡雪巖回頭一瞅，見是轉運局的王郁清：

「你來……？」

「正是來找您的。」

「好吧，一道走。」

胡雪巖與王郁清二人到了阜康銀號，在會客室裏坐下。

「您知道嗎？」王郁清劈頭便說，

「左公進京了。」

「哦？不知道啊。」

「平定了新疆之後，設立了新疆省，發動開浚河渠，建城堡，清丈地畝，釐正賦稅，還辦了不少義塾學堂。左大人叫我轉告您，因為走得太急就不寫信了。」

「進京任職嗎？」

「任軍機大臣！」

「啊……」胡雪巖感歎地說，

「他比我大十一歲，我真躭心他的身體，啊……，快七十啦！」

「繼任陜甘總督的是楊昌濬和劉錦堂……。」

「楊昌濬……？就是錯判楊乃武的浙江巡撫？他不被徹了嗎？」胡雪巖問。

「又復職了。」王郁清說，

「他們倆給您帶封信來，要求您給借四百萬兩洋債。」

說著便遞上一封信，胡雪巖看了又看，心想，他們既能醫治戰後的虧空，無疑也是幫了左公的忙：

「他們來人了嗎？」

「來了，住在轉運局裏。」

「好吧，讓他明天上午到阜康來，我帶他們去。」

「大先生，」王郁清吞吞吐吐地說，

「您……費了這麼大的力氣，又憑着您的威望，借了一些洋款，可外界……說了一些不中聽的話……。」

「我知道，」胡雪巖亮着嗓子說，

「《申報》評論說是『飲鴆止渴』，曾紀澤在《使英日記》裏說『一九七八年十二月初二日，葛德立（英人）言及胡雪巖之代借洋款，洋人得息八厘而胡道報一分五厘，奸商謀利病民蠹國，雖籍沒其資財，科以漢奸之罪，殆不為枉，而復委任之，良可慨也。』你瞧，我都背下來啦，這種責難太過份了，什麼『飲鴆止渴』，『病國蠹民』，難道要把新疆拱手讓給俄國人？說我『奸商謀利』，這利息可是洋人定的。當然，有些話是針對左襄公而發，我敢說，如果左襄公坐着不動，就聽不到一句罵聲！」

「是這樣。」王郁清把「是」字強調了一下，

「那些坐在樹下講風涼話的人，永遠聽不到罵聲。剛才……我提出這件事，我怕您……。」

「嗨！」胡雪巖大大咧咧地說，

「我老早就聽到罵聲了，如果怕，我也不幹了。唉！加在一起就是一個『窮』。算了，不提它了，明天上午，你陪着陝甘的人一道來，啊？」

□

第二天上午，蘇松太道邵友濂派來了一位藩台檢校官，陝甘來的也是一位檢校官，胡雪巖先帶了蘇松藩台的人去了英商滙豐銀行借了兩百萬兩；又帶了陝甘的人到英商麗如銀行借了四百萬兩，年息九厘七毫五絲；前者二年為期，後者六年為期。胡雪巖臨走時又交待了戚翰文，此兩項借貸合同的擔保人；由阜康銀號蓋章。

當晚，胡雪巖乘了夜班小輪船回到杭州時，天已微露了一片紫黛色的熹微。他僱了一輛馬車，回到了家裏，這時婆子丫鬟們已起來忙着伺候自己的主子。潘寡婦驀地發現了胡大先生進到大宅，急忙迎上去：

「大先生，您回來啦，快到二太太屋裏睡會兒吧……。」

「好……。」

「小玉，」潘寡婦奔到雯祥院喊了一聲。

小玉正在刷牙，「潘嬸，您喊我？」

「快通知二太太，安排大先生睡覺！」

此時，余氏已經起來了，她一聽大先生來了，急忙迎出，只見胡大先生笑呵呵地走來。她關切地問道：

「坐了一夜的船，趕快睡一覺吧！」

「好啊，」說着便進了余氏臥室，小玉刷了牙，一邊指着臉一邊問：

「大先生，先吃點早飯再睡吧！」

「不吃了……。」胡雪巖回道。

說話時已脫下了鞋，小玉急忙鋪好床鋪，撣了撣枕頭，悄聲問道：

「大先生，抽兩口嗎？」

「點上燈吧，抽兩口睡得好些。」

當小玉侍候着胡雪巖抽大烟時，胡雪巖斜睨了她一眼，從她那白淨的面色上，聯想到那個印象極深的小鶯子來，那婷婷玉立的身材，那雙令他着迷的眼睛和端正而秀氣的臉蛋，簡直就是他理想中的化身，他希冀地幻想着一切，漸漸，他似乎感到每一根神經都醉了……。

一覺醒來，已經是近中午了。

「想吃點什麼嗎？」余氏伏在床頭上問。

胡雪巖瞄了一眼俄國商人送的那座掛鐘，說：

「吃午飯時再說吧……。」

「那就再躺一會兒。」

「不……」胡雪巖見小玉不在，笑着說，

「嗄，我跟你說個事兒。」

「你就說吧，我的大先生。」

「蘇松道邵友濂想送給我一個小的……。」

余氏乜斜了他一眼，嬌嗔道：

「你多了一個小的，就少疼我一分……。」

胡雪巖勾住她的脖子，用勁地攬在自己胸前，「叭」地一聲親了她一下，望着她那粉似的臉蛋，瞇着眼笑着說：

「我不疼妳，妳疼我就行啊……」

余氏眼珠子一轉，綳着臉說：

「那你答應我一件事。」

「你說吧……。」

胡雪巖說着便把余氏摟在自己身上，在她的臉上到處亂親，

「除了妳嫁人我不答應，什麼事我都答應……。」

「你要娶小我沒意見，但是你要把小玉收房。」

「哎呀……這怎麼……」

「哼！我就知道你不答應。可是……你和小玉的事兒還瞞着我？她每天晚上給你掌燈，在迴旋曲折的黑路上領港，她哪裏你沒摸過？再說又是我屋裏的丫鬟，而且在那批小妮子堆裏極有權威，連她們都知道，小玉就是大先生的人，只不過沒有公開罷了……」

「你怎麼知道的……？」

「喲，我不在屋的時候，你和小玉在我床上滾，你當我沒看見？」

胡雪巖笑着說：

「要是收了小玉，你也要答應我一件事！」

「什麼事我都答應。」

「把小玉收了房，我一不做二不休，乾脆把梨園院的女孩子再收進十二個，加起來……二十四金釵，行不行？」

「行！」余氏從胡雪巖的懷裏掙脫開，透了口氣說，

「那園裏倒有十幾個出眾的丫頭，她們吹拉彈唱樣樣都會，你看看聽聽也夠福氣的了……」

「就這樣辦！」胡雪巖坐起來說，

「這梨園院的女孩子都十七八歲了，我看個個出落得都不錯，你的眼力好，這事就交給你去辦吧！喔，對了，那個演小尼姑的翠薇……，還有那個演小和尚的明姑，這倆人可別漏掉了！」

「行——」余氏拉着長音說，

「你放心，你愛上哪一個，我心裏都有一本帳。」

「還是我的二太太疼我呀……」

說着又撲過去，把余氏按在床上，在她身上親個沒完。其實，小玉已立在門外聽了一會兒，但隔牆隔窗的，也聽不出個具體的內容。此時，只覺屋裏靜下來了，她才輕輕喚了一聲：

「大先生，該吃飯了……」

「進來吧……」

胡雪巖說着便站了起來，余氏紅着臉坐在床邊上，小玉朝余氏瞥了一眼，見那散亂的頭髮，不禁心中「蹦蹦」跳得厲害，臉上像是桃花初綻，白裏透紅。

小玉已經三十出頭了，像個熟透了的菓子，十分誘人。她給大先生秉燭領港，十多年來也並不那麼純潔的像一澈泓泉，她常常抓着大先生的手臂在黑黝黝的廻廊裏行走，有時還故意把大先生的手攬在自己的胸前，讓那兩團鼓囊囊的酥胸任大先生於無聲處任意揉捏，有時還說上幾句撩撥的浪語，惹得大先生火起，還沒進太太房間，便和她有一番難言的舉動。然而，她深知自己的地位卑賤，不敢有非份的要求。只是在主子余氏面前流露出一點女人的欲念。但余氏向胡大先生建議把小玉收房作第十二太太，其目的也並非完全為了成全小玉，而在於樹立自己的威信，表明「只有我屋裏的丫鬟，才有資格被大先生收房」。今天，她見大先生同意了她的要求，心情異常地興奮：

「吃午飯去吧，」余氏說，「你這二十四金釵，我會替你操辦的……」

待胡雪巖到膳廳去的時候，余氏拉過小玉，先是擰了一下她那粉團似的臉頰，神秘地笑道：

「乖丫頭，這回看妳怎麼謝我？」

「二太太，您說的是啥呀？」

「這回……讓妳當胡家的太太啦……！」

「不……不會的。您是拿我尋開心吧……。」

小玉不敢相信，因為在她的心中，一直認為那是個可望而不可及的夢境。

「真的。」余氏把她拉到自己身邊坐下，把前前後後，一五一十地告訴了小玉。小玉懵了，大凡一個人的夢幻不可能實現時，心中都會感到空虛及悲哀。一旦意外地實現了，空虛、悲哀瞬間化成烈火般的狂喜，而當狂喜淡去後，以往熱烈的期待已不復見，反而認為一切都是應得的，並且埋怨夢幻實現得太遲……

過了一個星期，上海的邵友濂果然派了兩個婆子把小鶯子送到了胡雪巖宅邸，二太太余氏接待並收留了這個迷人的小妞，胡雪巖見了禁不住骨頭都軟了一半，小玉見了，一邊誇獎着，一邊燃起了妒火。但是，她畢竟不是小鶯子的「對手」，也自認是河溝裏的一塊小石頭，順着大自然的沖激流動着，沖到哪算哪兒，「可我到底算是胡家的姨太太啦！」她這樣安慰著自己。

這天，余氏二太太召集了各房姨太太、小玉和其他丫鬟們，還有選定的十二名能唱會彈的姑娘們，在四面廳裏開了一個「茶會」：

「我說妹姐們，咱雖各居一院，可也是一家人，胡大先生造了這個大宅，可不是為了哪個人的，這是胡家的門面，是胡家榮華富貴的表現。可是，各方來客都說『大宅連亙數坊，缺少金桂花香』，因此，為了胡家的榮耀，為了大先生的體面，將原來的十二個院子，各住兩房太太，一共二十四位，圖個吉利，叫做『二十四金釵』。妹姐們的排行不變，只是增了十一太小鶯，十二太小玉，加上梨園院的十二位能彈能唱的漂亮姑娘，這樣就沒人說胡家缺少金桂花香了。我跟大太太商量過了，新太太過門，一不拜天地，二不必祭祖，只是把房子調整好，配上傢俱綉床，辦一次喜酒就行了。至於每晚掌燈領港的丫頭嘛，就叫十太太巧雲屋裏的雪梅負責，巧雲妹子就在梨園院裏挑一個丫頭伺候。大先生說啦，每個院騰出一套房子來，過兩天，戚夢卿辦來傢俱，潘大嫂請裁縫來做衣裳和買被褥毯子；我嘛，給大家分一點珍珠翡翠一類的珠寶首飾；再有就是各房裏的丫頭和梨園院的戲子，也派人出去買了；大先生說了，轎子還是每人一頂，張保也去訂做了，新太太們要什麼顏色、綉什麼花邊，就跟張保說一聲。我呀，也沒啥說的啦，等這些事情辦好嘍，咱姐妹們痛痛快快喝上兩杯……」

一席話，有的太太暗自叫苦，試想，運氣不佳者，一年抽不上兩次籤，這二十四金釵配齊了，不更是守活寡嗎？心裏雖是這樣想，可是在大先生面前，誰敢吭一聲？不過在她們的固有成見中，榮華富貴和魚水夫妻，是風馬牛不相及的一對矛盾。因而，一味地追求華貴，比穿戴、比藏品，比胭脂水粉便成了她們消磨青春的一種精神安慰。她們清楚地知道，滿堂妻妾只不過是胡大先生生活中的另一個風月世界而已。

□

一個月後，二十四金釵，像二十四株璀璨奪目的異花奇葩，展示在胡家大宅，胡雪巖望着這批妻妾，像是醉在百花叢中。然而，他並沒有滿足於滿堂妻妾的「財富」，他更大的追求還在於金錢；他把妻妾比作花園裏的鮮花，點綴着胡家大宅，而金錢才是驅動他生命活力的力量，而這欲望，猶似塡不滿的溝壑，使他孜孜以求，不懈地勞力。

他沒沉醉在二十四金釵的溫柔鄉中，在擺酒席的第二天，他便來到杭州的阜康錢莊，把宓文昌拉到客室裏：

「文昌，能把全國阜康和當舖的資本報表數字講出來嗎？」

「到上半年六月底，我滙攏了一下，除去不動產以外，資金達到了二千九百六十三萬兩。」

「喔……」胡雪巖沉思了片刻，忽問道：

「能提出幾十萬兩白銀嗎？」

「可以，」宓文昌說，「準備派什麼用場？」

「我呀……」胡雪巖笑了笑，說，

「近幾年來蠶絲生意難做。我想，建立一個蠶絲廠，僱工養蠶，收入要超出個人養蠶的收入。這樣，我們可以控制一部分蠶繭的分散，只要握住大宗繭子，就可以控制一部份出口貿易市場，儘管朝廷對外求和，到頭來，讓外商來求我。文昌，我現在最大的願望是買田。」

「大先生，您也不考慮考慮自己的年齡啦？」

「文昌，」胡雪巖嚴肅地說，

「一個商人，如果不把自己所經營的當做一種事業，僅僅是為了賺點錢養老，這恐怕是世界上最沒出息的庸人！」

宓文昌急忙解釋說：

「說老實話，我是怕你累壞了。」

「沒事，」胡雪巖說，「你這裏不是有兩個人懂得蠶絲生意嗎？」

「啊，您說的是徐棣山和章辰谷吧？」

「對，這兩人能抽出來嗎？」

「可以。不過，像上次和龐雲繒出去做一次生意是可以的，如果長時間在外邊，我這裏就缺兩個重要的庫房先生……。」

「從學徒中提拔兩個嘛……。」胡雪巖說，

「這兩個人很能幹，我想派他倆到杭嘉湖買田，到明年跟我做一次大的蠶絲生意。你這兒嘛，多招幾名學徒就行了……。」

「你要人嘛，總要服從你嘍……！」

胡雪巖笑着說：「這叫大師兄照顧小師弟。」

二人笑了一陣，胡雪巖補充說：

「派他倆出去買田一萬畝，暫由你掌握，到明年收繭子的時候，再讓他們跟我走。這買田的事……最重要。」

「大先生……」余修初突然來了，說：
「袁古農老先生謝世啦！」
胡雪巖一驚，雙眉忽地豎起來，問道：
「啊！人在哪裏？」
「在家裏。」
胡雪巖站起來，告別了宓文昌，拉着余修初就走。
「您走錯了。」
「沒錯。」胡雪巖拉着余修初說，
「袁先生住在武林門，不乘轎怎麼行？咱到元寶街派兩頂轎子去……。」
二人到了胡宅，叫李文才派了一乘小轎給余修初，胡雪巖乘了自己的轎子。抬轎的轎伕都有一身好功夫，既快又穩，約半個時辰，到了袁古農家，胡雪巖一進門，望着這位為胡慶餘堂立過汗馬功勞的醫藥名家，「噗咚」一下跪倒在地，一連磕了四個頭，這下可把余修初窘住了，他原想告訴胡大先生一聲，順便聽一聽他的撫恤意見，沒想到他乘轎直接奔喪，並跪在地上，一連磕了幾個響頭，幸虧余修初反應靈敏，待大先生磕完頭立起來的時候，他也模仿着大先生的樣子，跟着也磕了一頓響頭。

此時，袁古農的兒女跪在兩側，給胡大先生磕了孝頭，袁老夫人直抽搭搭地哭著。

接着，胡雪巖問了問袁老先生去世的原委，說了一些安慰話才離開袁家。

胡雪巖和余修初回到了「耕心草堂」，學徒送上了茶水，胡雪巖對學徒說：

「把潘鳴泉、沈良德、李紳坤、孫養齋請來。」

「哦……」

「等一下，如果沈良德在膠廠裏，叫轎伕把他接來。」

「沈先生已經來了。」學徒說。

「是來了，」余修初說。「袁古農去世，是他來報的信。」

學徒下去之後，隔了一會幾位先生都來了。

「袁古農老先生去世了……」胡雪巖深沉地說，

「我和余經理去看望了一下。現在我們失去了一位德高望眾的老前輩，他和潘鳴泉老先生，從研究製造辟瘟丹、諸葛行軍散開始，在醫藥界聲望極大，在他們製作的藥品中，救活了多少人，恐怕誰也說不清楚。對這樣的前輩，我們不能草率了之，要用他的一生為楷模，教育我們胡慶餘堂活着的人。」繼而他徵詢了大家的紀念方法。

「我倒沒想到這麼多，」余修初說，

「大先生的提醒很重要，我們一定要讓袁古農老先生的美德留在我們每個成員的心中，這就是最大的紀念。例如，請畫影的先生畫張像……」

「這個辦法好。」胡雪巖接着余修初的話題說，

「畫張像懸在樓上大廳裏，召集全體同仁們，報告他的一生事蹟，讓小學徒都知道他一生奮鬥的過程和醫風醫德。我考慮，請余經理報告他的一生；潘鳴泉老先生介紹一些情況，余經理再請家屬也介紹一些情況……。」

「啊……這位老先生的事蹟很感人的哩，」潘鳴泉老先生說，

「如果講給大家聽，真是有教育意義呀！從研究藥方、免費醫病、帶學徒製藥，還有獻密方……啊！多着呢！」

「嗨呀！」胡雪巖笑了，

「我修改一下剛才的意見，這報告一生的主講人，就請潘老先生啦，好不好？」

「好！」大家一致贊成。孫養齋插話說：

「潘先生主講最合適，因為他們共事多年了。」

「好，好，我來講，」潘鳴泉老先生說，

「他的事太多啦……。」

「太好了，潘老先生講，對我們都是個教育。」胡雪巖說，

「修初，這個同仁大會，一定要在入殮之前開，而且要把家屬也請來。」

大會真的趕在入殮以前開辦，潘鳴泉滔滔話語，句句動人心魄，同仁們聽得入了神，家屬們感動得謝了又謝。

最後，胡雪巖說：

「我最後宣布，袁古農老先生一生為胡慶餘堂開辦的前後創造了不可磨滅的業績，按本號規定，每月按原月薪，照發陰俸，以示本號對其遺孀的照顧。我再說得明確點，袁老太太活一天，我們就負責一天！」

聽的人激動得想鼓掌，對胡大先生的這個決定都佩服得五體投地。

第二十九章

一八八二年

在湖絲出口的混戰中，胡雪巖決定親臨前線。他帶了徐棣山、章辰谷在上海與龐雲繒「會師」，對洋人採取「切源堵流」，不讓一斤新絲流入洋人手中，在杭嘉湖一帶高價僱用絲商，遍撒金網，對蠶農先給錢，後收購，眼見各地蠶絲源源而來，像舖天蓋地的大雪，迎著商戰的刀光劍影落在他的面前。老實說，這一年胡雪巖「遍天下收買，無一漏脫者」，而「夷人欲買一斤而莫得」，消息像五月的微風，吹遍了神州大地。

洋商懵住了，胡雪巖勝利了。

「我就不信，」胡雪巖心想，「中國的湖絲生意都操在洋人手裏！」

這一年，胡雪巖和龐雲繒共投入本銀壹仟萬兩，囤積了全部的湖絲。

英國幾艘萬噸輪船在上海黃埔港沈睡了兩個多月，生絲大亨埃特姆生洋洋得意地越過萬里海疆東來，豈肯跋前躓後，就此空船而歸？但他知道，今年胡雪巖的「戰術」非同一般，看來要顆粒無收了。埃特姆生實在忍不下這口氣，連著幾天都沒睡好，常常兩手抱著後腦勺躺在客艙裏絞盡腦汁想辦法，有時候半夜還會驚醒，似乎聽到心在胸中忐忑亂跳，血液加速地湧上頭頂。他披衣站起來，順著扶梯上了甲板，望著顛簸起伏的海面，往日他最愛看海面上折射得像霓虹燈似的光亮，今天却顯得十分厭煩，他瞪著兩眼凝視著上海的夜景，那目光彷彿兩支就要射出去的火箭！

「胡雪巖囤積生絲，他畢竟要脫手的，」他想，「明日面見胡雪巖，直言全部吃進，也許……。」

□

胡雪巖原打算陪龐雲繒去吃花酒，怎奈兩個人為新絲脫手問題討論個沒完沒了，連吃花酒的興味都沒了。傍晚，倆人在阜康裏隨便吃了點東西，接著又是同樣的話題：

「大先生，我的想法你能接受嗎？」龐雲繒問。

「別急，時間越長，他出價越高。我還是那句老話：你越是急於脫手，外國人就感到你急功近利，甚至認為你忙於討回本息，忙著還債，他就越殺你的價！」

「你有這個實力，我怎麼和你相比啊……？」

「你想，」胡雪巖滔滔地說，「他能來我不能去，這種貿易本身就是不平等的。當然，這是政府的事。但是，你來買我不賣，這是我們自己的事，我們的生絲市場，怎能讓洋人操縱呢？難道中國人連自己的市場都沒權操縱？土地可以割讓，蠶絲收購權沒有割讓……！」

「那你這絲要囤積到什麼時候？」

「居奇的時候！」

「你又說笑話了……。」

「嘿嘿，這怎麼叫笑話，」胡雪巖笑著說，「報紙上說我囤積居奇，我毫不介意，因為我的作為是針對不平等的洋商的，不是中國人。你說，這些年來，我們雖然賺了一些，可是賺的多被動！這次，我就跟他鬥，鬥到他們被動為止。」

龐雲繒有點顧慮，因此有個說不清的問題，他曾試問自己，與洋商打了那麼多年交道，為啥總是讓外商佔了便宜，而且還心甘情願地仰人鼻息，雖然他能頭頭是道地講出中國的現狀和「他能來我不能去」的不平等現象，但他還提不起勇氣與洋商「鬥」一番，而只是憑他的內行與僅有的能力去做他常規的生意，至於胡雪巖「囤積居奇」的觀點，他當然不敢同意。

「鬥，」龐雲繒說，「要適可而止，總不能忘了資金的周轉……」

「再集資！」胡雪巖果斷地說。

「在現階段……，我總覺胳膊擰不過大腿……」。

二個爭辯良久，最後在阜康睡了一覺。翌日，不出所料，英商埃特姆生果然上門來了，經譯員介紹之後，雙方就在阜康銀號的客室裏談起了絲生意。

也許，埃特姆生急了，或是租船合同到期了，他直截了當地問道：

「我知道，幾萬包湖絲你們全部收進了，是否有意轉賣……？」

「是的。」胡雪巖笑著點點頭。

「能否將你們的成本告訴我呢？」

「我們的成本不必隱瞞，」胡雪巖說，「約本銀一千萬兩！」

「能不能商量一下？」埃特姆生說，

「請二位開個價，我全吃進……。」

胡雪巖一時語塞，他瞄著龐雲繒，很明顯是徵取龐雲繒的意見。龐雲繒只因是小股合作者，急說道：

「請你說吧……。」

胡雪巖把胸一挺，說，

「埃特姆生先生既然想吃進這批新絲，加利百分之六十，如果同意，請看貨……。」

埃特姆生望著這位「紅頂商人」如此開價，感到怪棘手的，然又不肯空船而歸，於是牙齒一咬，說道：

「我願加利百分之五十。」

胡雪巖笑笑，搖著頭說：「我們包括購運、包裝、存儲及利息在內，加利百分之六十，已經是無利可圖了。」

「一定要加利百分之六十？」

「是的。少一兩也不行。」

埃特姆生一聽，露出滿臉窘態，只得微微一笑，告辭走了。

龐雲繒見埃特姆生走後，急得直跺腳：

「哎呀，我說大先生，他已經被迫就範了，你還咬得這麼緊？」

「這還緊？」

「他給百分之五十的利潤，已經超出他的極限了……！」

「咱也不能遷就他呀！」

「這種本息壓起來，我可壓不起呀……。」

胡雪巖笑著說：

「我知道你的情況，辦了一個國藥號，又替兒子捐了一個四品官，手頭自然緊張啦。我跟孫亦建說一聲，讓他把你的投資打回到你的帳上，這批絲……你放心，仍然有你的辛勞股！」

龐雲繒聽了，既放心又不好意思，但自揣實力確實與胡雪巖不能相提並論，也就答應了。

這年，胡雪巖將一千萬兩資金的新絲壓在庫裏，只待明年再搞一次大規模的貸款收購。

一八八三年五月

雪巖又返回上海。他找到龐雲繒，想再次撒出金網，龐雲繒慌了。

「胡大先生，你還想投資？」

「怎麼？」

「你已經把一千萬兩積壓在庫裏，錢呢？」

「邀人集資。」

「你把本息都壓起來了，誰敢集資？」龐雲繒說。

「再說，絲壓久了，就要變色，其價值必然下跌，加上立春以來，淫雨連綿，新絲更難儲存。我建議，迅速將去年的絲脫手，再擱下去，就要蝕本了……。」

「不會……，不會。」胡雪巖很有把握地說，

「今年的蠶絲不如往年，我的庫存不怕賣不出好價錢……。」

其時，英國絲商早就來到了上海，他們在杭嘉湖一帶廣泛收購。也許，「胡家軍」沒

出動，使外商的收購比任何一年都順利。

胡雪巖坐在阜康，每天聽得一些由徐棣山和章辰谷傳達的一點絲業行情，再琢磨一下龐雲繒的忠告，心裏的秤盤開始有了一些傾斜。

「庫裏的絲……檢查過嗎？」胡雪巖問徐棣山。

「檢查了一部份，」徐棣山說，

「因天氣反常，有一部分開始發黃……。」

「啊!?」

「不過，還沒變壞。」

「趕快採取防變措施，」胡雪巖開始吃著蝕本的份量了。他思索了一下：

「我想起來了，你和章辰谷到碼頭去一趟，找英國埃特姆生先生，轉告我的意思，我們尊重他的意見，用他們提出的價格賣出。」

「哦！」

中午，徐棣山和章辰谷來到外商貨輪碼頭，在幾艘掛著英國國旗的貨輪上打聽了好久，最後才知他住到了國際旅館，他們又奔到國際旅館，一打聽，說是人不在，他倆只好餓著肚皮坐在走廊上等著。約莫四五點鐘，來了兩個外國人，因徐棣山見過，一下子認出了：

「埃特姆生先生吧？」

「喔，是的，你們來找我？請屋裏坐。」

二人進了房間，徐棣山把胡雪巖的話原原本本地說了一遍。

「……」埃特姆生只是冷笑笑，一句話沒說。

章辰谷是個急性子：

「請你答覆一下，我們回去好有個交待……。」

「隔年的絲……」埃特姆生沈著臉說，

「甭說按我的價格，即使按收購價我也不要！」

「我們只求收回本銀……。」章辰谷鼓起膽量說。

埃特姆生仍是笑而不應。

「你說一句話，我們可以按照你的意思向胡大先生稟報啊！」章辰谷說。

「好吧，我明天看看貨。」埃特姆生傲慢地說，

「不過，請你轉告胡大先生，隔年絲價絕不會歸本的！」

「明日上午看樣好嗎？」徐棣山問。

「我知道，就在碼頭對面那幾個大庫裏，明日我在碼頭等你們。」

二人告別了洋商，急忙在街上吃了一頓飽飯，又趕回阜康銀號，時間已是夜裏九點多了。他們將一天的情況稟報了一番，胡雪巖只是淡淡地說了一句：

「嗯，知道了。」

第二天一大早，徐棣山二人便奔到了碼頭，等了半個多鐘頭，埃特姆生才晃晃悠悠地走來。他們把幾個大倉庫全部打開，請埃特姆生抽樣檢查，末了，埃特姆生說：

「只有這間庫房的絲尚未變色，這些，我可以按收購價吃進。」

「請問，你的收購價每包怎麼算？」徐棣山問。

「三百六十二兩五錢。」

徐棣山一聽，覺得是個機會，必須馬上寫個合同，即便胡大先生不同意，沒蓋章也不算數，於是說道，

「為了不影響你提貨，現在就寫個合同，我馬上回去蓋章，中午給你送到。」

「好，還是送到國際旅館。」

徐棣山對章辰谷說：

「你動作快，寫兩份合同。」

章辰谷跑到倉庫辦公室，討了兩張白紙，借了一枝筆，蘸了蘸墨汁，寫道：

胡雪巖與埃特姆生　生絲成交合同

湖絲　柒千零柒拾包

四號輯裹　價格叁佰陸拾貳兩伍錢（每包）

款交　滙豐銀行

光緒九年十月三十日　經手　徐棣山

執筆　章辰谷

寫罷，又抄了一份，請埃特姆生簽了字之後，立刻回到了阜康，見了大先生把情況述說了一遍，然後遞上了這份合同。

胡雪巖接過《合同》看了看，覺得雖然沒有賣出好價錢，但這批囤絲能脫售出七千多包還算不錯。於是，他急忙簽了字，並蓋了章。

「其他庫存他不要……？」胡雪巖問。

「不要了。」

「為什麼，他收足啦？」

「不，顏色都變了……。」

「啊!?」胡雪巖微微驚呼了一聲，心裏有些顫抖，但他沒露聲色，仍是平靜地說，「你們跟他好好商量一下，能賣掉的話，全部脫手……。」

二人帶著《合同》和大先生的吩咐，於中午趕到了國際旅館，把《合同》交給了埃特姆生，埃特姆生看後，在「款交滙豐銀行」後邊填上了「銀貳佰伍拾陸萬兩仟八佰七十五兩。」

「埃特姆生先生，」徐棣山笑著說，「我們胡大先生的意思，想讓您把全部囤絲收走……。」

埃特姆生只是冷冷地一笑，沒回答。

「我們只求回歸本錢……。」徐棣山眼睛一動不動地望著埃特姆生。

埃特姆生若無其事地掏出了烟斗。

「埃特姆生先生，」徐棣山忍著怒火說，

「其他庫存想請你一道帶走，正因為時間過久唯恐變壞，所以……我們只求收回本銀……。」

「已經變了顏色，我想，這情況你們是知道的。」

「知道。」

「那就好了。」埃特姆生說，

「你一定要賣，非損失三百萬兩不可！」

「乖乖！」徐棣山心想，「這批貨的本錢就是七百四十三萬七千多，若非損失三百萬不可，只有四百多萬了……！」

想到這裏，他和章辰谷交換了下眼色，說道：

「大班先生，這個損失數字太大，我們不能作主，還要問一下胡大先生……。」

「悉聽尊便，」埃特姆生吸著烟斗，望著牆壁說，

「也請轉告胡先生，今年由上海出口新絲，我是最後一趟船了，如果等到明年，恐

怕損本就不止三百萬兩了……！」

「好吧，」徐棣山二人站起來說，「請您等我一個回話。」

「我今天把錢打到滙豐銀行，明天提貨。」

「好的。不過……我們今天晚上還要來一趟。」

「可以。」

二人離開國際旅館，回到了阜康，把事情原原本本地向胡雪巖說了一遍，胡雪巖聽罷，仿佛從天上一下子跌到了深淵，腦中一片空白，身體有些飄忽，他緩緩踱至窗口望著窗外，半晌無語……。

窗外，一陣秋風吹過，凄瀝瀝地下起了秋雨，雨點很大，打得玻璃窗「噼咱」作響。

客室內，靜得可怕，仿佛聽到眾人的心跳。胡雪巖竭力控制著自己的情緒，他開始悔恨了，原來設想的「生絲師爺」智囊班子沒有建立起來，自己又是外行，本想和洋人鬥一番的，而今卻被洋人「宰」了，幸而阜康實力雄厚，否則，投黃浦江都來不及啊……。

「好吧……」胡雪巖咬了咬牙，說道，

「我還賠得起，告訴他們，就算我『拍賣』吧，損銀三百萬，一言為定！」

當晚，徐棣山二人把同意虧損本銀三百萬兩的答覆，轉告了埃特姆生。第二天，胡雪巖留下徐、章二人盤點庫存、收回部分成本，一個人冒著傾盆大雨，出了阜康，不料剛要僱車，「轟」地一聲悶雷，劈倒了一棵白楊樹，胡雪巖一驚，返身又回到了阜康。

□

「大先生……。」孫亦建跑過來，

「滙豐銀行來個人，說是找您。」

「哦……」胡雪巖心緒不定地回到了客室，見是一位英國人和一名翻譯，

「請問，找我有事嗎？請坐……。」

英國人拿出一份借貸收據，在胡雪巖面前晃了一下，

「這項貸款您知道嗎？」

「知道。」胡雪巖不假思索地說，

「是蘇松道邵友濂的貸款。」

「您是他的擔保人吧?」

「沒錯!」

「今天是歸還本息的日子。」

「請到他那去討啊……。」

「他已經否認了這筆貸款。」

「啊?否認了……?」

「是的,」英國人說,「所以這筆貸款的本息,必須由擔保人歸還。」

胡雪巖腦袋「嗡」地一聲,猶似五雷轟頂,整個人軟癱在太師椅上,心想:好狠毒的邵友濂……!竟然乘人之危,落井下石!啊……好一個趁火打刼的偽君子,送一個小老婆,賴掉了兩百萬兩銀子!

其實,胡雪巖對邵友濂早有覺察,而又知道他是李鴻章的紅人,當初替他借洋債,只不過礙著面子而已。昨夜,聽到胡雪巖囤絲變質即將破產的情報之後,立刻躲閃一邊,並叫檢校官負責搪塞推責,兩百萬洋債由擔保人負責,明眼人一看便知,胡雪巖成了左李政見不合而交惡下的「犧牲品」了。

此時，胡雪巖叫人把戚翰文請來，把事情原委細說了一遍，最後交待：

「我阜康既然是擔保人，毋需浪費唇舌，他邵友濂無恥賴帳，我也有責無旁貸的義務，這筆帳只能由阜康償還了……。」

戚翰文是老金融家，兩句話就明白了，他不想再給胡雪巖加重精神負擔，只是一擺手，說道，

「請你們隨我到櫃上去……。」

誰知，李鴻章的另一個心腹盛宣懷，已掌握了電訊大權，得以先發制人，以電訊手段和總辦的地位，令胡雪巖的蠶絲脫不了手，並抓住這個阜康錢莊危急存亡的緊要關頭，將錢莊周轉不靈的消息傳遍各大城市，霎時間，阜康錢莊擠兌風潮席捲了全國，並由此而引發了一股全國性的金融風潮，銀號、錢莊倒閉之風接踵而來。

□

這時，左宗棠已受命接任兩江總督，時住南京。心灰意懶的胡雪巖十分矛盾，是要

先見左公還是先安頓滿堂妻妾？他躊躇了半晌，最後，他望了望阜康門外擠兌現金的人潮，嘆了一聲：「唉……完了！」

他回到了杭州，只見阜康門前隨著上海、北京的一股提存風，也是擠滿了人群。

當夜，他在鏡檻閣擺了幾桌酒，二十四金釵全部到齊，他舉起杯，強裝笑臉，說道：

「諸位……，中國有句老話，叫『天下無不散的筵席』。還有一句話叫『在劫難逃』，我……也沒逃過這個劫數……。」

眾妻妾一楞，然誰也抓不住大先生話語的邊際，而此刻的胡雪巖已是愁腸百結、萬箭鑽心了，他忍著萬般的痛苦，繼續說道：

「我……已經不是昨天的胡雪巖了！來，大家乾了這杯酒，也可以叫『好離好散』酒，一定要乾！」

說著便『咕咚』一口喝進去了。他睜大極端痛苦的眼睛，環視了一下眾妻妾，緩緩拱起雙手：

「這麼多年，委屈你們了！說句實話，誰也不願把明珠珍寶亂拋，可是我連個珍寶盒子都守不住啦……！我個人毫不足惜，諸位正方年盛，我不忍心讓大家跟著今天的胡雪巖受苦，你們就當過去的胡雪巖已經死去，今天的胡雪巖也將回到四十年前的小茅屋。我……請大家原諒，我不想多說了，更不願……不！更不敢再看到大家了。請回到各院，把自己隨身可帶的東西帶足，再發給每人五百兩川資，各奔前程，祝你們一路……平安……。」

說罷，將二十四根竹籤，「刷」地一下拋到漂著枝葉的荷花池裏。三太太章氏立刻昏了過去，沒幾天便死了。

章氏的喪事草草地料理之後，胡雪巖忍著喪妾之痛來到阜康錢莊，他避開擠兌的人群，從後門進去，找宓文昌要出兩本「內帳」，夾著它，直奔江寧兩江總督南洋大臣恪靖候東閣大學士左宗棠的督署而來。來的目的，無非是想請左宗棠拉自己一把了。

胡雪巖一進門，臉色變得十分難看，那神態像個留級的孩子見到嚴厲的父親似的，一下子不知從何說起……。

「坐下吧，」左宗棠笑著說：「我都知道了。」

胡雪巖坐下來，嘆了口大氣：

「唉，一言難盡……」

說著又站起來，托著兩本人家欠的、自己欠人家的簿冊，猛地跪下呈給左宗棠，說：

「雪巖拓業無狀，自取其咎，故有今日，原無面目再來叩見大人。勞大人操心，罪不可逃。假若大人不眷念垂危之際，依傍無人，勢必盡人魚肉，立於白地而後已……」說罷，以頭碰地不止。

「不必叩頭，」左宗棠揮手說道：「站起來，我知道了……。」

胡雪巖的心情，低落至極，真恨不得在左宗棠面前痛痛快快地哭一陣……。他垂下頭緩緩地坐下了。

「事已如此，不必傷心。」左宗棠分析著說，

「你的經濟破產，與洋人的打擊應聯繫在一起，他們仰仗海關、洋行、輪船、電訊……這些個條件，迫使你阜康囤積的蠶絲脫不了手、賺不了錢、運不出去，最後蠶絲發黃變質，導致你破產，即使不發黃、不變質，讓你出口不了，也會破產。再說……十里洋場的大上海，洋行是不可能容下你這個勁敵的。……你先回去，我馬上到杭州為你料理。記住，回去後先宣佈破產！」

胡雪巖立起，作揖而去。

左宗棠倒剪雙手在方磚地上踱來踱去，思索了良久。平心而論，他對胡雪巖如此的遭遇，心裏是同情的，但若要替胡雪巖恢復舊業、重振旗鼓已是不可能的了，然而他能做的，也只是在帳目上做點手腳而已。

□

就在這年（一八八三年）的十一月初六日，胡雪巖在一天之內將所有的阜康錢莊、銀號、典當舖，通電宣告破產，一切資財由官方處理。可笑的是，連不屬於胡氏的錢莊、銀號也同遭擠兌，就連北京的「四大恒」，素稱錢業總滙的統率者，也岌岌可危。這還不算，連兩廣、兩湖、兩江、山東、山西、雲南、四川、貴州等地也掀起了一股金融風潮。

左宗棠及時到了杭州，且設座阜康錢莊。浙江各級官員聽到左大人到杭州，誰敢怠慢？不到一個時辰，浙江巡撫，藩、縣兩司，錢塘、仁和兩縣知縣都來了，個個叩頭喊著：「稟見左大人……。」

「一旁請坐……」

「謝大人。」

練習生們急忙獻上茶，悄然退下。

「各位前來見我……感謝大家。」左宗棠呡了口茶。

「你們知道，胡雪巖的錢莊倒閉、宣佈破產了，可是他對清廷也做過許多好事……。我這次來是想了解一下他破產的情況，另一方面，也想了解一下我們為官的債權人，究竟存入了多少銀兩……。」

大小官員們一聽，心裏「格登」一下，生怕自己這份大額數字被左大人知道，頓時都把頭縮回去了。

「巡撫大人……」左宗棠喊了一聲。

新上任的巡撫劉秉璋急忙跪下：「卑職在！」

「雪巖啊……」

「學生在。」

「你把本地的官員存帳……交給劉巡撫，請他報給我聽聽！」

「是。」胡雪巖一邊應著，一邊將那本「明帳」交給了劉巡撫。

「你們錢莊也要記一記劉巡撫所報的存款數目。」左宗棠說。

「是！」聰明的宓文昌早就準備好了。

阜康的存戶中大多是現任四品以上的府道官員，只因朝廷「為官倡廉」的呼聲越喊越響，那些官員們存入阜康的「明帳」都是以多報少，生怕落個不廉之嫌，重者要查辦，輕者也有礙官聲，故明帳上均可公開。

劉秉璋報完了之後，左宗棠問道：

「僅就在坐的官員們，你們聽聽報的對嗎？」

誰敢講不對，誰敢把底盤托出來？只是說聲「對」了事。

「雪巖啊，」左宗棠說，「官府中人，一生辛勞，這筆債款，待事態平靜之後，要一一兌現。」

「是。」

左宗棠的幾句話，有人稱好，有人叫苦。暗暗稱好者乃胡雪巖，那暗帳上的數百萬兩，彈指之間，削掉了三分之二；叫苦者乃是那些貪官汚吏們，可謂啞巴吃黃蓮，有苦說不出，明明捧進阜康十五萬兩，到頭來只剩下五萬兩，還得在左大人面前點頭說聲

「對！」

不過，話又說回來，左宗棠雖以政治的壓力迫使這批官員們唯唯是從，但他畢竟一手遮不了天，阜康支店遍佈全國二十九處，七十一歲的左宗棠也沒有那麼多的精力和體力去扮演一個「消防隊」角色了！再說，胡雪巖的漏洞實在太大，補不勝補，左宗棠所能做到的，也只能是做這點手腳了。

地方官們叩稟了之後，先後都回去了。

「真是謝謝左大人啊！」胡雪巖感慨地說。

「唉！」左宗棠望著這位曾和自己「萬里同心」的「黃馬褂」，悄然落下幾滴老淚，「雪巖……我真是愛莫能助啊……！」

「不要那麼說，您為我已經盡心盡力啦……！」

胡雪巖望著左宗棠，鼻子一酸，眼圈紅了。

「大先生，」田志成悄悄問道：「晚飯……左大人在哪吃？」

「到宅裏去吃，你出去通知一下。」

田志成走後，胡雪巖扶著左宗棠，衛隊隨後，往大宅走來。

膳堂裏已經點燃了燈光，胡雪巖一進膳堂，那種失落感頓然而生，滿堂姬妾不見了，丫鬟們連拿帶偷的也逃掉了。只有幾個廚師和一個潘寡婦還在忠心耿耿地照料著一切。

胡雪巖把左宗棠讓到正座，自己陪在他身邊，衛隊們另有幾桌接待。

吃罷了晚飯，潘寡婦悄悄告訴胡雪巖說：

「左大人和弟兄們的房間都準備好了。」

「哦」胡雪巖應著便扶起左宗棠往客房走去。機靈的潘寡婦知道大先生對本宅迴廊陌生，特叫戚夢卿帶領衛隊，自己跑過來為大先生引路，到了客房，戚夢卿和潘寡婦二人把房間、舖蓋等一切安排好了之後，才悄然離開。

「左大人，」胡雪巖說，「您歇著吧，我去了，明天我來陪您吃早飯。」

「雪巖啊，您再坐一會兒……。」

「您年紀大了。我怕……」

「我這麼大的塊頭，不怕累……。」

胡雪巖坐下來，歉疚地望著左宗棠。

「你有沒有想過……」左宗棠說，

「這邊雖然壓住了一個浙江，可是別的地方呢？」

「學生也想過，絕大多數官員的存款，都不敢暴露自己的真正存額……。」

「不一定……，他如果說是七大姑八大姨湊起來的呢？」

「這……我還沒想到。」

「如果有人告你『用公款做生意』呢？」

胡雪巖一下子懵了：「這……。」

「還有，」左宗棠說，「如果有人告你『用公家名義做自己的生意』呢？」

「這……」

「還有，如果文煜這些人，翻臉不認人呢？還有就是把轉運局的帳趕快弄清！你知道，中國有一句老話，叫『牆倒一溜堆，破鼓萬人捶』，當你得勢的時候，一些人恨不得叫你一聲親爹；當你破產的時候，巴不得把你打入十八層地獄，這是一些人的劣習，有時防不勝防。」

「我這些話不是嚇唬你的，更不是給你增加什麼負擔，你只要想著這些問題，就可以兵來將擋，想透了，自己倒反而輕鬆。」

「另外，你富了當然好；窮了，只當解甲歸田。雪巖啊，你一定要想得開些，人的生死誰也違抗不了！但是你萬不能因破產而毀了自己，我們是：『生來兩手空空，死去兩袖清風』，何必為破產而痛苦呢？但是有一條你放心，只要我活著，我就為你負責到底！」

「多謝左公指點……」胡雪巖深情地說。

「你去休息吧，天很晚了。」

「好……」胡雪巖躬身出了客房，冷不丁地見到了潘寡婦。

「大先生，您到太太屋裏睡吧……。」

「啊……」胡雪巖心中一顫，想到：啊……都走啦！他忽地想起前人的詩句：「昔日王謝堂前燕，飛入尋常百姓家！」

昨日的鶯鶯燕燕，飛了……飛了！他，隨著潘寡婦踽踽而行，往年的髮妻，他已忘記了模樣……。

《越縵堂日記》載云：「光緒九年癸未十一月初七日：昨日杭人胡光墉所設阜康錢舖忽閉。……前日之晡，忽天津電報言其南中有虧折。都人聞之，競往取所寄者，一時無以應，夜半遂潰，劫攘一空。聞恭邸（指恭親王奕訢）、文協揆（指文煜）等折閱百餘萬；亦有寒士得數百萬金托權子母為生命者，同歸於盡。今日聞內城錢舖曰四大恒者，京師貨匯之總滙也，以阜康故亦被擠兌危甚，此亦都市之變故矣。」

❖第三十章❖

當胡雪巖破產的消息傳到北京，刑部尚書協辦大學士文煜心中一震，腦袋裏立刻現出一個投影——五十六萬白銀。這筆巨額存款，均是貪污來的贓款，既不敢聲張，又不肯善罷甘休，幾天來，他抓耳撓腮地坐臥不寧，「鬼點子」一個一個地想著，最後他採取《孫子兵法．勢篇》一則，即「兵之所加，如以碫投卵者，虛實是也」之策略，立即上疏皇上，一方面表示「請捐十萬兩白銀報效皇上」，一面敦請皇上下旨，要「先行革職，再飭左宗棠親自追究，令其將公私各款逐一清還。」他先用十萬兩白銀把皇上的嘴堵住，又利用皇上之「碫」去投倒閉之「卵」，就不怕追不回存款。

那慈禧老佛爺見了文煜的奏摺，立刻向十三歲的小皇帝說了聲：

「先革職，再查抄！」

文煜的這一招實在狠毒，等於把胡雪巖打翻在地，又踏上了一隻腳。果然，沒幾天功夫，查抄的「上諭」就像一只炸彈，把胡雪巖震懾得昏頭轉向，只聽上諭寫著：

「該商號江西候補道胡光墉著先革職，即著左宗棠飭提該員嚴行追究，勒令將虧欠各地公私款項趕緊逐一清理，倘敢延緩不交，即行從嚴治罪。」

文煜之流一看皇帝直接追究了此事，索性乾脆報出了自己的暗帳，承認儲在阜康銀號的白銀有五十六萬之鉅！如此一來，按照上諭的說法也得追回。

上諭到了左宗棠手裏，氣得他真想面見皇上，當面反唇相譏。心想，一個商人破了產，何必皇上出來干預？其中必有奸人作祟，每想至此，便覺血往上湧，頭暈不止。可以想像，一個風殘年的老人，怎經得住這番折騰！果然，沒幾天便病倒了，又因適逢寒冬，只好被護送到四季如春的福州去養病了。

胡雪巖知道了上諭的內容之後，心頭是欲嘔不嘔，面色蒼白得可怕。夜裏，他又在空盪盪的花園裏一個人兜圈子，黑暗、寂寥、孤獨、失落、空虛，凝聚著他的一切思緒的總合，「啊！」他喃喃沈吟著，

「連一絲光線都被塞絕了……！」

他拿著手杖的手顫抖了……，霎時間，他覺得狂飆、大雪、漩流、冰雹、山崩、地裂、雷電等等一起向他猛裂地襲來，他緊閉著雙眼，任憑命運的擺佈……。他，又在茫

茫的花園中緩緩地游盪，四面廳裏沒有一點光亮，周圍更是黑漆漆的一片，不知是誰，把沒偷走的一只花盆丟在當中，一個趔趄把他絆得跟跟蹌蹌向地上撲去。突然兩隻手使勁地把他拉住。他一回頭，細細端詳了一下……。

「你一個人，別老跑出來……！」這是髮妻陸氏的聲音，

「黑瞪瞎火的，讓人多耽心啊……。」

「是你啊？你怎麼來了？」

「這幾天你老是一個人跑出來，」陸氏說，

「我不放心哪……。」

「跟著我也好，咱們還沒有一起逛過這個花園呢……。三十多年了，我倆……就像這天上的月亮，開始是圓的……，後來缺了……，沒想到，現在倒又圓在一起啦……。」

胡雪巖深情地說，

「剛才，如果你不在我後邊，恐怕我就摔壞了……。」

「天黑嘛，」陸氏說：「天亮的話，……，我何必跟著你呀……。」

「緘三他娘……」胡雪巖哭泣著說，

「今後咱的日子……都是黑暗的。」

「瞧你說的，別瞎亂想，」陸氏挽著胡雪巖的胳膊說，「放心，你老婆在越是黑暗時才越要跟著你呀……！」

「你記得，咱們在哪成的親嗎……？」

「這怎麼不記得，」陸氏說，「三個椽子的小屋啊！」

「咱還回去吧……！」

「行啊。」陸氏竭力寬自己丈夫的心，「你記得咱成親那年吧，牆門洞裏貼了一張『喜』字，字都白了，可那張紙一點也沒破。」

「你怎麼知道沒破？」

「嗨，那年我去城隍廟捐大鐘去，回來的時候我特地去轉了一圈，親眼看到的……。」

「你明天去看看，咱把它再租下來。」

「行嗎？」陸氏算了算說，「當時只有咱倆和娘，現在有兒有女，還有潘大嫂她們……」

「事到如今也顧不了那麼許多了。這個宅子馬上就要封了，讓她和劉老頭、戚夢卿住在這裏，有吃有住，等著衙門來估價抵押……」胡雪巖扳著指頭說，「那邊如能租下來，有兩大一小的房子，讓女兒和奶奶一塊睡，兩個兒住一間，咱倆就住在那小茅草棚裏……。」

「我明天就找張三叔，他和房東是把兄弟。」

「哦。」胡雪巖說，「我們搬家的時候，你注意把那些値錢的小東西都放在米缸裏，咱媽的棉衣裏都可以縫進點東西。唉！世界上一切破產的戶頭，沒有一個不打埋伏的……！」

「噯，你放心吧！」

「咱媽都知道了嗎？說老實話，我還真不知道怎麼對她老人家講呢……。」

「我呀，給她透了點風，」陸氏說，

「可有意思了，她比咱都想得通，她說：『做生意總有虧本的時候，光想著榮華富貴，那窮人誰去當？俗話說得好：人無三世富，花無百日紅，我們三代人都富過，怕啥！窮就窮嘛！』你聽，咱娘想得多開！」

「唉……，」胡雪巖苦笑著說，「我又省掉了一份心思。」

□

第二天，陸氏外出租到了三椽小屋，在官府的監督下，胡雪巖一家僅捲了幾包衣物，扶老帶小地搬到了城隍山下的三間房子裏，隨後由官府作主，命差人將幾張床鋪、桌椅、炊具送到了小屋來。

「品三，」陸氏說，「有個小米缸，想辦法僱個車子拉來，居家過日子，這東西少不得。」

差人一聽，怪同情的：

「別叫少爺幹，我們給你抬來吧！」

「那敢情好啦。」陸氏說，

「品三跟著去，幫著換換肩。唉！我怕明天吃不上飯，我還特地裝了點米，我怎麼偏偏把米忘了呢……！」

差人走後，不到一個時辰便把「米」給抬來了，胡雪巖正想掏點銀子，兩個差人急忙說道：

「您別破費了，如果往日，我們一定找您討賞錢，今日個，我們也不忍心接這個賞錢……。」

說著便把胡雪巖的手給按住了。

俗話說，瘦死的駱駝比羊肥，胡雪巖也確是「百足之虫，死而不僵」的富戶，雖說是破了產，但胡雪巖沒有萎下去，居然還有點「自我得之，自我失之，又有何憾」的氣度。而這「氣度」卻是來自他的「埋伏」。據傳言，胡老太太一件破棉襖中就有一對精圓珍珠，足值萬金，還有五克拉火油鑽兩枚，米缸底下藏若干金葉，另有一盤瑪瑙、珊瑚、紅藍寶石，是胡雪巖每晨都要注視一刻鐘，借以明目的寶物。

□

胡雪巖和糟糠之妻一塊侍奉八十多歲老母，日子還算過得去，就像判過刑的犯人，

「反正如此」了，何不如此？但最不好過的還是地方官員。

擠兌人群越來越多。

哄搶膽子越來越大。

主持清理胡雪巖破產善後的人，是浙江藩台滿人德曉峰。加上杭州知府和錢塘、仁和兩縣的知縣。他們被討債的人攪得焦頭爛額，日夜不安，經過一個多月的核算，兩個多月的估價、拍賣，最後以「倒七三」兌現儲銀，惹得債權人鬧鬧嚷嚷，寒士小戶更是悽悽哀哀，就在這時，露出一只狐狸尾巴，誰？清朝的王公大臣、刑部尚書協辦大學士文煜。

德曉峰一聽刑部尚書文大人來了，急忙撥開人群，朝著文煜叩頭，其他知府知縣哪敢怠慢，「刷」地一下都跪下了，仁和知縣跪了半天還不知道這是誰，待聽到「起來吧」一聲「赦免令」，方敢抬頭看看，不看則罷，看了反而嚇人一跳，核桃似的小腦袋，圓滾滾的臉，瞇成細縫的眼睛；突出的後腦勺上一片禿頭頂，露出來的腦殼和臉都是一個顏色——發青。兩邊腮幫子上盡是皺紋，鼻下生著稀疏的一撮「斷樑鬍」，腦後拖著一條「老鼠尾」，五短的身材，講話尖聲怪氣，若沒有那身華貴的衣裳，還真令人以為他是剛從棺材裏爬出來的呢！

「文大人，請後邊客室坐坐……」德曉峰一邊垂首讓路，一邊命人去找巡撫大人。

文煜慢悠悠地東張張，西望望，像淘金者找金礦似的，恨不得多生幾隻眼睛……。

客室不知何時有人進來過，門框已被石頭砸出了個裂縫，鎖已經被敲掉了，幾只花架和明代大瓷撣瓶已被人偷走，只剩下幾把紅木太師椅和一只長條茶几，孤零零地散落在冷清的大廳中。

「人呢？」文煜坐下來便問。

德曉峰一邊張羅著沏茶，點煙燈，招待侍從，但始終沒敢坐下。

過了一會兒，巡撫劉秉璋來了，拐進後門來到客室，見了文煜，說道：

「下官不知大人親臨，請大人恕罪……」說罷，跪在地上就磕頭。

「人呢……？」

劉秉璋被這一問，糊塗了。心想：他問哪個人？難道他不認得我？於是又報了一遍：

「卑職浙江巡撫劉秉璋叩見大人……。」

「起來，起來。」文煜斜瞄了巡撫一眼，陰陽怪氣地問：

「我問你人呢……？」

「不知文大人問的是誰？」

「欠我債的人哪……。」

「您的債……不是由北京的阜康還嗎？」

「胡說，恭親王的銀子由他們還。我的銀子是由胡雪巖來還……。」

「我們善後機構能代辦嗎……？」

「能代辦的話，我還需要找他嗎？」文煜用粗俗的口吻說，

「你們知道我存了多少銀子嗎？」

「這個……」

「這不結了嘛！你不知道……！」文煜把「不」字拉得特別長，

「我這次來，就壓根兒沒想找你們。」

劉秉璋有點為難：

「那麼，我們把他找來……。」

巡撫無奈，只好派人去找胡雪巖。

胡雪巖聽說文煜來了，頓時意識到：凶多吉少。此刻的胡大先生已經看破了一切，正如平常所說：帳多不愁，虱子多了不咬。他，仍舊大大方方地去了。見了文煜一拱手：

「哎呀，我胡某一步來遲，望文大人海涵。」

「你來得正好，請坐。」

「文大人找我？」

「是啊……，咱們要把帳算了算哪……。」

「您不是報過儲額了嗎？」

文煜不慌不忙地掏出了那張五十六萬兩銀票，冷笑笑說：

「這個你沒忘記吧？我還要報效皇上呢！光緒帝的上諭你沒聽到？讓你將各地公私款項趕緊逐一清理，倘敢延緩不交，即行從嚴……治罪！」

此刻，胡雪巖似乎無所謂了，頗有「死豬不怕燙」的架式，兩眼瞅著牆角：

「隨便，依文大人自己說吧！」

文煜見胡雪巖將要「破罐子碎摔」了，也不願再說下去了。然而他知道，胡雪巖的財產中有兩塊肥肉，那就是連洋人都羨慕的大宅和久負盛名的胡慶餘堂國藥號，於是向劉秉璋道：

「劉巡撫……」

「下官在。」

「阜康銀號還有多少銀子？」

「您看，每天擠兌的人，排成了長隊，即使是儲十兌三也很危險。現在能兌出去的只有十來萬兩……。」

「那就算了。」文煜站來，把那張五十六萬銀票給劉秉璋看了一眼，然後交給了他的管家劉升，說，

「銀庫既空，我也不想為難他了，就把那個宅院和藥鋪抵了我的債，這個事就交給你了。我把管家劉升留在這裏……劉升！」

「在！」劉升答。

「你留下來，把胡雪巖的宅子和那爿藥鋪，從劉巡撫手裏接過來，銀子就不要了。」

「是！」劉巡撫和劉升兩個人同時答了一聲。

「胡雪巖啊，珍惜身體，我還要趕回京城去。」

說罷，被侍徒們擁著而去。

胡雪巖雖說豁出去了，但文煜假意大方寬容，實則心如蛇蠍的演技，卻使他發怒，他瞪著文煜的背影，那眼神充滿了忿怒、無奈、悔恨……種種複雜情緒。他望了一眼劉秉璋，低沈地說：

「劉巡撫，你也不要為難，這兩處建築，已經封了，你們就看著處理吧……。」

胡雪巖說這話時，心裏在淌血……，人所共知，這兩處建築和流動資產，已投入了近六百萬兩白銀，而文煜卻以五十六萬兩的債權，便把兩處吞為已有，胡雪巖怎能不傷心？

□

世界上的一切事物，總是在矛盾衝突中激盪、發展著，胡雪巖的破產也沒逃過這個規律；文煜的心平了，但小儲戶卻氣不過，霎時間，那批無人過問的小戶們，攜妻帶子衝入了胡家大宅，忽然採取了行動，見值錢的就拿，見家具就搬，沒幾天功夫，把大宅裹的紅木椅、花梨櫃、紫檀箱，以及各種造型奇特、精雕細琢的裝飾品統統搬光。

一個可憐的和尚，揑著那張三百兩銀子的銀票，哭咧咧地來到了胡家大宅，卻發現人們早把值錢的東西搬光了。

「我的三百兩銀子……！」他哭喊著問人，「倒哪去取兌啊……？」

「啊……，」回答者嘆息道，「早來一步就好啦。」

和尚抹了抹淚水，心想：我也不能白來一趟啊！他東瞅瞅，西看看，啥都被人搬走了！他輾轉走到了廚房的灶邊，見那灶龕中有一尊泥塑的灶王爺，兩邊還有蠟台和香爐，心想：這雖值不了幾個錢，但拿走它心裏也舒坦些。於是他撕了一塊窗帘布，把這幾件沒人要的東西背回了雲林寺，回到寮房裏打開細看，灶王爺不是泥塑的，而是赤金鍊成；蠟燭台是銀製的，也頗值錢，再看那只香爐，竟然是赫赫有名的「宣德爐」。他瞪大驚喜的眼睛，把經桌一拍：

「我變成富翁啦……！」他高興得喊出了聲。

夜裏，他將寶貝重新包好，往床下輕輕推進，趟在床上做起了美夢，他覺得這是佛法加被，菩薩的賜與，也許是前世的因果，俗緣未斷，佛祖叫我還俗，娶上妻妾……生兒育女，買田地，做生意……。

誰知一覺醒來，往床下一看，幾件寶貝已不翼而飛，和尙傻了，也許美夢的破滅比胡雪巖更痛苦，一剎那間他變了，變得痴痴迷迷，癲癲呆呆，還沒吃早齋，他便磨磨蹭蹭地來到冷亭下，跳到河裏溺水而死。

和尙投河，連忤作都驗不出原因，只有那位「樑上君子」托頜竊笑，縣太爺紅筆一勾，認定是「不愼溺死」，便交給雲林寺誦經葬掉了。

□

剛剛颳了一陣秋風，又飄來一片浮雲。

胡雪巖的心情剛剛平靜，朝廷戶部尙書閻敬銘又掀起了一陣浪濤。此人早在戶部走動，眼見胡雪巖帶著禮品拜見奕訢、文煜以及李蓮英等權貴，唯獨沒有拜見他。早時只是牙齒咬得「咯噔咯噔」響，礙著各方面子，又沒抓著胡雪巖的「小辮子」，只能把憤恨埋在肚子裏。此番見到胡雪巖破了產，他便仗著戶部的經濟大權親自行文，諮兩江總督，要「將胡雪巖侵取西征借款行用補水（指交際應酬、保險、裝運、水腳等）十萬六千七百八十四兩，於革員備抵產業內迅速變價，照數措齊。」

兩江總督左宗棠因病正在福州休養，又命兩廣總督曾國荃代理。曾國荃明知這筆款項是早經報銷在案的，怎麼又來「照數措齊」？於是當天在諮覆戶部的公函中，慷慨陳詞地申辯道：

「前值收回伊犁，俄人多方狡展，和戰未定，而關外防營需款孔殷，」在這樣的情況下，督辦大臣左宗棠才借下光緒年間的三筆一千二百五十萬借款的，「情形迫切，雖其所費較多，而其所全甚大。」並且說胡雪巖「僅委員之虛名，其平時之交際酬酢，絲絲入扣，一旦緩急相依，即竭力以圖。……奉公非不謹飭」，「此審案屬因公支用，非等侵吞。」而且「早經報銷」，不應「失信」。

顯然，曾國荃替左宗棠和胡雪巖講了幾句公道話，但那居心叵測的閻尚書，見了諮覆，他沒表態，只是把這封諮覆公函往厚厚的《卷宗》裏一放，剪背雙手，又做起了「心頭文章」。

屋漏偏逢連夜雨，船行卻遇對頭風。

又一個冤家如幽靈般地活動，誰？因「楊乃武與小白菜」一案被革職的前浙江巡撫楊昌濬又擔任了閩浙總督。被革職之辱，始終耿耿於懷，尤其那些為楊乃武說公道話、支持身負「黃榜」進京告狀的，他要一個一個地給點顏色看看。這次往返閩浙之間，第一個要「斬」的便是胡雪巖，但他要「斬」胡雪巖也並非容易下手：第一，楊昌濬是湘軍出身，左宗棠的老部下；第二，攻打太平軍前後，胡雪巖也確實幫了他不少忙，但在楊乃武一案上，胡雪巖的正義感，像是讓他吃了隻蒼蠅，吐不出，吞不下。他要報復胡雪巖，只得暗中行事，於是他廣泛搜集胡雪巖的「問題」，諸如西征協餉、洋債佣金、轉運帳務、動用船租、私辦工廠等等，以暗寫「密告」的手段，給胡雪巖橫加罪名，真可謂「欲加之罪，何患無詞！」

這些「密告」又被閻尚書蒐羅入卷，只待時機，以洩私憤。

□

一八八五年（光緒十一年）

胡雪巖六十二歲了，在三椽小屋裏度過了風風雨雨的兩年，人，老了許多，正如《異辭錄》上所載：

「及其敗也，此方以侵蝕庫款被縣官封閉告，彼即以夥友無良挾資遠遁告，身敗名裂，莫為援手，賓客絕跡，姬妾雲散，前後判若兩人。」

的確，胡雪巖變得老態龍鐘了，原本就削瘦的面孔，如今兩頰更加深陷，腦子時而靈活善辯，時而呆若木雞；最明顯的是那雙腿，像是得了瘋癱病似的，走起路來慢慢吞吞，還不時出「踢拖」聲音，彷彿穿了一雙不合腳的大鞋子。早先他還有一種「自我得之，自我失之，得而復失，又有何憾」的氣度，但是近來因大起大落的劇變，及現實生活的重擔，他變得有點兒痴痴呆呆，常常坐在床沿上，微閉雙眼，嘴中不停地叨咕著，誰也聽不清的囈語夢話；有時卻在椅子上呆坐一天。也許是耳朵漸聾的原因，別人講話他聽不見，而他講話卻響得噴出唾沫星子。

「那個……長毛禿來過嗎？」他偶爾問一聲。

「來過了，剛走！」陸氏總是這樣大聲地安慰他。

「那個……賴老三來過嗎？」陸氏仍然這樣回答他。

其實，自從胡雪巖宣告破產以後，誰也沒來過。戚翰文、宓文昌忙於破產後的善後問題，一直不敢面見胡雪巖，生怕涉嫌舞弊，又因年歲皆大於胡雪巖，忙了兩年已自顧不暇了；而那長毛禿和賴老三早就捲起銀子逃到九霄雲外去了，只有張得發來過兩趟，不僅一句安慰話不會說，還一句一個「稟告大先生——」但所談的內容卻是當舖的動產、不動產如何被官府「拍賣」，講得胡雪巖嘆大氣，說的陸氏直討饒。

「張先生……」最後被陸氏拉到一旁，悄聲叮嚀道，

「下次請你別來了……。」

「為啥？」

「大先生受不了！」

張得發聽了還很不理解，脖子一耿，走了，從此再也沒來。

不過，文煜還有點良心。自文家接辦胡慶餘堂以後，因要沿襲「胡慶餘堂雪記」的金字招牌，與胡雪巖訂立了契約，僅「胡」和「雪記」三個字，讓給胡家十八股。這樣，胡雪巖家每年尚有兩仟肆佰元的股息，生活得也不錯了。

七月，一場十二級颱風從福建登陸，繼而向東北移動，參天大樹連根拔起，杭州的樹倒房塌，一場大暴雨釀成了重大的災難。

左宗棠病逝於福州。

胡雪巖亦命在旦夕。那上下嘴唇像一把用過的老虎鉗子，更不願張嘴了，即便是老伴大聲和他說話，他不是搖頭就是點頭，甚至連臉上的皺紋也全然不動，彷彿石雕一般。

唯一例外的是他喜歡和三子胡品三說上幾句話，但品三只能在斷斷續續的話語裏，組成一句話：

「投我……以石……者……，刀口也……。」

這「刀口」不是別人，就是當時的蘇松道邵友濂。他是李鴻章的親信，而李鴻章與左宗棠政見齟齬，已經白熱化，李親俄，而左宗棠用兵新疆，直搗伊犁，不容俄國侵略者久佔。當邵友濂隨崇厚到俄國，簽了一張賣國條約之後，回國補授蘇松太道時，叫胡雪巖替他借了洋債。而當胡雪巖的囤絲虧損，他便利用時機賴掉了洋債，使胡雪巖的經濟虧損雪上加霜，繼而又通電全國，引起了一場聲勢不小的擠兌風潮，促使胡雪巖一夜之間經濟崩潰，而邵友濂對胡雪巖下手，其實是李鴻章向左宗棠示威！

而今，左宗棠一死，胡雪巖的靠山倒了，那些想把胡雪巖置於死地而後快的人，又出籠了；清廷投井下石的把戲也越演越烈；礙著左宗棠面子的人也紛紛現出原形。尤其閻敬銘，仗著戶部尙書的地位，公報私仇。左宗棠活著時，他對老功臣還「網開一面」，對胡雪巖也只是一個勁兒地參奏，要求「從嚴治罪」，在經濟上要「迅速變價，照數措齊」。而今左宗棠一歸天，閻敬銘便加緊收網，於一八八五年十一月十二日（光緒十一年乙酉），將胡雪巖的「罪惡」整理了一番，又加油添醋地寫了一篇奏摺，上疏皇上，十五歲的光緒帝看罷了奏摺，不敢拿起硃筆，只得找「老佛爺」奏請。

光緒十年時法國勢力入侵安南（中國的屬國）並干涉內政，朝廷手足無措，只得派「絕對和平」的堅持者李鴻章出面，不僅犧牲了安南，還使法國侵略者進入了中國的西南本土。全國上下對李鴻章的屈辱投降，極為激怒，朝廷終於下詔對法宣戰，雲貴總督岑毓英，廣西巡撫潘鼎新會合黑旗軍竭力反攻，最後大敗法軍，斬殺二千餘人。當法國受此巨創之時，已經狼狽不堪，於是派總稅務司赫德出面調停，向李鴻章表示願意和談之後，那「求和」心切的李鴻章，奏請患有「恐外」病的朝廷，那嚇昏了頭的慈禧老佛爺，雖然曾下詔對法宣戰，但真的打了勝仗，她卻又怕得罪洋人。現在一聽法國盼和，樂得她直叫李蓮英給她抓癢癢。

「小李子。」

「喳！」

「告訴皇上，下詔對法國停戰。簽約的事……還非李鴻章不可……。」

「喳！」

李鴻章樂不可支地到了天津，和法國公使於六月份正式簽訂《中法新約》；過了幾個月，朝廷又派李鴻章到天津，與日本伊藤博文進行中日談判，又冒出來一個喪權辱國的協定……。

就在這種國事日非的情況下，那閻敬銘卻偏偏不識時務地遞上一紙「奏摺」。

「這閻敬銘真是老糊塗了，」慈禧對光緒帝說，

「身授軍機大臣，不問國家大事，卻偏偏老是參奏胡雪巖。哦，我想起來了，那個反對我修復圓明園的就是閻敬銘吧？」

「啟稟太后，」皇上說，

「他是個善於理財的人，修復圓明園，他……還拿不出錢來。」

「革了他的職！」慈禧氣得臉色寡白。

「是……。」

此時，李蓮英進來說：「啟稟太后、皇上，李中堂有急事見駕……。」

「讓他進來……。」慈禧說。

「叩見皇上，太后老佛爺……」李鴻章跪下叩頭。

「平身……。」

「微官剛從軍機處過來……。」李鴻章說。

「下次再來……」慈禧說，「別再找閻敬銘了。」

「不知老佛爺的旨意……？」

「他竟奏些雞毛蒜皮的事，光是胡雪巖的事他就奏得滿起勁，可是軍機大事……哎，以後再說吧！」

李鴻章一聽，禁不住驚喜萬狀，急忙奏道：

「胡雪巖的事非同小可啊，只有重責以告天下，不然……大局將亂哪！」

「喔？」慈禧一怔：「怪不得閻敬銘寫得那麼詳細。」

李鴻章搧風點火的功夫拿捏得恰到好處又選對了時機，待他把中日合約的條款奏准以後，便欣然退去。

「皇上也去吧。」慈禧沈著地說，

「閻敬銘這份奏摺說的也對，那就准奏，對胡雪巖這個人要交州部治罪；對閻敬銘……革了他的職！」

「是！」皇帝勉強地答應了一聲，最後還要說一句「太后英明。」

得！閻敬銘瞎蛾撲火，燒得自己滿頭疱，再也動彈不得了。

忽然，杭州知府接到聖諭，知府大人急忙跪閱，聖旨曰：

「一面速將已開革道員胡雪巖拿交州部治罪。一面將胡雪巖家屬押追著落，掃數完繳。」

杭州知府和錢塘、仁和兩縣們等會在一起，奉旨依議，哪敢怠慢！看來胡雪巖本人要鎖解到京，不是坐牢，就是問斬，還要株連八十餘歲的老母和妻兒。

然而，救星來了！

這救星不是別人，正是胡雪巖自己。

當府縣官員差役帶著繩鎖來到三椽小屋時，胡雪巖早在旨下的十二天前得痢疾病逝了！官員差役們一下子愣住了，只見桐棺（梧桐板所製的劣質棺材）七尺停放在靈堂，全家人披麻帶孝，哭得悽悽慘慘。靈幃是一條千瘡百孔的舊床單代充的，供卓上幾只乾得發裂的饅頭，伴著如豆的燭光……。

杭州知府在棺材周圍轉了一轉，再看屋裏的桌椅陳設已破舊不堪，一股同情之心，悽然而生……。

「這房子……是租來的……？」

「嗯……，」陸氏說，「房主姓朱。」

跪在靈前的孝子胡品三見情勢有點不對，啜泣著說：

「大老爺要封，就請封吧，犯人在棺材裏，鎖走也無妨……！」

府縣官員差役們看看這狀況，也只得搖搖頭悻悻而去。

一代商神胡雪巖，就這樣撒手離開了人間。成全他的，是這個封建社會，吞噬他的，也是這個封建社會。他的發跡，是舊中國的畸形產物，像流星一樣一閃而逝，然而他開創的經營之道卻經久不衰，國藥號胡慶餘堂至今仍像一顆璀燦的寶珠熠熠發光。面對「戒欺」，當代的商界必將思索再思索……。

後記

身居歷史悠久的杭州，環境優越，名人倍出，縱觀那些風雲人物的歷史，撫今思昔，令人神往。古往今來眾多的歷史名人，其傑出的才智和多變的家世，都是人們寫不完道不盡的話題。

胡雪巖，這個海內外叮噹響的名字，就曾吸引了不少文人墨客為其謳歌。一百多年來，他的腳步彷彿從昨天走來，帶著他固有的靈氣和風骨，表現著他那民族正氣和機敏的才智；他少年家貧，讀書甚少，均在實事實物中廣泛地於「無字書」中求得學問，李慈銘在《越縵堂日記》中載云：「以小販賤豎，官至江西候補道，銜至布政使，位至頭品頂戴，服至黃馬褂，累賞御書，營大宅於杭州城中，連亘數坊，皆規禁籞參西法而為之，屢毀屢造。所蓄良賤婦女以百數……杭之士大夫尊之如父，有翰林而稱門生者。」這並非天方夜譚，它記錄了胡雪巖鼎盛時期的概貌和現象。咎其實質，與其說他是晚清的第一流富商巨賈，不如說他是後人的一面鏡子；筆者於六十年代曾居住過他那幢支離破碎的大宅，目睹這豪華過後的殘垣，彷彿經歷了一場胡雪巖的興衰史，然也積累了一些零星材料，雖有為其寫傳的構想，但久未成行。近幾年來，在商戰大潮中，越來越感到有必要為胡雪巖的商德懿行寫一部傳記，藉以啟迪後人，發越志趣，開拓胸襟，反求諸己，努力進取，共受其益。然而，我畢竟是商界的門外漢。過去，我曾寫過一些傳記文學，如《弘一大師》、《黃河魂》、《詩僧曼殊傳》等，但傳主都是文化名人，若為胡雪巖作傳，頗有力不從心之感。

過去，社會上也曾出版過胡雪巖傳記，但筆者不便參閱，因文學傳記與傳記文學不同，文學傳記可從文學角度虛構。難以為據；傳記文學則不然，它必須還其歷史的真實面貌，即以史實為依據，運用文學形式，增強其可讀性。為此目的，我走訪了浙江省政協文史資料研委會、杭州市工商聯、胡慶餘堂中藥博物館、胡慶餘堂廠誌辦公室、杭州市圖書館、古籍部和浙江省茶葉公司，搜集了大量的歷史資料；同時還採訪了胡雪巖研究專家黃萍蓀老先生以及資料搜集者胡自強、楊安華、趙玉城、安忠文、葉建華、楊文廣、趙福蓮、阮浩耕等諸多友人，獲得了不少「活」的材料。其間，還得到了杭州市文化局負責人胡效琦先生的重視、胡慶餘堂製藥廠廠長陶鵬鴻先生的支持和趙頌英女士的認真校勘，在此一併表示深深的謝意。這裏，我要特別想說的是，八十六歲高齡的黃萍蓀老師，對本書的寫作十分關心，並提供了許多鮮為人知的史料。不幸的是，他於一九九三年九月一日與世長辭了，筆者於最後在浙江醫院探視他老人家時，他還吃力地問我：「胡雪巖……寫完了嗎？出版時……」我忍淚點點頭。但遺憾的是他沒能親見這部書的樣本，惟願本書的出版流通，能使老人含笑九泉。

當然，有關胡雪巖的材料失散頗多，若要全部收齊實屬不易。尤其故老傳言，遺聞秘事，筆者亦擇其可靠文字而錄，捨其怪誕，取其精華，對胡雪巖的性格特徵，本著闡幽表微的精神，對他的膽識、機敏、善良、正直等品質及其可敬的民族氣節如實描述，不施脂粉，特別是那蜚聲海內外的杭州胡慶餘堂國藥號，一個多世紀以來，一直為人們交口稱道，其親手書寫的《戒欺》二字，無不滲透著胡雪巖的人格品位和敬業精神，故詳盡描寫。然而，對其機巧的反面、窮奢極欲和他的破產根源也毫不掩飾，力圖將其畢生的成敗和家道的興衰和盤托出，由讀者去評說。若能從中品出點什麼、或是從中汲取點什麼，則是本書的宗旨。不過，禿筆拙見，實難描繪傳主的全貌，還望親愛的讀者、社會賢達和有識之士多多賜教，使本書能夠不斷完善，謝謝！

附錄一：胡雪巖五代家譜

- 父親　胡藍田 ／ 母親　金氏太夫人
  - 胡雪巖 ／ 妻陸氏夫人 ／ 章氏夫人
    - 長子 胡楚三
    - 次子 胡緘三
      - 孫 胡菊卿
        - 曾孫 胡英育
        - 曾孫 胡美育
      - 孫 胡眉卿
        - 曾孫 胡祖恩
        - 曾孫 胡祖懋
        - 曾孫女 胡祖懿
    - 三子 胡品三 ／ 三子媳 朱氏
      - 孫 胡萼卿
        - 曾孫 胡亞光
        - 曾孫 胡重光
      - 孫 胡俊卿
        - 曾孫女 胡國英
      - 孫 胡竹卿
        - 曾孫女 胡兆蘭
        - 曾孫 胡文珏
      - 孫 胡渭卿
        - 曾孫 胡文楨
        - 曾孫 胡文瑩
        - 曾孫女 胡文蘭

附錄二

胡雪巖（胡光墉）年譜

一八二三年（道光三年）一歲。

生於安徽省績溪縣胡里村，後寄籍浙江杭州，家貧，讀書甚少。

一八三六年（道光十六年）十四歲。

進杭州某錢莊學賈，夜喜讀書。

一八三九年（道光十九年）十七歲。

學賈三年後陞任「跑街」，喜結上層人士。

一八四三年（道光二十三年）二十一歲。

因擅自貸給綠旗軍銀兩，店主大怒，遂被解僱。

是年，得綠旗軍一營官相助，將暴得之巨資交其開辦錢莊，取名阜康錢莊；

一說學賈時之肆主無子，歿前「以全肆贈之，數不逾千金。」

一八五五年（咸豐五年）三十三歲。

王有齡任仁和縣知縣時，胡受器重，被委以仁和縣糧台事務。

一八六〇年（咸豐十年）三十八歲。

太平軍退出杭州後，王有齡由江蘇布政使陞任浙江巡撫，

又以省庫委諸光墉，下檄各縣曰：「凡解糧餉著必由胡某匯兌，否則不納。」

時胡為王赴滬甬採辦糧食軍械，關係甚篤。

是年，將阜康錢莊資金潛移至上海。

一八六一年（咸豐十一年）三十九歲。

赴滬甬購糧及藥品。歸時李秀成已率太平軍再度攻克了杭州，

王有齡自縊而死，隨即押船將十萬石糧食轉獻給接任浙江巡撫的左宗棠湘軍。

一八六二年（同治元年）正月，四十歲。

被左宗棠任命辦理糧台和轉運局各務。

一八六三年（同治二年），四十一歲。

為左宗棠勾結法國侵略者，組織「常捷軍」，先攻克寧波，後又參加左宗棠的攻杭之戰。

一八六四年（同治三年），四十二歲。

左宗棠在「常捷軍」掩護下攻進了杭州城，面對死亡枕籍、斷瓦殘垣的城區，令胡經理賑撫局務，他熱心「主持善後諸事，始則設粥廠、設難民局、設『義烈』遺阡，繼而設善堂、設義塾、設醫局，修復名勝寺院，凡養生送死賑財恤窮之政，無不備舉。」（見劉聲木《異辭錄》）

是年，胡發起創辦「錢江義渡」，捐資十萬兩。

十月二十日，左宗棠為胡請旨賞加按察使銜，由江西試用道改發福建，以道員補用。

一八六五年（同治四年），四十三歲。

選市區元寶街籌建胡家花園大宅。

一八六六年（同治五年），四十四歲。

左宗棠在福州籌建船政局，委胡「主持船政局，延洋匠、僱華工、開藝局（即求是堂藝局）等事務」。

是年九月初一，左宗棠奏請皇上，破格優獎賞加胡光墉布政使銜。（見《請賞加胡光墉、葉文瀾兩員布政使銜片》）

是年十一月初十，左宗棠奉命西征，胡為東南補給線，主持上海轉運局，負責採購軍火、籌集軍餉、刺探中外消息等事宜。（見《左文襄公征西史略》）

一八六七年（同治六年），四十五歲。

清廷應左宗棠之奏請，批准向上海洋商借銀一百二十萬兩，由胡領取向洋商兌取現銀，並司其出入。

一八六八年（同治七年），四十六歲。

胡又為左宗棠借洋債一百萬兩，利率按月一分三厘，限期半年。

一八七一年（同治十年），四十九歲。

胡因辦理西征糧餉有功，左宗棠請旨皇上賞給正一品封典。

是年，直省水患，胡奉母命捐送棉衣一萬五千件、銀一萬兩、制錢一萬串。

至此包括左宗棠西征時對甘、魯、晉、豫的賑災捐款已達二十萬兩左右。

一八七二年（同治十一年），五十歲。

元寶街胡家大宅落成，佔地十餘畝，耗資百餘萬兩白銀。

一八七四年（同治十三年），五十二歲。

選鼓樓西大井巷籌建「胡慶餘堂雪記國藥號」。

一八七五年（光緒元年），五十三歲。

胡為左宗棠向英商怡和洋行、麗如銀行借款三百萬兩，為期三年，利率常年一分零五毫。

一八七六年（光緒二年），五十四歲。

胡慶餘堂於湧金門設立膠廠。

一八七七年（光緒三年），五十五歲。

為左宗棠借洋款五百萬兩，以西征抵抗英俄侵略軍，為期七年，月息一分二厘五毫。

一八七八年（光緒四年），五十六歲。

新疆平，左宗棠戰功累累，胡亦因轉運軍需協餉功蹟卓著，「實與前敵將領無殊」，左為之上疏皇上「破格優獎賞穿黃馬褂」，恩准，賞得最高殊榮，賜穿黃馬褂、紫禁城騎馬。（見左文襄公奏稿《道員胡光墉請破格賞敘片》）

是年，大井巷「胡慶餘堂雪記國藥號」落成開業，耗資兩百餘萬兩。

是日，胡戴紅頂，身穿黃馬褂，坐堂接待顧客。

一八七九年（光緒五年），五十七歲。

為左宗棠向英商匯豐銀行和華商乾泰公司合借三百五十萬兩，為期七年，月息一分二厘五毫。

是年，曾紀澤在《使英日記》中遣責胡之代借洋款事，認為「奸商謀利病民蠹國，雖籍沒其資財，科以漢奸之罪，殆不為枉，而復委任之，良可慨也」；《申報》評論說是「飲鴆止渴」。

一八八〇年（光緒八年），五十八歲。

左宗棠西征經費銀銷案中，已付出利息四百二十八萬餘兩。

一八八一年（光緒七年），五十九歲。

左宗棠離開西北晉京，胡應西北繼任者楊昌濬和劉錦棠的要求，又借了四百萬兩洋款，年息九厘七毫五絲，六年為期。

一八八三年（光緒九年），六十一歲。

胡經營絲業失敗，所開阜康銀號、錢莊、典當業一夜之間倒閉；價值數百萬兩的「胡慶餘堂國藥號」及元寶街胡家花園大宅，全部抵給債權人戶部尚書文煜。

一八八五年（光緒十一年），六十三歲。

胡雪巖鬱憤而死；一說死於痢疾。

附錄三：本書參考文獻

崇文書局印行《近代名人小傳》
中華書局一九三六年版《清朝野史大觀》
杭州圖書館印行《杭州史地叢書》
中華書局一九八一年版《道咸宦海見聞錄》
浙江古籍出版社一九八八年版《兩浙史事叢稿》
浙江文史資料選輯第三十二輯《浙江資本家的興起》
上海市地方誌一九九二年第六期《上海灘》雜誌
浙江人民出版社一九九〇年版《元明清杭州》
浙江人民出版社一九九〇年版《新編浙江百年大事記》
上海辭書出版社一九八二年版《中國近代史詞典》
中華民國五年版《杭州府誌》

上海社會科學院出版社一九八八年版《上海對外貿易》
團結出版社一九九一年版《中國絲綢與文化》
浙江攝影出版社一九九〇年版《龍井茶及其它》

胡雪巖－下冊

著　　者／徐星平
出 版 者／生智文化事業有限公司
發 行 人／林新倫
責任編輯／賴筱彌
登 記 證／局版北市業字第 677 號
地　　址／台北市新生南路三段 88 號 5 樓之 6
電　　話／886-2-23660309　886-2-23660313
傳　　真／886-2-23660310
印　　刷／科樂印刷事業股份有限公司
法律顧問／北辰著作權事務所　蕭雄淋律師
二版一刷／2001 年 11 月
ISBN／957-818-331-3
定　　價／新台幣 250 元

郵政劃撥／14534976
帳　　戶／揚智文化事業股份有限公司
E-mail／tn605541@ms6.tisnet.net.tw
網　　址／http://www.ycrc.com.tw

國家圖書館出版品預行編目資料

胡雪巖 / 徐星平著.　--二版. --臺北市：
生智, 2001[民 90]
冊：　公分.

ISBN 957-818-330-5(上冊：精裝).
--ISBN 957-818-331-3(下冊：精裝).

857.7　　　　　　　　　　　90016009